Rendez-vous à l'Étoile
de Richard Hétu
est le huit cent dix-neuvième ouvrage
publié chez
VLB ÉDITEUR.

La collection « Roman »
est dirigée par Jean-Yves Soucy.

VLB éditeur bénéficie du soutien de la Société de développement des entreprises culturelles du Québec (SODEC) pour son programme d'édition.

Gouvernement du Québec – Programme de crédit d'impôt pour l'édition de livres – Gestion SODEC.

Nous reconnaissons l'aide financière du gouvernement du Canada par l'entremise du Programme d'aide au développement de l'industrie de l'édition (PADIÉ) pour nos activités d'édition.

Nous remercions le Conseil des Arts du Canada de l'aide accordée à notre programme de publication.

RENDEZ-VOUS À L'ÉTOILE

DU MÊME AUTEUR

La route de l'Ouest, Montréal, VLB éditeur, 2002.
Lettre ouverte aux anti-américains, Montréal, VLB éditeur, 2003.

Richard Hétu

RENDEZ-VOUS À L'ÉTOILE

roman

vlb éditeur

VLB ÉDITEUR
Une division du groupe Ville-Marie Littérature
1010, rue de La Gauchetière Est
Montréal (Québec) H2L 2N5
Tél.: (514) 523-1182
Téléc.: (514) 282-7530
Courriel: vml@sogides.com

Maquette de la couverture: Nicole Morin
Photo de la couverture: © Bibliothèque et Archives nationales du Québec,
Centre de Montréal, Fonds Conrad Poirier.

Données de catalogage avant publication de Bibliothèque et Archives Canada

Hétu, Richard, 1962-
    Rendez-vous à l'Étoile
    (Collection Roman)
    ISBN 2-89005-914-6
    I. Titre.

PS8565.E854R46   2006   C843'.6   C2006-940436-4
PS9565.E854R46   2006

DISTRIBUTEURS EXCLUSIFS:

• Pour le Québec, le Canada
  et les États-Unis:
  LES MESSAGERIES ADP*
  955, rue Amherst
  Montréal (Québec) H2L 3K4
  Tél.: (514) 523-1182
  Téléc.: (450) 674-6237
  *Filiale de Sogides ltée

• Pour la Belgique et la France:
  Librairie du Québec / DNM
  30, rue Gay-Lussac
  75005 Paris
  Tél.: 01 43 54 49 02
  Téléc.: 01 43 54 39 15
  Courriel: direction@librairieduquebec.fr
  Site Internet: www.librairieduquebec.fr

• Pour la Suisse:
  TRANSAT SA
  C.P. 3625
  1211 Genève 3
  Tél.: 022 342 77 40
  Téléc.: 022 343 46 46
  Courriel: transat-diff@slatkine.com

Pour en savoir davantage sur nos publications,
visitez notre site: **www.edvlb.com**
Autres sites à visiter: www.edhomme.com • www.edtypo.com
• www.edjour.com • www.edhexagone.com • www.edutilis.com

© VLB ÉDITEUR et Richard Hétu, 2006
Dépôt légal: 2e trimestre 2006
Bibliothèque et Archives nationales du Québec, 2006
Bibliothèque nationale du Canada
Tous droits réservés pour tous pays
ISBN 2-89005-914-6

En hommage à Jean Vaillancourt,
auteur du roman Les Canadiens errants.

PREMIÈRE PARTIE

Jeunesse

CHAPITRE PREMIER

Rue Adam

Une famille canadienne-française est réunie dans le salon d'une grande et belle maison, rue Adam, le matin de Noël de 1931. Le sapin embaume ; le feu crépite.

Et, l'air majestueux dans son fauteuil, Gustave Pagé récite de mémoire *Le lac* de Lamartine, un long poème exaltant la libération du moi, la mélancolie, le sentiment de la nature :

Ainsi, toujours poussés vers de nouveaux rivages,
Dans la nuit éternelle emportés sans retour,
Ne pourrons-nous jamais sur l'océan des âges
Jeter l'ancre un seul jour ?

Émilie Pagé, une beauté au port de ballerine, est perchée sur l'accoudoir du fauteuil. Les enfants forment un demi-cercle sur le tapis orange brûlé, dont les motifs cubistes témoignent de l'esprit moderne de la maison.

Ô lac ! l'année à peine a fini sa carrière...

Pleine et riche, la voix sort d'un homme aux épaules larges, à la tête léonine, au regard brillant. Elle exprime la douleur du temps qui passe, et sa musique transporte les enfants.

Et près des flots chéris qu'elle devait revoir...

Un sourire se dessine sur les lèvres d'Émilie, dont les jolis cheveux d'un blond foncé encadrent un visage angélique. Elle ne rêve plus au ballet, sa passion de jeunesse, mais elle baigne toujours dans l'art. Et, tandis que son mari déclame, elle admire les plus belles œuvres de sa vie : Israël, huit ans, Jacqueline, six ans, et Thérèse, qui repose dans un berceau remontant à deux générations. Elle aime ses enfants d'un amour égal, mais l'aîné de la famille est un exemplaire unique. Fils sagace à la chevelure de blé, il présente une figure de prince mérovingien, avec des yeux très bleus.

Regarde ! Je viens seul m'asseoir sur cette pierre...

Émilie pose une main sur l'épaule de Gustave, qui poursuit sa déclamation. Envieuses, ses voisines lui disent souvent, en soupirant :

— Ah ! Vous êtes donc chanceuse d'avoir un homme avec une voix comme ça !

Car lorsqu'il ne récite pas des poèmes, Gustave Pagé chante des airs d'opéra ou des romances à la mode, remplissant la rue Adam de sa belle voix de ténor.

Où tu la vis s'asseoir !

Les enfants posent sur lui des regards adorateurs. Chaque jour, ce père autodidacte leur instille son amour de l'art, des idées, de la vie elle-même. Il les emmène au concert, suscitant chez Israël une dévotion pour Beethoven à nulle autre pareille. Il s'abonne à *L'Illustration*, une revue française de luxe et d'ambition dont le sujet est le monde contemporain, toutes les nouvelles de la politique, de la guerre, de l'industrie, des mœurs, de la littérature, de la peinture. Il leur lit à haute voix Hugo et Dumas, demandant souvent à Israël de prendre le relais. Dans sa maison, la lecture n'est pas une activité solitaire. Aîné de quatorze enfants, Gustave Pagé n'a pu fréquenter le collège, mais il sait que Racine faisait la lecture à Louis XIV, Joséphine à Napoléon, et Lenormant au cercle des amis de Chateaubriand.

Son goût du beau et de la fantaisie se reflète dans la décoration du salon, où il a choisi chacun des meubles et bibelots, fruits de ses recherches incessantes chez les brocanteurs de Montréal et de la région. La bibliothèque en merisier massif est l'exception. Héritée d'un arrière-grand-père sculpteur, elle contient des livres reliés en cuir portant les noms des grands auteurs français : Racine, Corneille, Molière, Balzac. Elle recèle aussi des recueils de poésie canadienne-française signés Crémazie, Nelligan, Lozeau, Doucet.

Les meilleurs amis de Gustave Pagé sont d'ailleurs des poètes. Il les invite chez lui ou les rencontre au siège de la Société des poètes canadiens-français dont il est membre. En poésie, il recherche la modernité, tout en se délectant du classicisme d'un Lamartine. Il écrit quantité de vers libres mais n'a pas l'audace ou les moyens de les publier. Plus tard, son fils dira :

– Je continue à écrire parce que je suis doué pour ça ; parce que mon père était un poète et qu'il est mort d'avoir dû vivre autrement.

Que le vent qui gémit, le roseau qui soupire,
Que les parfums légers de ton air embaumé,
Que tout ce qu'on entend, l'on voit ou l'on respire,
Tout dise : ils ont aimé !

Au dernier vers, Gustave Pagé s'agenouille sur le tapis et embrasse chacun de ses enfants sur le front. En se rasseyant dans le fauteuil, il leur dit, sur un ton grave :

– Vous savez, nous sommes heureux aujourd'hui, mais la vie ne sera pas toujours comme ça. La vie va nous séparer…

– Je ne veux pas qu'on se sépare ! interrompt Jacqueline d'une voix vibrante.

Elle est déjà grande et vive, avec le regard mutin de sa mère.

Israël se tait, songeant à l'océan des âges, aux sombres abîmes, aux rocs sauvages qui pendent sur les eaux.

～

De la rue, le tableau est charmant. Les lilas et les pivoines s'épanouissent autour d'une maison de briques rouges, ceinturée sur deux côtés par une galerie avec colonnes à chapiteaux ioniques. Un balcon fleuri fait saillie sur la façade, accrochant le regard des passants. Assis dans l'escalier du perron, Israël lit *La chartreuse de Parme* pour la deuxième fois de sa vie. C'est le printemps de ses treize ans. Sous les rayons d'un soleil bienfaiteur, il se régale du récit de l'enfance insouciante et joyeuse de Fabrice au château du marquis del Dongo. Il est en Italie, au temps de Napoléon, bien loin de Maisonneuve, son quartier natal. Or, comme il renoue avec le bon abbé Blanès, un cri le tire de sa lecture.

– Hé! le Juif!

Israël lève les yeux et reconnaît Tibbi Provost, la brute du quartier, et Emmet Phelan, son double irlandais. Âgés de quatorze ans, costauds et trapus, les deux garçons se sont arrêtés sur le trottoir, devant la maison des Pagé.

Israël hausse les épaules et se replonge dans sa lecture. Il n'en veut pas à son père de lui avoir donné un prénom qui prête à la dérision ou à l'injure. Dans les replis de sa conscience, il se sait élu, comme ce peuple qui chemine vers la terre promise. Il est fier de son nom de baptême, qui était celui de son ancêtre sculpteur, et ne voudrait pour rien au monde le changer.

– Qu'est-ce qu'il lit, le grand chouchou?

Israël relève les yeux. S'étant approché du perron, Tibbi Provost lui fait maintenant de l'ombre. Emmet Phelan, lui, est resté sur le trottoir.

– Ça ne t'intéresserait pas, répond Israël en fixant Provost d'un air méprisant.

– Comment ça? Tu penses que j'suis pas assez smatte?

Israël, d'une voix lasse:

– Provost, si tu as un grain d'intelligence, tu vas continuer ton chemin.

Mais Tibbi Provost ne bouge pas. En détachant les syllabes, il se met plutôt à lire à haute voix le titre du livre que tient Israël.

— La char-treu-se de Par-me.

Après une brève pause, il ajoute :

— Ça m'a tout l'air d'un livre de fifille.

Israël, en durcissant la voix et le regard :

— Provost, fiche-moi la paix, sinon j'te flanque une paire de baffes.

— Tu m'fais pas peur, Pagé ! dit Tibbi Provost tout en donnant un coup de pied sur le chef-d'œuvre de Stendhal.

— Mon sacrement ! dit Israël en voyant son livre s'envoler dans les airs.

Sans crier gare, il saute au bas de l'escalier et assène un solide direct du droit sur le nez de Tibbi. Poussant un cri de douleur, celui-ci porte une main à son appendice.

— Ha ! s'écrie-t-il en regardant l'intérieur de sa main. Je saigne !

Attirée par les éclats de voix, Émilie Pagé ouvre la porte et surgit sur la galerie.

— Mon Dieu ! fait-elle. Voulez-vous bien me dire ce qui se passe ici ?

Israël ramasse son livre en silence et retourne s'asseoir dans l'escalier. Rose de fierté, il suit du regard Tibbi Provost qui rejoint bientôt Emmet Phelan sur le trottoir. « Ça lui apprendra », se dit-il en retournant à *La chartreuse de Parme*, où le sublime éclate de chapitre en chapitre.

Il raffole de la lecture, mais ce passe-temps ne l'empêche pas d'être actif physiquement et même bagarreur. Il pratique tous les sports, y compris la boxe, mais préfère par-dessus tout l'athlétisme, où il excelle dans les disciplines du sprint et du saut en longueur.

— Tu vas me payer ça, mon grand fendant! lance Provost en se retournant une dernière fois vers Israël.

— C'est ça… murmure Israël en poursuivant sa lecture.

Provost et Phelan disparaissent sous les arbres de la rue Adam. Dans l'escalier, Émilie Pagé s'assoit à côté de son fils.

— Israël, dit-elle sur un ton déçu, pourquoi faut-il que tu te battes comme un voyou?

— Ce n'est pas ma faute, réplique Israël en regardant sa mère, Provost a donné un coup de pied dans mon livre!

Émilie caresse la tête de son fils.

— Il faut savoir tendre l'autre joue, dit-elle d'une voix douce.

— Je préfère encore la loi du talion.

— Israël! Tu es incorrigible!

≈

L'odeur du café et du pain grillé flotte dans la cuisine des Pagé. Israël et son père ont l'oreille collée à un petit appareil américain. Ils écoutent, sur les ondes de CKAC, la description en direct de la cérémonie d'ouverture des Xᵉ Jeux olympiques à Berlin.

«Les brigades de la jeunesse hitlérienne défilent au pas cadencé sur la piste!» décrit l'annonceur français d'une voix excitée.

Israël imagine le stade olympique, rempli de spectateurs figés, disciplinés, endoctrinés. Il est à la fois atterré et transporté. Les Jeux se dérouleront dans un État officiellement raciste et antisémite, qui bafoue les traités internationaux et enferme ses ennemis politiques dans des camps. Ils mettront en vedette sa nouvelle idole sportive, celui qu'on surnomme «la perle noire», l'Américain Jesse Owens.

«Le chancelier du Reich Adolf Hitler pénètre dans le stade», dit l'annonceur quelques minutes plus tard.

Israël entend alors l'éclat des fanfares.

– La *Marche d'hommage*! dit-il en reconnaissant les accents de la musique de Richard Wagner.

– Chut! fait son père.

L'annonceur poursuit:

«Le Fürher gagne maintenant la loge présidentielle, accompagné du comte de Baillet-Latour, président du Comité international olympique, des membres du Comité d'organisation, ainsi que de Goebbels, Goering et Hess...»

D'un geste rageur, Gustave Pagé tourne le bouton de la radio, coupant net la retransmission.

– Papa! s'exclame Israël en bondissant de sa chaise. La cérémonie commence à peine! Les athlètes vont bientôt arriver sur la piste!

– Ça suffit! dit Gustave Pagé en frappant la table avec le plat de sa main. Les nazis n'auraient jamais dû avoir les Jeux! Retiens bien cette date, Israël. Le 1er août 1936, c'est le jour où l'œuvre entière de Pierre de Coubertin a été ruinée. R-U-I-N-É-E.

Israël, tout dépité, quitte aussitôt la pièce et sort de la maison. Sur la galerie, Jacqueline lit en se berçant.

– Je vais me promener, lance Israël en descendant l'escalier. Tu m'accompagnes?

– Avec plaisir!

Glissant son livre sous son bras, Jacqueline rejoint son frère sur le trottoir.

— Qu'est-ce que tu lis ? demande Israël en se mettant en marche dans la chaleur moite.

— *Les travailleurs de la mer.*

— As-tu peur de la Pieuvre ?

— Oui.

— Je préfère les poulpes de Jules Verne.

— Moi aussi.

Ils se dirigent vers l'ouest, passant devant quelques maisons aussi grandes et belles que la leur. Dans les rues transversales, les habitations sont plus modestes. Elles ont été construites pour accueillir les ouvriers d'une industrie jadis florissante.

Israël marche en silence, à la grande surprise de Jacqueline. À onze ans, elle découvre le monde grâce à son aîné précoce, dont les monologues confèrent à chacune de leurs promenades des airs de voyage à travers les siècles et les continents. Un jour, il lui parle d'histoire, ses références favorites en la matière étant Alexandre le Grand, la chevalerie chrétienne, les soldats de l'an II et la Grande Armée de Napoléon. Le lendemain, il lui commente l'actualité, qu'il suit avidement dans les journaux et revues, ainsi qu'à la radio. Il sait le rôle de Mussolini et de Hitler dans la montée du fascisme, une doctrine qui a des adhérents au Québec, et notamment au sein du clergé. Il maudit les démocraties – la France, l'Angleterre et le Canada, entre autres – qui ont fermé les yeux sur le coup d'État de Franco en Espagne. Comme son père, qui se moque des avis cléricaux, il embrasse la cause républicaine. S'il était plus âgé, il irait en Espagne, pour lutter et témoigner. Il le dit souvent à Jacqueline : il sera écrivain et homme d'action, comme Malraux, comme Hemingway, engagé corps et âme dans les grands combats de son siècle.

Mais, aujourd'hui, Israël est muet. Tout ce que représente Hitler le révulse et le fascine tout à la fois. Comment expliquer son emprise sur le peuple allemand qui a produit tant de génies, dont ce Beethoven qui est son dieu ?

En arrivant à l'avenue Morgan, Jacqueline rompt le silence :

— À quoi penses-tu ?

— Je pense à ce damné Hitler, répond Israël en entraînant sa sœur vers le kiosque du parc Morgan, situé à l'extrémité sud de l'avenue.

Réfléchissant à haute voix, il se lance alors dans un de ses soliloques :

— Hitler a inventé sa philosophie nazie en puisant des idées et des systèmes partout, chez un nombre énorme de philosophes et sociologues, comme par exemple, sa théorie du surhomme, celle de la race supérieure, celle de l'espace vital, etc. Chacun de ses principes est emprunté à un système philosophique créé avant sa naissance. Chez chacun de ses maîtres, il a pris ce qui lui convenait, il l'a arrangé à sa manière, et il a enfanté un nouveau système qui ébranle le monde. Plus tard, d'autres innovateurs emprunteront quelques idées de Hitler, quelques idées de Karl Marx, quelques idées de Schopenhauer. Ils mêleront le tout, l'adapteront aux circonstances, et seront les nouveaux maîtres. Au fond, c'est toujours le vieux principe : « Rien ne se crée, rien ne se perd. »

Arrivés au kiosque, ils s'assoient sur un banc. Israël redevient silencieux.

— Tu crois qu'il y aura une autre guerre mondiale? demande Jacqueline après un certain laps de temps.

— Elle est déjà commencée, répond Israël.

— Où?

— En Espagne.

— Je pensais que c'était une guerre civile.

— Avec Mussolini et Franco, Hitler est en train de créer un axe fasciste en Europe. Il ne s'arrêtera pas là.

Le cœur serré, Israël contemple en silence la magnifique perspective sur le Marché Maisonneuve, qui se dresse à l'autre bout de l'avenue. Sur le côté est de l'artère se profile un autre superbe spécimen de l'architecture classique, le bain et gymnase Maisonneuve, le plus bel édifice du genre en Amérique du Nord. « Nous avons déjà vu grand », pense Israël en fermant les yeux.

Son père lui a souvent conté les origines de son quartier, qui confinent au mythe. Un jour, il n'y a là que des champs de pâturage, étalés sur le bord du fleuve Saint-Laurent, près d'une ville appelée Hochelaga. Le lendemain, le chemin de fer arrive, et près de quarante mille personnes s'installent dans une cité flambant neuve, qui s'impose aussitôt dans le textile, le cuir, la métallurgie, l'alimentation, le meuble. C'est « la Pittsburgh canadienne », proclament ses promoteurs.

Israël connaît bien la suite. La Grande Guerre précipite le déclin industriel de Maisonneuve, qui doit s'annexer à Montréal en 1917. Et la Grande Crise finit de transformer les ouvriers du quartier en miséreux. Dans ces sombres circonstances, Israël sait bien que sa famille est privilégiée. Fonctionnaire à la ville de Montréal, son père n'a pas à s'inquiéter pour son emploi. Il peut même se donner des airs de bourgeois en louant cette belle et grande maison de la rue Adam. Et tant pis s'il vit un peu au-dessus de ses moyens. Ainsi que Gustave Pagé le répète souvent: «Il est déjà bien assez ennuyeux de n'avoir pas d'argent, ce serait trop fort s'il fallait en plus se priver de quelque chose!»

En se rappelant ces paroles, Israël rouvre les yeux.

— Allons! dit-il à sa sœur en se levant. Je t'emmène à la bibliothèque municipale!

Main dans la main, ils s'en vont vers cet établissement qui est leur endroit de prédilection à Montréal. L'été, ils y passent des heures innombrables, lisant côte à côte dans la fraîcheur de ses murs.

~

Mettant fin à son boycott des Jeux de Berlin, Gustave Pagé allume la radio.

— Israël! s'écrie-t-il à l'intention de son fils, qui boude dans sa chambre. Si tu veux écouter les Olympiques, descends!

Israël dévale l'escalier quatre à quatre et surgit dans la cuisine. Assise dans la berceuse, sa mère donne le biberon à Madeleine, la petite dernière. Son père fait les cent pas.

Israël approche une chaise de la radio et s'assoit.

«Owens vient encore de mordre la planche! s'exclame l'annonceur. Il est en difficulté!»

Le visage d'Israël se crispe. Le stade olympique de Berlin est le théâtre d'une finale grandiose, celle de l'épreuve de saut en longueur. Jesse Owens retrouve sur sa route l'Allemand Lutz Long, parfait prototype aryen.

La veille, la perle noire a remporté l'épreuve reine du cent mètres. Aujourd'hui, il lutte contre un pur spécialiste du saut en longueur et une foule de cent mille spectateurs galvanisés.

«Le Führer n'a toujours pas bougé de son siège, précise l'annonceur. Je rappelle que l'épreuve a débuté à 16 h 30. Il est maintenant 22 h, heure de Berlin. Et voici Long, en bout de piste. La foule retient son souffle. Sixième et dernier essai de l'Allemand. Il se concentre. Il s'élance… et bondit dans les airs! L'essai est bon, et le bond est fameux!»

Après quelques secondes de silence, l'annonceur s'exclame: «7 m 87! Long est à égalité avec Owens! L'Allemand sort maintenant du sautoir. Il se met au garde-à-vous devant la loge présidentielle, puis salue le Führer en levant le bras droit. La foule est en délire. Écoutez…»

Gustave Pagé fonce vers la radio avec l'intention évidente de l'éteindre. Mais son fils se lève de sa chaise et lui bloque le chemin.

– Attends! s'écrie Israël. Jesse Owens a encore un saut! Ce n'est pas fini!

Gustave Pagé ravale sa colère.

«Sixième et dernier essai de l'Américain Jesse Owens, dit l'annonceur. Il a raté les deux derniers. Et le voilà qui s'élance. Sa force d'accélération est phénoménale. Il prend son impulsion avant la planche d'appel, s'élève dans les airs en faisant de grands moulinets des deux bras et retombe dans le bac de sable à…»

Plusieurs secondes de silence s'écoulent. Israël et son père sont debout devant la radio, tendus comme des cordes de violon.

« … 8 m 34 ! annonce enfin la voix radiophonique à tue-tête. Jesse Owens remporte l'or ! Lutz Long vient le féliciter. Debout dans la loge présidentielle, Adolf Hitler semble furieux. Le voilà d'ailleurs qui quitte la tribune… »

— Hourra ! crie Israël en sautant dans les bras de son père. Hourra !

Les cris de son grand frère réveillent Madeleine, qui s'était endormie contre la poitrine de sa mère.

À travers les pleurs de l'enfant, Gustave Pagé claironne :

— Ça prouve bien que toutes les races se valent !

— Toutes les races se valent, dit Israël en s'esclaffant, sauf au sprint et au saut en longueur !

CHAPITRE II

Hoc signo vinces

La tête rentrée dans les épaules, le nez et les oreilles gelés, Israël monte avec peine la pente glacée du boulevard Pie-IX. L'air lui entre dans les poumons, froid et coupant. « J'étais si bien dans mon lit », se dit-il en allant communier au collège. Deux pas plus tard, il perd pied et chute sur le trottoir.

– Sacrement! jure-t-il en se relevant.

Il reprend son ascension périlleuse. Au sommet de la côte, où passe la rue Sherbrooke, une bourrasque de vent le frappe de plein fouet. Il tombe presque à la renverse. En hiver, quand souffle le vent du nord, aucun point de Montréal n'est plus traître.

Changeant de cap, Israël aperçoit bientôt le profil du collège. Construit dans le coteau de la rue Sherbrooke, l'externat classique de Sainte-Croix domine les quartiers qu'il dessert. S'agissant de la messe dominicale, sa règle est stricte. Les élèves doivent recevoir le sacrement de l'eucharistie dans SA chapelle. Tous les élèves se plient à la règle, sauf un.

Israël arrive enfin devant l'établissement presque neuf. Instinctivement, il lève les yeux sur le linteau de la porte, où il peut lire la devise de Constantin, premier empereur chrétien : *Hoc signo vinces*. Par ce signe, tu vaincras. Ce signe, c'est la croix que le collège porte dans ses armes. Et c'est d'une triple victoire que cette devise contient la promesse : victoire d'abord sur soi-même, victoire de l'esprit sur les ténèbres de l'ignorance, victoire enfin de la vraie foi sur les ennemis du Christ.

Le cœur lourd, Israël pousse la porte. Le dimanche, le collège lui pèse. Les autres jours de la semaine, c'est le contraire, il entre là le cœur palpitant. Jeunes pour la plupart, les pères de l'externat le soûlent de romantisme, ne lui laissant respirer que la vertu, l'héroïsme, les actions d'éclat, Le Cid, Polyeucte. Grâce à eux, Israël habite un univers où les crimes eux-mêmes ont de la grandeur, de la puissance. Il pleure sur Antigone, Andromaque, Esther, sans se douter qu'un jour viendra où il versera des larmes sur Iseult, Bérénice et Phèdre. Toute cette grande pédagogie classique, héritée de la France, convient parfaitement à cet élève passionné.

– On va inscrire Israël, c'est sûr ! avait annoncé Gustave Pagé en lisant *La Presse* du 10 juin 1929, qui ébruitait le projet de la Congrégation de Sainte-Croix de fonder un externat classique dans l'Est de Montréal.

Jusque-là, la population de Maisonneuve, Hochelaga et Viauville, de condition modeste et en grande partie ouvrière, n'avait pas accès à la formation classique par l'enseignement des humanités, des lettres, des sciences et de la philosophie. Gustave Pagé aurait certes préféré envoyer son fils dans un lycée laïque, mais il n'allait pas laisser passer pareille occasion de réaliser un de ses vœux les plus chers.

— Israël sera le premier Pagé à fréquenter l'université! avait-il dit à sa femme.

— Il devra d'abord compléter son cours classique, avait répliqué Émilie Pagé.

— Ne t'inquiète pas, ton fils remportera tous les prix!

— Ce n'est pas ce qui m'inquiète.

~

Plus de deux cent cinquante élèves sont déjà rassemblés dans la chapelle du collège. Arrivé à la dernière minute, Israël gagne sa place à côté d'un condisciple de la classe de Belles-Lettres.

— Salut Jean, dit-il à voix basse.

— Bonjour Israël, fait l'autre.

Aussi grand et élancé qu'Israël, Jean Laberge a l'allure d'un aristocrate, mais il n'est pas snob pour un sou. En fait, depuis son arrivée au Collège Sainte-Croix, au début de l'année, il se distingue par son affabilité, sa ponctualité, sa discipline et sa discrétion. Il a fait ses «basses classes» – Éléments latins, Syntaxe, Méthode et Versification – au Petit Séminaire de Québec. Intensément réservé, il vit maintenant chez une tante, rue LaFontaine.

Israël l'observe du coin de l'œil, admirant sa tenue exemplaire. «Comment fait-il pour rester si droit?» se demande-t-il.

Pendant ce temps, la messe suit son cours normal. Après l'évangile, c'est le sermon aux élèves. Cette fois-ci, un prédicateur de l'extérieur prend la parole. Sans préambule, l'abbé Henri Crépeau se met à fustiger les collégiens qui fument.

« La cigarette mène à l'enfer sans possibilité de pardon ! » tonne-t-il.

Israël tourne la tête vers Jean. Son condisciple l'ignore.

L'abbé ajoute :

« Et il n'y a rien de pire que de jouer au ping-pong au lieu d'aller à la chapelle ! »

Israël promène son regard sur l'assemblée. Il voit plusieurs élèves réprimer des fous rires. Le Collège Sainte-Croix accueille souvent des prédicateurs de l'extérieur, mais les élèves n'ont jamais entendu quelqu'un d'austère à ce point. Heureusement, les religieux qui leur enseignent sont plus modérés.

Suivent le Credo, le Pater, la récitation du chapelet et la préparation à la sainte communion. Au moment venu, Israël se lève avec les autres élèves pour aller communier. Seul Jean Laberge ne quitte pas sa place. Quand Israël revient de la communion, il est toujours là, assis très droit sur le banc.

Durant la dernière partie de la messe, les élèves récitent les prières pour gagner l'indulgence plénière. Puis, après la bénédiction, ils s'en vont déjeuner avec leur famille. Ils ne reviendront au collège que le lendemain matin.

Israël s'arrange pour sortir en même temps que Jean Laberge. Happés par le froid, les condisciples ont d'abord un mouvement de recul, puis ils baissent la tête et se mettent à marcher à grandes enjambées. Leur souffle se transforme en buée blanche. La neige crisse sous leurs pas.

Jusqu'au boulevard Pie-IX, ils vont ainsi en silence. Puis, en descendant la pente avec prudence, Israël demande à Jean :

— Je peux te poser une question indiscrète ?

— Vas-y.

— Tu es athée, n'est-ce pas ?

— Oui, mais je m'efforce de ne pas créer de problème à ce sujet.

— Les pères ne t'ont jamais réprimandé ?

— Jamais.

Israël demeure songeur jusqu'au bas de la pente. Puis, en traversant le boulevard, il dit à son compagnon :

— Moi aussi, je suis athée, mais je n'oserais jamais défier les pères comme ça.

— Pourquoi pas ?

— Tu penses que j'ai le choix ?

— On a tous ce choix-là.

— Voyons donc ! Les pères font exception pour toi parce que tu viens de Québec. Moi, je suis un gars de la place, ce n'est pas pareil.

— Je ne vois pas la différence. Pourquoi penses-tu que j'ai été renvoyé du Petit Séminaire ?

— Tu as été renvoyé du Petit Séminaire pour ça ?

— Mais oui.

Les deux garçons continuent leur route en silence. Israël pense à tout ce qu'il ne dit pas à Jean. Depuis la naissance de sa sœur Pauline – la quatrième fille de la famille ! –, son père n'a plus les moyens de payer les mensualités du collège. Israël doit donc à la charité des pères de poursuivre son cours classique. Lorsqu'il avale l'hostie, il erre entre la colère et la honte.

Un lundi soir du mois de mars, Israël cogne à la porte de son directeur spirituel. Une voix chaleureuse se fait entendre :

— Entrez !

Israël obéit. Assis derrière un bureau recouvert de livres et de devoirs, le père Pierre Poisson lui adresse un sourire amical.

— Asseyez-vous, dit-il en désignant de la main une chaise située près de son bureau. Je commençais à m'inquiéter, vous savez.

— Je m'excuse, réplique Israël en restant debout. J'ai mis du temps avant de me décider à vous parler.

— Eh bien, je vous écoute.

Israël baisse la tête, regardant le père Poisson par en dessous. Front dégarni, bonne rondeur, le religieux trentenaire a l'air plus vieux que son âge. D'un calme imperturbable, il se prête volontiers aux taquineries bénignes que lui valent son nom et ses lunettes à monture d'écaille. Israël l'adore, ayant découvert chez lui un professeur à la fois ouvert et avide de transmettre ses connaissances. Aussi n'a-t-il pas hésité quand il lui a fallu choisir un nouveau directeur spirituel. En principe, le père Poisson l'accompagne dans ses expériences quotidiennes et entend sa confession une fois par semaine. Mais Israël le voit aujourd'hui pour la première fois en un mois.

— Je ne veux plus mentir, finit-il par dire sur un ton décidé. Vous pouvez rester mon ami, si vous le voulez, mais je ne veux plus confesser mes péchés. J'ai perdu la foi.

– On passe tous par là, dit le père Poisson sur un ton conciliant.

– Sauf votre respect, vous ne pouvez pas être passé par là, père Poisson.

– Mais oui, je suis passé par là, Israël Pagé. En faisant mes études, je me suis demandé, comme tout le monde : c'est-y tout vrai, ces affaires-là, l'évangile, les apparitions, et le reste ? Au bout du compte, j'ai retenu une chose : il vaut mieux mettre de côté l'apologétique et parler de l'amour de Dieu, du témoignage et de l'engagement humains…

Israël l'interrompt, sur un ton excédé :

– De toute façon, je devrais être excommunié depuis longtemps. J'ai lu Rousseau, Balzac, Hugo, Stendhal, tous des auteurs mis à l'Index ! Quand je pense que nous étudions la littérature française sans aborder *Madame Bovary* !

Le père Poisson se rembrunit. D'habitude, il ramène gentiment les élèves à l'ordre en maniant l'humour. Cette fois-ci, il garde le silence, retire ses lunettes et sort un mouchoir pour polir ses verres. Peu à peu, sa physionomie se détend. Le père Poisson sourit intérieurement en pensant à ses propres quinze ans. Il est en Belles-Lettres au Collège Saint-Laurent, le plus prestigieux établissement d'enseignement des pères de Sainte-Croix. Il a un gros problème. Il porte des lunettes depuis l'enfance, mais les spécialistes n'arrivent pas à lui fournir des verres qui lui permettraient de lire à la lumière électrique. Aussi son père lui dit-il un jour :

– Va donc voir le frère André.

Son père prétend avoir été guéri de ses rhumatismes par le frère André, dont les miracles attirent les foules à l'oratoire Saint-Joseph. Le fils Poisson va donc voir à son tour le célèbre religieux. Déjà octogénaire, le frère est là, écrasé sur son bureau. Quatre personnes se trouvent en sa présence, dont un père qui tient une petite fille dans ses bras.

— Frère André, dit le père, ma fille marchait très bien, mais, depuis quelque temps, elle ne porte plus sur ses jambes.

Le vieillard se lève péniblement et va poser ses mains sur la tête de la fillette. Une minute plus tard, celle-ci court librement dans le bureau.

Vient le tour du jeune Poisson.

— Frère André, dit-il, je veux devenir prêtre, mais je crains de devoir interrompre mes études à cause de ma vue.

Sans lever les yeux sur son interlocuteur, le frère André dit :

— Applique la médaille de saint Joseph de temps en temps. Un jour, un spécialiste te trouvera ce qui te convient. Si tu as la vocation, tu auras tout ce qu'il te faut…

≈

Le père Poisson remet ses lunettes sur son nez. Il avait dû attendre la fin de son noviciat avant de trouver le spécialiste annoncé par le frère André. Un miracle à retardement, aime-t-il croire.

Puis, plantant son regard dans celui d'Israël, il rompt le silence :

— Si vous renoncez à la confession, vous devrez renoncer aussi à la communion.

— Je ne veux pas me faire expulser du collège, dit Israël.

Le père Poisson observe Israël. Professeur de grec, de latin et de français, il affectionne cet élève consciencieux qui possède un talent inné pour l'apprentissage des langues, y compris le grec et son alphabet ésotérique. En latin, Israël est le seul élève de sa classe à avoir saisi sur-le-champ la règle si difficile de *suus* et *ejus*. Il traduit en un temps record Cicéron, César et Démosthène. Et en français, il pastiche à merveille le style de Victor Hugo. De toute évidence, Israël Pagé a la graine d'un écrivain.

Après quelques minutes de silence, le père Poisson reprend :

— Je ne vous forcerai pas à vous confesser. Continuons cependant de nous voir une fois par semaine. Nous discuterons un sujet de votre choix. Par où voulez-vous commencer ?

— Par la guerre d'Espagne, répond Israël en s'assoyant enfin sur la chaise offerte. Croyez-vous vraiment que Jésus aurait été dans le camp de Franco, Mussolini et Hitler ?

— Ce n'est pas aussi simple que ça, réplique le père Poisson.

— En tout cas, j'ai lu dans *Le Jour* un reportage accablant sur les crimes commis par les nationalistes.

— Il ne faut pas croire tout ce qui est écrit dans les journaux.

— Me déconseillez-vous le journalisme ?

— Non, bien sûr. Au fait, quand allez-vous publier votre premier article dans *Le Trait d'Union* ?

— Ils ne veulent pas de mes écrits.

— Voyons donc, je m'arrangerai pour que vous puissiez y écrire.

— Merci.

∼

Septembre 1939. Le comité de rédaction du *Trait d'Union* se réunit pour la première fois de l'année scolaire. Israël y fait ses débuts, à la demande expresse du père Poisson.

Dans le local exigu du journal, le climat est explosif, comme il l'est en Europe. Le 1ᵉʳ septembre, les armées allemandes ont déferlé sur la Pologne, lui faisant subir toute la furie de la blitzkrieg. Le 3, la Grande-Bretagne et la France ont déclaré la guerre à l'Allemagne. Le 9, le Canada s'est engagé à leurs côtés, au grand dam des nationalistes canadiens-français, très bien représentés dans les pages du *Trait d'Union*.

— Pagé! s'époumone Paul Cloutier, le rédacteur en chef. Tu peux répéter tant que tu voudras que c'est une lutte pour la civilisation, une lutte pour la démocratie, une lutte pour la liberté, le fait est que je n'en crois rien! Le Canada n'a pas d'affaire à participer à une guerre pour assurer dans le monde la suprématie de la finance anglo-américaine ou la domination de la Russie bolchevique en Europe!

— Mais je ne te parle pas de ça! proteste Israël. Je te dis simplement qu'il y a à Montréal des gars à peine plus âgés que nous qui s'enrôlent.

— C'est bien la preuve qu'il faut combattre la propagande officielle!

— Tu as raison, Cloutier, après la propagande clériconationaliste, il n'y a rien de pire que la propagande officielle!

Rouge de colère, Cloutier se lève en montrant la porte à Israël. D'une voix sourde, il dit :

— Dehors, Pagé! M'entends-tu? Dehors! Je ne veux plus te voir la face!

— Essaie donc de me faire sortir.

Israël se lève à son tour, jetant sur Cloutier un regard menaçant. Il a seize ans. Le rédacteur en chef en a dix-huit. Aussi grand qu'Israël, il n'est pas reconnu pour ses prouesses physiques. Il cherche des yeux l'appui des trois autres membres du comité de rédaction.

— Laissons-lui donc la corde pour se pendre, dit Luc Roy, un type chétif et malingre. Ça sera notre bonne action de la journée.

Cloutier, dont les activités parascolaires incluent le scoutisme, se rassoit. Après un moment de silence, il dit à Israël :

— Nous le publierons, ton texte. Mais fais bien attention à ce que tu vas écrire. Faudrait pas que tu mettes le père Poisson dans l'embarras. Et souviens-toi bien d'une chose…

— Quoi donc? fait Israël, le ton frondeur.

— Mon éditorial exprimera notre opposition catégorique au service militaire obligatoire.

— Là-dessus, Cloutier, je suis d'accord avec toi à cent pour cent. Le gouvernement canadien doit respecter son engagement. Pas de conscription pour service outre-mer.

Insatisfait de cette concession, Paul Cloutier tente de river son clou à son rival.

— Nous ne devons plus participer aux guerres de l'empire britannique, dit-il. C'est fini cette époque-là.

— Cloutier, fait Israël d'une voix lasse, quand donc comprendras-tu que ce n'est pas une guerre de l'empire britannique?

— Pagé, recommence pas…

~

Israël sort sur la galerie. Un beau soleil d'automne se lève au-dessus des arbres. À travers les feuilles translucides, dont les coloris vont du rouge au jaune en passant par l'orange, le ciel paraît d'un bleu plus intense que jamais.

« Pas ce matin », se dit Israël en rentrant à la maison. Il monte à la chambre de sa sœur Jacqueline.

— C'est l'heure de la promenade, dit-il en lui secouant gentiment l'épaule.

Jacqueline ouvre les yeux.

— C'est l'heure de quoi? fait-elle d'une voix ensommeillée.

— C'est l'heure de la promenade, répète Israël en admirant le visage de sa sœur, dont la beauté est en pleine éclosion.

— Mais c'est dimanche! dit Jacqueline en se soulevant sur un coude. Tu dois aller communier au collège!

— Pas aujourd'hui. Il fait trop beau. Allez, habille-toi vite, je t'attends en bas.

Dix minutes plus tard, Israël et Jacqueline marchent de conserve sous les arbres en couleurs. Ils suivent leur itinéraire habituel, qui les mène sur les marches de la bibliothèque municipale. Là, Israël s'assoit à côté de sa sœur, souffle un moment, puis reprend le cours de son monologue.

– Victor Hugo fut un très grand poète, dit-il avec emphase, le plus grand de tous, peut-être. Il n'a manqué qu'une digue aux flots tumultueux de son génie. Tiens, il écrit ce vers parfait : *La pensée est un vin dont les rêveurs sont ivres.* Puis il ajoute ces trois mots idiots : *Je le sais.* Et il revient s'atteler à sa lourde prose rimée durant des vers, des vers et des vers… jusqu'au prochain beau vers. C'est ainsi que le père Hugo concevait la poésie. Avec l'immense et puéril orgueil de son génie, il s'imaginait qu'un beau vers en fait oublier cent mauvais…

– Moi, glisse Jacqueline, je préfère Baudelaire.

– Lui, c'est un vrai poète ! reprend Israël sur un ton enthousiaste. Il a compris qu'un élan de pure poésie ne peut se soutenir bien longtemps dans l'espace. Chez lui, jamais un vers de trop, jamais un vers qui cloche.

Sur ces mots, Israël se lève.

– Viens ! dit-il à sa sœur en lui tendant la main. Je t'emmène marcher sur la *Main* !

Jacqueline lui empoigne la main, suivant son frère dans le défilé de la rue Sherbrooke. Rendus au boulevard Saint-Laurent, ils tournent à droite, humant les odeurs exotiques de cette *Main* bordée de petits commerces juifs, ukrainiens, polonais, allemands.

En respirant l'air, Israël retourne en pensée à sa première expédition dans la plus cosmopolite des rues montréalaises. Ça se passe en juin 1937. Avec son père, il va entendre le docteur Bethune à l'aréna Mont-Royal, un amphithéâtre sportif de deux étages planté au cœur du quartier rouge de Montréal, entre les rues Saint-Urbain et Clark. Malgré ladite Loi du cadenas, qui autorise le procureur général à cadenasser tout bâtiment soupçonné de servir à «la propagation du communisme ou du bolchevisme», les autorités n'ont pu empêcher le héros d'y prendre la parole. Tout communiste qu'il est, le brillant chirurgien jouit d'un énorme prestige, revenant à peine d'un séjour en Espagne où il a sauvé de nombreuses vies sur les champs de bataille du pays en guerre. Des journalistes et des photographes l'ont vu à l'œuvre, transportant sur une mule l'appareil mobile qu'il a inventé pour les transfusions. Israël dévore tous les reportages à son sujet.

Et il a hâte de le voir en chair et en os. En arrivant devant l'aréna Mont-Royal, il est surpris de n'y voir aucun protestataire. Un an plus tôt, quelque deux mille cinq cents étudiants de l'Université de Montréal ont forcé l'annulation d'une autre soirée d'appui à la cause des républicains espagnols. Rassemblés devant l'amphithéâtre, les carabins ont scandé: «À bas les communistes! À bas les Juifs! À bas l'impérialisme!»

Deux jours plus tard, le premier ministre du Québec, Maurice Duplessis, leur a adressé ses félicitations à l'occasion de la fête du Christ-Roi. Devant vingt mille personnes réunies au Colisée de Québec, le «cheuf» a claironné:

«Je veux dire combien j'ai éprouvé de fierté lorsque j'ai appris que les étudiants avaient empêché les communistes de parler à Montréal. Ces étudiants, fiers des principes de leurs aïeux qui ont fait l'épopée du Canada, ont posé là un acte bien consolant. Les grandes théories de la liberté, de l'égalité et de la fraternité ne valent rien. Ce qui compte vraiment, ce sont les trois vertus théologales : la foi, qui illumine l'intelligence, la charité, qui enrichit les cœurs, et l'espérance, qui réconforte… »

Israël honnit le premier ministre Duplessis. Et il idolâtre le docteur Bethune, dont il n'oubliera jamais le discours à l'aréna Mont-Royal : « Je suis médecin, chirurgien. Ma vie consiste à servir la vie, dans toute sa beauté, dans toute sa vigueur. Je ne suis pas politicien. Mais je me suis rendu en Espagne parce que les politiciens la trahissaient et tentaient de nous entraîner avec eux dans leur trahison. Avec toutes sortes d'accents, et à divers degrés d'hypocrisie, les politiciens ont décidé que l'Espagne démocratique doit mourir. J'ai toujours pensé, et maintenant je sais, que l'Espagne démocratique doit vivre… »

～

Passés la rue Prince-Arthur, Israël et Jacqueline s'arrêtent devant une vitrine à moitié masquée par une grande affiche trilingue. La version française apparaît tout en bas, sous l'anglais et le yiddish. Dans une langue bâtarde, elle dit : « Le Canada a besoin de vous : ENRÔLLEZ-VOUS ICI DE SUITE ! »

— Pouah ! fait Israël en serrant les poings.

— Ils auraient pu avoir la décence d'ouvrir un dictionnaire ! s'indigne Jacqueline.

Humiliés, ils se remettent aussitôt à marcher, changeant de direction à l'avenue des Pins. À quelques rues de là, vers l'est, ils voient un attroupement devant la caserne des Fusiliers Mont-Royal. Ils s'approchent.

— Que se passe-t-il ? demande Israël à un solide gaillard.

— Le commandant du régiment a convoqué une parade pour prendre les noms de ceux qui sont disposés à servir, répond le jeune homme. Il voulait préparer un détachement de cent soldats et dix officiers. Il est encore tôt, mais cent soixante-dix-huit soldats et trente-deux officiers ont déjà répondu à l'appel.

Israël fait entendre un sifflement. Pensant à l'article qu'il prépare pour *Le Trait d'Union,* il se met à interroger le volontaire.

— Quel est ton nom?

— Roland Duquette.

— Quel âge as-tu?

— Vingt ans.

— Es-tu encore aux études, as-tu un emploi?

— J'ai commencé des études à l'école des Hautes Études Commerciales.

— Pourquoi veux-tu servir?

— Je ne veux pas rater cette aventure.

— Tu penses que la guerre sera une aventure?

— Et comment! Malheureusement, la guerre ne sera pas longue. La marine anglaise et la ligne Maginot repousseront les Allemands. Je me demande même si nous aurons le temps de traverser en Europe.

～

Israël se retrouve seul dans la grande salle d'étude du collège. Il devrait avoir congé, puisque c'est mardi après-midi, mais il est en retenue, sanction qui lui a été infligée pour avoir raté la messe du dimanche précédent.

Il met à profit sa retenue pour terminer son article. Il y décrit d'abord la mobilisation dans la province de

Québec, qui a commencé avant même le début officiel de la guerre. Depuis la fin du mois d'août, les volontaires grossissent en effet les rangs des Fusiliers Mont-Royal, des régiments de Maisonneuve, de Châteauguay et de Saint-Hyacinthe, entre autres. Des vétérans de la Grande Guerre tentent même de s'enrôler, allant jusqu'à se teindre les cheveux pour cacher leur âge!

« N'en déplaise à nos amis pacifistes, écrit Israël, les Canadiens français ont une tradition guerrière. » Et il cite joyeusement cette confidence d'un officier allemand prisonnier pendant la Grande Guerre : « Les Américains ont le meilleur équipement, mais comme soldats, ils ne sont pas fameux. Du côté des Anglais, ils sont plus préoccupés par l'apparence de leur costume que par leur performance comme soldats. Puis il y a les Canadiens français. *Oh bastard!* des salauds, des durs. »

Plus loin, Israël aborde la dimension politique du conflit. S'inspirant d'un texte de Jean-Charles Harvey paru dans *Le Jour*, il écrit : « La lutte contre la conscription ne doit pas faire oublier les enjeux tragiques du drame qui se déroule en Europe. Hitler veut asservir les peuples libres. Des milliers de Juifs d'Allemagne et d'Autriche ont déjà été chassés, dépouillés et ruinés. Autour de moi, j'entends dire : "De quels droits ces gens-là viennent-ils nous demander d'aller nous faire tuer, de ruiner notre pays parce qu'ils ont subi des affronts?" Je réponds : Parce que les lois divines et humaines défendent absolument la persécution systématique de toute une race d'hommes. Parce que Hitler ne s'arrêtera pas aux Juifs. Aujourd'hui, ce sont les Polonais qu'il piétine. Demain, ce seront les Hollandais, puis les Belges, puis les Français, nos chers ancêtres… »

Israël laisse courir sa plume sans penser aux conséquences. Ainsi, il conclut son article en s'attaquant directement aux pères du collège : « Nos professeurs nous citent souvent en exemple les réalisations de Mussolini en Italie, de Franco en Espagne et de Salazar au Portugal. Ces régimes sont vus avec sympathie, sous prétexte qu'ils s'inspirent en partie de l'enseignement social de l'Église. Pendant ce temps, leurs écarts sur le plan du respect de la dignité humaine et des libertés individuelles passent sous silence. C'est une honte ! »

Deux jours plus tard, Israël remet son article au rédacteur en chef du *Trait d'Union*. Celui-ci se met à le lire devant l'auteur. Son visage passe du rouge au vert au blanc. À la fin, il lance le texte à bout de bras, atteignant Israël en plein visage.

– Pagé, dit Paul Cloutier d'une voix rageuse, malgré tout le dégoût que tu m'inspires, je vais te faire une faveur : je ne publierai pas ton article !

Israël lui répond en écrasant son poing sur sa figure blême. Durant l'année scolaire 1939-1940, il passera plusieurs mardis après-midi en retenue.

～

C'est aujourd'hui la distribution des prix, cruelle tradition du cours classique. Israël, qui ne fera pas partie des laissés-pour-compte, se demande quels livres lui vaudront cette année ses succès scolaires.

Assise à ses côtés, sa tante Geneviève lui prend la main. Gustave et Émilie Pagé n'ont pas osé assister à l'événement car ils doivent au collège l'équivalent d'une année et demie d'étude.

Israël sourit à sa tante. Geneviève Ricard, née Pagé, partage les traits de la famille, front large, visage anguleux, bouche sensuelle. Veuve depuis l'âge de vingt-six ans, elle ne s'est jamais remariée, élevant seule sa fille de quinze ans. Elle gagne sa vie comme aide sociale, et se passionne pour la culture, tirant une grande fierté de l'intelligence prometteuse de son neveu.

Et voici que le supérieur du collège s'avance vers le micro, à l'avant-scène. Derrière lui, professeurs et dignitaires sont assis sur des rangées de chaises en bois.

Après le mot de bienvenue, le supérieur annonce les gagnants dans la première catégorie, les prix spéciaux. Il présente à un élève de Philosophie II le prix d'Honneur, offert «à l'élève qui s'est le plus distingué, durant son cours classique, par son application et sa bonne conduite».

«Jamais ils ne me décerneront ce prix», se dit Israël en applaudissant l'élève modèle, couronné après huit longues années d'épreuves au Collège Sainte-Croix. «Non pas que j'y tienne», pense-t-il.

Le supérieur décerne ensuite à Paul Cloutier le prix du Sens social, offert «à l'élève qui s'est le plus dévoué, durant son cours classique, dans les associations servant la cause étudiante de son collège».

Le rédacteur en chef du *Trait d'Union*, grand scout devant l'Éternel, va chercher son prix sous les applaudissements nourris des élèves et des parents. Les mains d'Israël ne quittent pas ses cuisses.

Comme prix, Cloutier reçoit l'œuvre de Thomas Chapais en dix volumes. Friand d'histoire du Canada, il pourra ainsi constituer un embryon de bibliothèque nationaliste.

Les prix spéciaux sont offerts par des donateurs de l'extérieur. Les prix de succès par matière sont dus à la générosité du collège.

Des applaudissements polis accueillent l'annonce du premier prix d'Israël, qui a décroché le meilleur résultat de sa classe de Belles-Lettres en littérature. Le visage sévère, le supérieur lui remet son prix, qui comprend trois livres : *Maria Chapdelaine* de Louis Hémon ; *Menaud, maître draveur* de Félix Antoine Savard ; et *L'appel de la race* du chanoine Lionel Groulx.

Israël déteste par-dessus tout le roman de Louis Hémon, qui a enfermé la littérature canadienne-française dans l'idéologie du terroir. Il ne comprend que trop bien le message.

Après la cérémonie, sa tante Geneviève lui redonne le sourire.

— J'ai quelque chose pour toi ! s'exclame-t-elle en sortant deux livres de son sac : un recueil de poèmes de Saint-Denys Garneau, *Regards et jeux dans l'espace*, publié au Canada en 1937, et un roman d'Ernest Hemingway, *For Whom the Bell Tolls*, qui vient tout juste de paraître aux États-Unis.

— Tante Yaya, je t'adore ! dit Israël en utilisant le surnom qu'il a inventé pour la sœur de son père.

∾

— Vous ne pouvez pas renvoyer Israël comme ça ! s'insurge Geneviève Ricard, assise sur le bord de son siège, dans le bureau du supérieur.

— Nous ne le renvoyons pas, dit le supérieur du Collège Sainte-Croix d'une voix posée. Nous disons simplement que nos finances ne nous permettent plus d'accueillir gratuitement votre neveu.

– Mais il a presque fini son cours classique! proteste Geneviève Ricard. Il ne lui reste que deux années à compléter!

– Chère madame, je suis vraiment désolé, croyez-moi.

Geneviève Ricard se lève et se met à arpenter la pièce. Elle a l'impression que tout s'écroule autour d'elle, dans le monde comme dans sa famille. Au printemps, les Allemands sont entrés dans Paris, après Vienne, Prague, Varsovie, Oslo, Luxembourg, Amsterdam et Bruxelles. Paris, Ville lumière, sous occupation nazie! La France, mère patrie, sous la botte allemande! Quelle tragédie!

Et puis, en cette fin d'été torride, cette lettre du Collège Sainte-Croix est arrivée, informant la famille Pagé que les bons pères ne peuvent plus offrir à Israël «la gratuité de l'enseignement».

La lettre est tombée des mains de Gustave Pagé. Père de cinq enfants, il doit se rendre à l'évidence: il est incapable de maintenir son aîné aux études. Depuis le début de la guerre, les prix flambent, mais son salaire de fonctionnaire reste toujours le même. C'est à peine s'il peut couvrir les besoins essentiels de sa famille.

– Maudite argent! a-t-il dit rageusement à sa femme avant d'annoncer la mauvaise nouvelle à son fils.

Le soir même, Israël est allé pleurer sur l'épaule de sa tante Yaya. Il n'accomplira pas le grand vœu de son père. Il ne lui en veut pas. Il n'en veut même pas au supérieur. Il s'en veut à lui-même.

— Tout ça est de ma faute, a-t-il dit en essuyant une larme. J'aurais dû rester dans le rang comme tout le monde.

— Israël! a coupé sa tante, tu n'as pas à t'excuser d'avoir un esprit libre! Allez, ne désespère pas. Demain, j'irai au collège. Je vais parler au supérieur…

~

Debout devant le supérieur du Collège Sainte-Croix, Geneviève Ricard offre son piano, en désespoir de cause.

— Il est en excellent état! dit-elle sur un ton suppliant. Il vaut au moins une année d'étude au collège.

— Nous avons déjà un piano, dit le supérieur.

— Vous pourrez vendre le mien, si vous voulez.

— Nous n'avons pas l'intention de brader les biens de votre famille. Vous savez bien que tout le monde est à court d'argent.

— Et si Israël s'engageait à se tenir tranquille toute l'année?

— Chère madame, je pense sincèrement que votre neveu a besoin de se frotter aux réalités de la vie. Cette épreuve lui sera peut-être salutaire.

~

Enfermé dans sa chambre, Israël passe l'été 1940 à lire et à relire *For Whom the Bell Tolls*, où Hemingway s'inspire de son expérience de la guerre d'Espagne pour montrer que la disparition de la liberté, en quelque lieu qu'elle se produise, met la liberté en danger dans le monde entier.

Dans le recueil de Saint-Denys Garneau, il retiendra ces vers, qui accentueront sa déprime :

C'est un oiseau tenu captif
La mort dans ma cage d'os

CHAPITRE III

Atisha

Israël marche sur un tapis de feuilles givrées, ayant la forêt pour compagne. Il embrasse du regard les essences nobles, bouleau jaune, bouleau blanc, chêne, érable, pin. Pris d'une sorte d'ivresse d'indépendance, il respire goulûment l'air vivifiant. En ce dimanche d'octobre, il est heureux, envers et contre tout.

Il a rendez-vous avec Atisha, une jeune Algonquine rencontrée sur le bord du lac des Quinze, peu après son arrivée au Témiscamingue, au nord du 48ᵉ parallèle. Dans sa tête résonne la *Sixième Symphonie* de Beethoven. *La Pastorale* remplit l'immensité forestière, les lacs à l'infini, la solitude d'un monde géant.

Il est parti sur un coup de tête, en septembre 1941. Adieu les postes! Salut le bois! Son père n'a pas tenté de le retenir à Montréal. Entre les deux hommes, quelque chose s'est rompu.

De toute façon, Israël se morfondait dans cet emploi de commis que lui avait déniché son père. Tout lui semblait d'une médiocrité consommée, en commençant par sa vie. L'idée d'avoir à renoncer à l'université le laissait dans une colère proche de la révolte. Était-il, lui aussi, né pour un petit pain?

Il brûlait de partir, de rompre avec sa famille, de s'éloigner de sa sœur Jacqueline, qui lui inspirait des rêves de plus en plus troubles. Et un jour, il avait lu dans *La Presse* un article sur la CIP, société qui exploitait un vaste territoire forestier dans le Témiscamingue et l'Outaouais supérieur. L'article mentionnait que la CIP ouvrait sa période d'embauche annuelle. La compagnie cherchait des bûcherons, des défricheurs, des charretiers, des empileurs, des cuisiniers, «des emplois sains qui devraient intéresser nos jeunes chômeurs», précisait *La Presse*.

Israël avait décidé de partir sur-le-champ pour le Témiscamingue. Depuis le milieu du XIXe siècle, les bûcherons avaient remplacé les coureurs des bois au pays des Algonquins. Ils avaient abattu des arbres par centaines de milliers, fournissant bois d'œuvre et pâte à papier aux Anglais et aux Américains. Dans leur sillage avaient suivi les missionnaires et les colons, unis dans leur volonté de défricher, de semer, de survivre.

Israël était séduit par l'expression «bûcherons-voyageurs» employée pour identifier ceux qui partaient de loin pour aller travailler dans les chantiers du Témiscamingue. Il n'avait aucun doute sur son aptitude à manier la hache et la scie. Il aimait l'effort physique, et le recherchait plus avidement que jamais, condamné qu'il était à un petit bureau. Mais, après avoir pris sa mesure, un responsable de la CIP l'avait embauché comme commis dans un chantier situé près du lac des Quinze.

— Tu devrais bien t'entendre avec le *foreman*, avait dit l'homme dans un français cassé. Lui aussi a été renvoyé de son collège.

– Comment s'appelle-t-il?

– Olivier Larocque.

– D'où vient-il?

– De l'Assomption.

Israël toucherait trente-sept dollars par mois. C'était trois dollars de moins qu'aux postes, mais il n'en avait cure. Il partait.

~

Le lac n'est pas encore gelé. La tête penchée au-dessus de l'eau, Israël étudie son reflet. Ses traits n'ont pas encore perdu la douceur de l'enfance. Au bout du menton, pas un poil ne vient marquer son entrée dans le monde des hommes.

Il fait la grimace à son image et se rassoit sur le rocher qui plonge dans le lac. Il tourne ensuite son regard vers le village, guettant l'arrivée d'Atisha qui est en retard. Au bout d'une autre demi-heure, il la voit venir, svelte et gracieuse. Il sent son cœur battre, son désir monter. Il se lève et envoie la main à son amie. Celle-ci ne répond pas à son salut. Quand elle arrive à sa hauteur, elle baisse les yeux et s'assoit sur le rocher.

Israël prend place à ses côtés, la dévorant du regard. Il y a quelque chose d'indéfinissable dans ce visage ovale, dans ce teint ombré, dans ces cheveux si noirs et si doux, dans ces yeux si longs.

– Tu es triste, dit Israël.

Une larme perle à l'œil d'Atisha, suivie d'une autre, puis d'une autre. Bientôt, son visage est inondé. D'une voix entrecoupée de hoquets, elle dit:

– L'Agent indien a transféré mes deux petits frères à un orphelinat de Rouyn! Il est venu les prendre hier de la maison de mon père!

– De quel droit! s'exclame Israël.

– L'Agent indien dit qu'il a la loi de son côté, répond Atisha.

– Qu'a fait ton père?

– Il n'a rien fait. Il tremblait. L'Agent indien était accompagné de la Gendarmerie royale. Il est comme le roi d'Angleterre.

– C'est scandaleux!

Israël connaît l'Agent indien. Âgé de soixante-deux ans, Zotique Caza occupe ce poste depuis seize ans. Énergique et autoritaire, il fait la pluie et le beau temps au nom de l'Agence du Timiskaming Nord.

– Mon père écrira au Département des Affaires indiennes, dit Atisha après un long silence. À titre de chef, il demandera que l'Agent indien soit remplacé. Mais non pas par un Français. Il veut un homme anglais comme agent indien.

– Pourquoi?

– Parce que Caza et le missionnaire favorisent les Français chaque fois!

Les Algonquins du lac des Quinze regrettent le prédécesseur de Caza, un Anglais répondant au nom de William Lewis, qui avait épousé une femme de la bande et envoyé sa fille à l'école de la réserve. Mais Lewis avait été congédié au bout de cinq ans. Pour justifier son renvoi, le Timiskaming Nord avait invoqué la « nature insatisfaisante » de ses services.

En réalité, Lewis avait été démis de ses fonctions en raison de son refus de céder aux pressions du missionnaire, le père Louis Zéphirin Moreau, et des colons. Ceux-ci voulaient forcer les Algonquins à céder la partie nord de leur réserve, dont ils dépendaient pour la chasse et la coupe de bois, et comme terrain de ferme potentiel. En échange, ils offraient à la bande une terre qui ne valait rien, même comme terrain de chasse. Lewis avait refusé de participer à ce marché de dupes.

Son remplaçant, aidé du député local à l'Assemblée nationale, avait fini par avoir raison de la résistance des Algonquins. Ainsi, depuis deux ans, la partie nord de la réserve appartenait aux colons. Mais la bande continuait d'y chasser, s'exposant à la vindicte de Zotique Caza.

Séchant ses dernières larmes, Atisha reprend :

— L'Agent indien a dit qu'il reviendra avec la Gendarmerie royale si les hommes retournent sur le territoire de chasse. « Tu seras mis en prison », a-t-il menacé mon père en quittant la maison.

Israël se lève, brûlant d'indignation. Le regard tourné vers le lac, il dit d'une voix amère :

— Nous sommes les pires hypocrites. Nous prenons votre territoire en disant : tout cela est à nous autres, c'est l'héritage de nos pères, les Français. Nous nous réclamons d'une race qui ne veut pas mourir. Nous refusons d'être relégués au rang de vils serviteurs, d'esclaves. Et malgré cela, nous n'hésitons pas à piétiner les droits des Indiens. Tu veux en entendre une bonne ?

— Vas-y, dit Atisha.

Israël sort un livre de la poche de son manteau. C'est le roman de Félix Antoine Savard, *Menaud, maître draveur*, que lui ont donné les pères de Sainte-Croix en pensant le remettre dans le droit chemin.

— Écoute ça : « Nous sommes venus il y a trois cents ans et nous sommes restés… Nous avions apporté d'outre-mer nos prières et nos chansons : elles sont toujours les mêmes. Nous avions apporté dans nos poitrines le cœur des hommes de notre pays, vaillant et vif, aussi prompt à la pitié qu'au rire, le cœur le plus humain de tous les cœurs : il n'a changé. »

Israël ferme le roman de Savard, qui s'ouvre sur cet extrait de *Maria Chapdelaine*.

— Crois-tu que nous avons le cœur le plus humain de tous les cœurs ? demande Israël.

— Je crois que ton cœur est bon, cela me suffit, répond Atisha.

Israël se rassoit auprès de l'Algonquine. Il voudrait lui prendre la main, l'embrasser, mais il n'ose pas.

～

Le camp du chantier est construit sur un petit plateau, pas assez élevé pour être trop exposé, mais assez pour n'être pas incommodé, dans les dégels, par la rivière des Quinze, qui coule dans le voisinage immédiat.

Tout autour de la construction en bois rond sont éparpillés barils vides, tas de bois, traîneaux renversés sur le côté, raquettes et autres instruments plantés dans la neige. Au cœur de la forêt obscure, les fenêtres givrées laissent percer une lumière diffuse.

À l'intérieur, les hommes du chantier digèrent leur souper en fumant la pipe et en racontant des histoires. Ils sont assis ou étendus sur ce qu'ils appellent des « beds à beu », des lits de bois tapissés de branches d'épinettes.

Au-dessus de leurs têtes pend le linge à sécher. Au centre de la pièce, une truie à deux ponts produit une chaleur bienfaisante.

Olivier Larocque, le contremaître, donne la parole à Otto Heinmann, un des trois frères autrichiens du chantier. Lunettes rondes sur le nez, l'étranger ne raconte pas une histoire à dormir debout, un conte ou une légende. Il ne fait que décrire la triste réalité de sa vie. D'une voix chantante, il dit :

— En 38, lorsque les Allemands ont annexé l'Autriche, je suivais des cours dans une école de commerce. Depuis les fenêtres de chez moi, je voyais les troupes allemandes, menées par Hitler, entrer au pas de l'oie dans Vienne. Je fus immédiatement exclu de l'école.

Flanquant leur frère sur leur lit respectif, Karl et Leo Heinmann hochent la tête de bas en haut. Otto s'exprime dans un excellent français, à peine teinté de l'accent allemand. Israël traduit son histoire en anglais pour les quatre Irlandais du chantier. Un Italien et un Iroquois francophiles n'ont pas besoin de lui pour comprendre le récit, pas plus que les vingt-trois autres hommes, issus des familles de colons de la région ou d'ailleurs au Québec.

Otto poursuit :

— Les hommes juifs, parmi nos proches, étaient arrêtés tous les jours. La plupart d'entre eux ont été conduits à Mauthausen, le principal camp nazi en Autriche. Les Allemands l'ont ouvert en août 1938, près d'une carrière de pierre abandonnée, sur le Danube, à environ vingt kilomètres au sud-est de Linz. Un homme ayant réussi à s'en échapper nous a raconté que le régime disciplinaire y était particulièrement brutal. Les prisonniers punis étaient contraints de transporter de lourds blocs de pierre en haut des cent quatre-vingt-six marches de la carrière du camp. Ils ont donné aux marches le nom d'Escalier de la mort.

Otto s'interrompt pour bourrer sa pipe. Seul le ron-ron de la truie meuble le silence. Ses auditeurs attendent qu'il continue son récit.

— Nous avions peur d'être arrêtés à notre tour, re-prend Otto après avoir rallumé sa pipe. Alors ma mère nous a encouragés à fuir l'Autriche. Nous avons pris un train pour Trier, en Allemagne, puis nous avons traversé la Sauer à la nage pour rejoindre le Luxembourg. De là, nous sommes passés en France puis nous nous sommes rendus en Amérique par bateau le 11 août 1939.

— Et vous voilà-ti pas dans un camp de bûcherons! s'exclame Rosaire Gagnon, un colon du Témiscamin-gue. Êtes-vous sûrs d'avoir gagné au change?

— Gagnon, t'es pas drôle, dit Israël.

— Avez-vous eu des nouvelles de vos parents? de-mande Rémy Martel, l'excellent «couque» du chan-tier.

— Nous savons que les Allemands ont liquidé leur commerce, mais nous ignorons tout du reste.

— Ça me fait penser à une chanson, dit Martel en se levant de son lit.

Et, d'une voix de baryton, le cuisinier se met à chanter les paroles centenaires d'Antoine Gérin-Lajoie sur l'air de *Si tu te mets anguille*:

Un Canadien errant
Banni de ses foyers

Tous les Canadiens français du chantier se joignent alors au « couque » :

Parcourait en pleurant
Des pays étrangers
Un jour, triste et pensif,
Assis au bord des flots,
Au courant fugitif
Il adressa ces mots :
« Si tu vois mon pays
Mon pays malheureux,
Va dire à mes amis
Que je me souviens d'eux »

— C'est une belle chanson, dit Otto Heinmann à la fin du dernier couplet.

— Les Canadiens français la chantent de l'Acadie aux Territoires du Nord-Ouest, dit le contremaître, un homme au corps noueux et à la chevelure prématurément blanche. Moi, ajoute-t-il d'une voix rêveuse, elle me fait toujours penser à mon arrière-grand-père, François-Antoine Larocque.

Israël prête une oreille attentive au récit d'Olivier Larocque, qui s'adresse à ses hommes comme à des élèves.

— Je vous parle d'un de nos plus grands explorateurs, le premier Blanc à avoir remonté la rivière Yellowstone jusqu'à sa source, dans le Wyoming d'aujourd'hui. De retour de ses aventures dans l'Ouest, il s'est mis en affaires à Montréal, devenant un des principaux actionnaires canadiens-français de la Banque de Montréal.

Larocque fait une pause pour permettre à Israël de traduire ses propos en anglais. Puis il reprend son récit :

— Lorsqu'il était jeune, François-Antoine Larocque avait fait ses études à Boston. Il en était revenu avec des idées républicaines, idées auxquelles il est toujours resté fidèle. Il ne voulait plus vivre sous la tutelle de l'Église catholique et de l'Empire britannique. Durant les troubles de 37, les Anglais l'ont emprisonné…

— Les troubles de 37 ? fait Otto Heinmann en interrompant le contremaître.

— 1837, répond Olivier Larocque, c'est l'année de la rébellion des Patriotes, la révolte du Bas-Canada contre le clergé et l'Empire britannique.

— Vous voulez dire que les Patriotes ont aussi combattu le clergé ? s'étonne Otto Heinmann.

— Dans cette bataille, nos curés se sont rangés dans le camp des Anglais en condamnant les idéaux républicains.

Olivier Larocque fait une autre pause, donnant à Israël le temps de résumer le dialogue entre le contremaître et le réfugié. Puis il reprend.

— Malgré tout, mon arrière-grand-père a été chanceux. Plusieurs rebelles ont été déportés en Tasmanie ou pendus haut et court. Ceux qui ont échappé aux représailles ont dû s'exiler aux États, comme Papineau, le chef du Parti canadien. C'est cette condition misérable des rebelles qui a inspiré le parolier d'*Un Canadien errant*.

— Le rêve des Patriotes est-il mort avec eux ? demande l'Autrichien.

— Il ne mourra jamais, répond Larocque, pas plus que ne mourra le rêve des Juifs.

À ce moment, Israël intervient en son nom propre, adressant la parole au contremaître :

— Comme ça, votre arrière-grand-père a pris les armes contre les Anglais ?

— Non, dit Larocque. On l'a arrêté comme patriote, mais il n'a participé à aucun combat.

— Combien de temps a-t-il fait en prison ? demande le « couque ».

— Il a été relâché quelque temps après la répression de la rébellion. Il a pris sa retraite en 1841, après le mariage de mon grand-père, son fils unique. Et là, il s'est remis à voyager, traversant les États-Unis jusqu'au Pacifique. Il a tenu des journaux éclairants sur ses voyages, il a connu tous les grands explorateurs de son époque, Mac-Kenzie, Lewis, Clark. Ce n'est pas un faux jeton comme Chateaubriand.

— Chateau qui ? demande Rosaire Gagnon.

— Chateaubriand, mon bel ignorant. C'est un écrivain français qui a trouvé sa muse en Amérique.

En se levant de sa chaise, Olivier Larocque annonce à ses hommes la fin de la veillée.

— Bon, moi, je m'en vais me coucher, dit-il.

— Puis-je vous poser une question ? demande Otto Heinmann.

Larocque toise l'Autrichien en hochant la tête de haut en bas.

— Que fait un homme cultivé comme vous dans un chantier de bûcherons ? demande l'Autrichien.

— Et vous ? fait Larocque, sourire en coin.

Sans attendre la réponse, le contremaître tourne le dos à la compagnie, ouvre la porte du camp et sort dans la nuit froide, laissant ses hommes à leur promiscuité. À titre de contremaître, il a droit à sa propre maison sur le chantier.

～

Israël ne sait pas d'où cela lui vient. Il a une facilité à entrer dans l'esprit et à comprendre les mœurs des autres hommes du chantier. Il s'entend aussi bien avec les colons du Témiscamingue qu'avec les Juifs d'Autriche, devisant avec les uns des choses les plus communes, ou discutant des sujets les plus élevés avec les autres.

Son rôle de commis fait de lui un centre de réunion. Il est le bras droit du contremaître, chargé de la comptabilité et de la paye des hommes. Il s'occupe aussi de procurer aux bûcherons du tabac, des couvertures, des limes et d'autres biens. Les hommes lui demandent souvent de leur trouver un peu de rhum, mais l'alcool est interdit au camp. Il prend note de tous les relevés et calculs que lui rapporte le mesureur. Il travaille de concert avec le cuisinier pour l'approvisionnement du camp en nourriture. En un mot, il est indispensable, et il s'acquitte admirablement de sa tâche.

Souvent, Olivier Larocque l'invite à le suivre dans la forêt. Israël chausse alors ses raquettes et lui emboîte le pas dans la neige fraîche ou croûtée. Armé d'une hache, le contremaître s'enfonce dans le bois, marquant d'une entaille les arbres que les bûcherons abattront le lendemain.

Un jour, vers la fin de l'hiver, les deux hommes reviennent d'une telle excursion en forêt. Ils marchent dans le chemin qui mène à la rivière des Quinze. Plus loin devant eux, une équipe de cinq hommes décharge un traîneau, érigeant un nouveau tas de bois. La coupe est presque terminée. Bientôt, les hommes devront transporter le bois à la rivière. Au temps du dégel, les draveurs arriveront pour mener le bois à bon port.

— Tu ne me racontes pas d'histoire, là? dit Olivier Larocque en marchant.

— Non, non, réplique Israël, notre amour est strictement platonique.

— Parce que je ne voudrais pas avoir son père sur le dos. L'as-tu rencontré?

— Une fois. Je lui ai tendu la main et il m'a tourné le dos sans dire un mot. Atisha me dit qu'il ne veut plus rien avoir à faire avec les Français.

— Et il permet à sa fille unique de continuer à te voir?

— On se rencontre en cachette.

— De quoi parlez-vous?

— De tout et de rien. Dimanche dernier, par exemple, Atisha m'a demandé si une Algonquine comme elle pourrait vivre dans une ville comme Montréal.

— Que lui as-tu répondu?

— Je lui ai dit que non.

— Pourquoi?

Israël ne répond pas. Il laisse passer un moment de silence. Puis il dit:

— Ces jours-ci, je me demande si un homme comme moi peut vivre à Montréal.

Établi au Témiscamingue depuis des années, Olivier Larocque est mal placé pour lui vanter les mérites de la ville.

Les deux hommes continuent leur route en silence, saluant au passage les hommes qui s'échinent à empiler le bois. Ils arrivent bientôt à la rivière recouverte de glace.

— Tu sais que le missionnaire se plaint de ne jamais te voir à la messe du dimanche, dit Larocque en s'arrêtant.

– Qu'il s'occupe de ses colons, celui-là! dit son protégé.

～

Israël remarque les graines empourprées qui pendent aux oreilles d'Atisha. La jeune Algonquine s'est parée de nouveaux atours pour ce rendez-vous qui sera leur dernier. Des effluves de parfums émanent d'elle, mêlant des fragrances exquises. «De quels produits divins a-t-elle enduit ses cheveux soyeux, ses bras fermes?» se demande le jeune homme transi.

– Viens, dit Atisha en saisissant la main d'Israël, je t'emmène chez ma grand-mère.

– Mais ton père pourrait nous voir!

– Ne t'inquiète pas, nous passerons par la porte arrière.

Main dans la main, le couple quitte le couvert des arbres et prend la direction du village. Un printemps hâtif réchauffe la terre, dévoilant des plaques brunes à travers la neige. Regorgeant de sève, les arbres s'apprêtent à faire éclater leurs bourgeons. Le lac et la rivière des Quinze sont toujours emprisonnés sous les glaces, mais la débâcle ne saurait tarder.

– Où est ta grand-mère? demande Israël en arrivant à l'orée du village.

– Elle est partie avec ma mère visiter mes petits frères à l'orphelinat de Rouyn. Elles reviendront ce soir.

– Et ton père?

– Il est chez lui.

Ils arrivent derrière la maison de la grand-mère. Atisha ouvre la porte, invitant Israël à entrer.

Au centre de la pièce trône une table en bois, flanquée de deux chaises. Un lit occupe presque toute la largeur d'un mur.

— Tu veux un thé algonquin? demande Atisha en se dirigeant vers une armoire.

— Volontiers, répond Israël en s'assoyant sur une chaise.

Atisha tire de l'armoire un contenant en métal. En enlevant le couvercle, elle dit en souriant:

— Câcâgômânâbak. Tu peux dire ce mot?

— Câcâgô…

— Câcâgômânâbak!

— Câcâgômânâbak.

— C'est un mot amusant, non?

— Et il veut dire?

— Quatre-temps en algonquin. Au printemps, cette plante fournit du thé. En été, elle procure des fruits aux perdrix, qui s'en régalent également en hiver.

— Et l'automne?

— L'automne, elle se repose.

Israël observe Atisha, qui prépare une simple tisane avec des gestes augustes. Elle porte une tunique sans manches en peau souple et légère, resserrée à la taille par une ceinture de coquillages. Elle lève parfois le regard vers Israël, qui rougit jusqu'à la racine des cheveux.

Au bout d'un moment, elle apporte le thé fumant.

— Ce thé a des vertus médicinales, dit-elle. On le boit pour guérir toutes sortes de maux.

Atisha verse le thé. Israël trempe ses lèvres dans le liquide brûlant, retrouvant avec étonnement le goût du citron et de la vanille. Il prend une gorgée.

— Ce Câcâgômânâbak a un goût délicieux, dit-il.

Atisha ébauche un sourire. Puis, plantant ses yeux noirs dans les yeux bleus d'Israël, elle lui demande d'une voix douce :

— Quand repars-tu ?

— Dans deux jours.

— Que feras-tu à Montréal ?

— Je ne le sais pas.

— Tu me manqueras.

— Tu me manqueras aussi.

Leurs mains se rejoignent au-dessus de la table. Pendant un instant, ils se dévorent des yeux. Puis, se levant d'un même élan, ils marchent l'un vers l'autre. Israël serre enfin Atisha dans ses bras, enfouissant sa tête dans ses cheveux de jais. Enivré par les odeurs et les formes de ce corps capiteux, il jouit aussitôt dans son pantalon. Comme il s'apprête à embrasser Atisha sur les lèvres, la porte de la cabane s'ouvre avec fracas.

Le père d'Atisha surgit dans l'embrasure. Ses yeux lancent des éclairs. En algonquin, il injurie sa fille, qui quitte aussitôt la cabane en pleurant.

Il tourne ensuite vers Israël un regard trempé de mépris.

— Jamais un Français ne touchera à ma fille ! lance-t-il en anglais.

Israël veut protester, mais les mots s'étranglent dans sa gorge.

— Va-t'en, dit le chef algonquin en montrant la porte à Israël. Va-t'en ou je te tords le cou !

Israël s'enfuit dans la honte, laissant derrière lui le village de son premier amour.

CHAPITRE IV

À l'entraînement

Le 23 août 1942, jour de son dix-neuvième anniversaire de naissance, Israël apparaît dans la maison de son père, revêtu de l'uniforme des Fusiliers Mont-Royal. Malgré son visage grave, il a l'air incroyablement jeune.

– Je me suis enrôlé ce matin, dit-il en entrant dans le salon.

À la vue de son fils, Émilie Pagé est saisie d'étonnement. D'un bond, elle se lève et l'étreint contre son cœur.

– Pourquoi ne nous as-tu rien dit? demande-t-elle, au bord des larmes.

– Je voulais éviter une discussion, répond Israël en enlaçant sa mère.

Un sanglot secoue le corps d'Émilie, tandis que Gustave Pagé fait entendre sa voix puissante:

– J'ai toujours dit que vous étiez une génération perdue, de la chair à canon!

Assis dans son fauteuil, le père regrette aussitôt ses paroles amères. N'a-t-il pas lui-même rempli la tête de son fils d'exploits militaires ? Il revoit Israël sur ses genoux, écoutant religieusement ses histoires sur Alexandre, César et Napoléon. « L'appel aux armes ne pouvait laisser indifférent un tel enfant », se dit Gustave Pagé, cherchant en vain les mots de la réconciliation.

Jacqueline n'entend pas son père et ne voit pas sa mère. Émerveillée, elle admire son frère, dont le képi pointu est élégamment posé sur sa tête blonde. « Comme il est beau ! » pense-t-elle en jalousant de nouveau Atisha, dont l'histoire l'a ravie et troublée à la fois. Elle ne pense pas aux horreurs de la guerre. Elle voit Israël dans le rôle de Malraux ou Hemingway, revenant du front pour écrire un roman marquant. Elle est persuadée que son frère deviendra un jour un auteur célèbre.

Les trois autres filles de la famille – Thérèse, Pauline et Madeleine – écarquillent les yeux, fascinées par l'uniforme flambant neuf de leur frère.

Bientôt, le dépit de Gustave Pagé reprend le dessus.

– Tu aurais pu au moins essayer de devenir officier, dit-il. Tu sais, l'armée n'exige plus de diplômes universitaires ou de titres scolaires. Tu aurais été un excellent candidat.

– Je veux faire la vraie guerre, dit Israël en s'arrachant des bras de sa mère. Je veux vivre cette aventure.

Gustave Pagé éclate, d'une voix rageuse :

– Tu n'as aucune idée de ce qu'est la guerre dans l'infanterie ! Tu veux jouer au héros comme ces jeunes soldats qui viennent de débarquer à Dieppe ? Ne t'y trompe pas, Israël, cette guerre sera une boucherie.

– C'est ce que je m'en vais voir.

Gustave Pagé est découragé. Il ne comprend plus rien à son fils. À son retour du Témiscamingue, Israël s'est trouvé un emploi dans une fonderie de Montréal, où il touchait vingt dollars par semaine, c'est-à-dire le double de son salaire aux postes. Il a toute la vie devant lui, et le voilà qui se porte volontaire pour aller mourir à la guerre comme un rat!

– Je sais que je te déçois, reprend Israël en se plantant devant son père. J'avais promis d'être un grand homme et je ne suis qu'un soldat. Je suis un raté qui n'a pas répondu aux espérances qu'il a données dans son enfance.

– Israël! coupe Émilie Pagé. Je te défends de te dénigrer ainsi! Nous sommes fiers de toi et nous t'aimons sans condition.

– Oui!

Israël baisse les yeux en entendant ce cri du cœur de Jacqueline. Il broie du noir depuis son arrivée à Montréal. Son travail à la fonderie était abrutissant. Il s'esquintait dix heures par jour, parfois onze, six jours par semaine, en véritable esclave de l'ogre industriel. Il faisait plus d'argent, certes, mais il n'avait même pas le temps ou l'énergie de le dépenser. De retour dans la chambre qu'il louait rue Papineau, il s'écrasait sur son lit et dormait jusqu'au lendemain.

Pendant ce temps, ses opinions sur la société canadienne-française s'assombrissaient davantage encore. Qu'avait-il vu dans la fameuse controverse sur la conscription pour service outre-mer? L'impuissance de son peuple, à qui l'on pouvait mentir impunément, d'une Grande Guerre à l'autre. Il réservait son plus grand mépris aux Canadiens français d'Ottawa, qui n'avaient pas eu le courage de défendre leurs droits. Il ressentait avec amertume le statut inférieur de la province de Québec au Canada. Il n'y voyait pas seulement la conséquence d'une infériorité numérique. Il savait que l'éducation était le fond essentiel de toute supériorité réelle. Et l'éducation faisait cruellement défaut au Québec.

Les travailleurs de la fonderie achevaient de le décourager. Autant il avait été enchanté par ses camarades du chantier forestier, autant il avait été déçu par ces prolétaires pathétiques. Il les considérait dépourvus de principes, vivant comme s'ils n'avaient pas d'âme, pas d'intelligence, pas de cœur.

Et, tel un romantique allemand, il s'était enrôlé, dans l'unique but de se faire tuer, pour trouver une mort digne de lui, car il voulait en finir avec la vie. Pour ne pas faire pleurer sa mère davantage, il avait préféré dire que c'était par goût de l'aventure qu'il s'était condamné à vivre durant des mois et des mois avec ce qu'il imaginait être une bande de voyous et de crétins.

∿

Le 24 avril 1943, du camp militaire de Sussex, au Nouveau-Brunswick, Israël écrit à sa tante Yaya : « Le régime militaire est bien intéressant, mais il est impossible de s'y casser complètement quand on n'a pas eu une jeunesse de cow-boy ou d'homme singe à la Tarzan. Pour être un soldat complet, c'est-à-dire pensant et agissant en soldat, toujours en soldat, il faut n'être que cela, avoir un physique rompu à cela, une imagination nulle et une sensibilité de brute. Ce sera notre gloire de nous montrer supérieurs aux Allemands dans le domaine où ils excellent exclusivement. »

À sa grande surprise, Israël se plaît à l'entraînement. La vie du camp militaire lui rappelle celle du chantier de bûcherons, surtout chez les Voltigeurs de Québec, où il vient d'obtenir son transfert. Il a dit adieu au 3e Bataillon des Fusiliers Mont-Royal, une excellente unité qu'il aimait bien et dont le seul défaut était de ne pas être destinée à aller outre-mer. Mis sur pied en 1862, le régiment des Voltigeurs de Québec est le plus ancien des régiments canadiens-français. Il a la réputation de former des soldats redoutables, peut-être les meilleurs des Forces armées canadiennes.

Heureux sous son béret noir, Israël se fait de nouveaux compagnons, d'excellents garçons venus pour la plupart de la Gaspésie, de Québec et de l'ancienne Acadie. Ils ont tous des accents très piquants. Ils sacrent après l'armée à cœur de jour, mais ils n'accepteraient pas leur *discharge* pour tout l'or du monde. Le goût du combat s'est emparé d'eux.

Un jour, dans la cantine du régiment, Israël leur lit le journal à haute voix. L'article porte sur Goering et Goebbels, qui se plaignent de surmenage. «Après la guerre, nous aurons tous les deux besoin d'un long repos», disent-ils.

En refermant le journal, Israël dit à ses camarades :

— Si nous pouvons nous rendre en Allemagne, nous les petits, les obscurs, les sans-grade, nous allons leur en donner, un vrai repos.

— C'est garanti, dit Luc Gariépy, un géant de la Gaspésie.

Comme au chantier de bûcherons, Israël exerce un ascendant sur le groupe, dont il émerge d'abord par l'endurance. Il est plus fort, pour supporter une épreuve physique, que la plupart de ses compagnons. Quand le régiment revient d'une longue marche ou d'une course épuisante, ses compagnons ont de la misère à se traîner, ils ont des douleurs partout, et souvent ils tombent en chemin, tandis que lui, il arrive toujours parmi les premiers et encore plein de vie.

Chaque matin, ils partent à l'aube, parcourant une trentaine de kilomètres sur la route, dans la montagne et en forêt. Souvent, ils sont réveillés en pleine nuit pour un *scheme*, une patrouille nocturne. Ils apprennent toutes les manœuvres qu'ils auront à exécuter en action. Israël trouve cela passionnant. Ce qu'il aime moins, c'est de ramper dans la boue à travers des réseaux de fil de fer barbelés en traînant une Bren ou un fusil antichar.

Ce printemps-là, le régiment commence une série de grands examens pour traverser outre-mer. Israël est classé « Q-1 », c'est-à-dire parfait dans le maniement de la carabine et de la Bren. Le franc-tireur est fin prêt pour la guerre.

Mais l'entraînement s'éternise. Retenu au Nouveau-Brunswick, le régiment des Voltigeurs de Québec n'attend que des ordres de la brigade. La brigade n'attend que des ordres de la division. La division n'attend que des ordres d'Ottawa. Israël est dans l'armée depuis déjà huit mois. Et vivement l'Angleterre ! Et vivement les belles Anglaises !

∾

Un concert de ronflements résonne dans la baraque du régiment. Israël est incapable de fermer l'œil. Il envie à ses compagnons leur facilité à s'anéantir dans le sommeil. La fatigue, qui n'a pas de prise sur ses muscles, torture ses nerfs. Vers huit heures, alors que ses compagnons sont déjà enfoncés dans un engourdissement bienfaisant, il commence à avoir de la fièvre. Il a le visage brûlant et les mains tremblantes. Et bien souvent, il ne s'endort pas avant minuit. Le matin, il est brisé.

Il compte se soigner après la guerre, ne voulant plus mourir, découvrant en fait la peur de la mort. Son premier remède sera le sommeil. En attendant, il survit grâce à ses muscles, qui ne se fatiguent jamais.

Son seul véritable repos, il le trouve dans la grande salle de lecture de la hutte des Chevaliers de Colomb. Il s'y rend souvent à l'heure du souper, alors que l'endroit est désert. Il s'assoit à une table proche de l'appareil de radio, dont il a l'entier contrôle.

Un soir, il écoute un concert en provenance de Toronto. C'est la *Troisième Symphonie* de Mendelssohn, qu'il n'a jamais entendue. Est-ce à cause de sa faim inapaisée de musique qu'il trouve cette symphonie si belle? Ou est-ce simplement dû au long et puissant rappel de tant de belles heures passées avec sa famille – et qui ne reviendront plus?

Il boit l'enivrante harmonie comme un vin capiteux et cordial. Cet amour de la musique, qui a toujours été en lui le plus puissant de tous, il le portera dans son âme jusqu'à la fin de ses jours.

∽

– *Pea soup! Pea soup!*
À l'extérieur de la cantine des Voltigeurs, une vingtaine d'hommes insultent les membres du régiment québécois. Ils sont attachés à un régiment ontarien – le Duf-

ferin and Haldimand Rifles –, qui s'entraîne également au camp de Sussex. Sous le ciel étoilé du 5 mai 1943, ils sont dans un état avancé d'ivresse. Ils vocifèrent :

– *Pea soup! Pea soup!*

À l'intérieur, une dizaine de Voltigeurs boivent de la bière.

– Et si on allait leur fermer la gueule ? rugit Luc Gariépy, le Gaspésien, visage rouge, poings fermés.

– On part pas de bagarre à soir, dit Israël sur un ton calme.

Il pense à la soupe aux pois, ce repas des Canadiens français pauvres.

– *Pea soup! Pea soup!*

Par un phénomène curieux et pervers, les Canadiens français ont récupéré l'insulte anglaise, la transformant en synonyme de peureux : *pissou*.

– *Pea soup! Pea soup!*

– Moi, je sors ! annonce Luc Gariépy en fixant une baïonnette au canon de son fusil.

Tandis que d'autres Voltigeurs s'emparent de leurs armes, une pluie de pierres, bouteilles et autres projectiles fait éclater les vitres de la cantine. Laissant son fusil à l'intérieur, Israël se précipite dehors avec ses compagnons.

Les Duffs, comme on surnomme les membres du régiment ontarien, sont tous désarmés. Ils reculent d'un pas en voyant les Voltigeurs, armés pour la plupart. Leur regard ne tarde pas à se fixer sur Luc Gariépy, qui en impose avec sa stature et sa baïonnette.

– *French Canadians are the toughest fighters in the world*, claironne le géant gaspésien en mordant dans chacun des mots.

Une voix cynique s'élève parmi les Duffs :

— *Oh yeah ?* Pourquoi alors avez-vous voté contre la conscription ?

— Parce que vous nous avez menti, maudits *blokes* ! réplique Luc Gariépy.

Les Duffs avancent d'un pas. Ils viennent à leur tour d'être insultés. Les Voltigeurs serrent les dents.

Un autre Duff, d'une voix arrogante, demande :

— Avez-vous entendu parler de la bataille des plaines d'Abraham ?

Sur cette question explosive, Israël s'avance entre les deux groupes, mais, comme il s'apprête à parler, Gariépy lance :

— Je sais seulement ce que mon père m'a dit de la Grande Guerre : pendant que les Canadiens français se battaient comme des chiens enragés, les Anglais chiaient dans leurs culottes !

D'un bloc, les Duffs se ruent sur les Voltigeurs, tentant de les désarmer. Certains y réussissent, d'autres pas. Une mêlée terrible s'ensuit, qui attire d'autres soldats et dégénère en véritable émeute. À coups de poing, de crosses, de tessons de bouteille, de planches de bois, de baïonnettes, les Voltigeurs et les Duffs expulsent l'énergie destructrice qui s'est emmagasinée en eux depuis le début de l'entraînement. Horrifié, Israël reste en dehors de la mêlée, refusant de participer à ce combat.

Soudain des coups de feu retentissent dans la nuit étoilée. Le sergent Albert Bowman est atteint à la poitrine. Le soldat Donald Bennett reçoit une balle dans la jambe. Le premier survivra, le deuxième mourra trois jours plus tard de la gangrène.

L'affaire a un retentissement national. À la fin du mois, une enquête militaire invoque «la noirceur» pour expliquer son impuissance à identifier les coupables. Quelques jours plus tard, cependant, les Voltigeurs sont transférés en bloc dans le camp d'Aldershot, en Nouvelle-Écosse. De là, Israël écrit à sa sœur Jacqueline: «Comme tu en as peut-être entendu parler par les voix bienveillantes des journaux et de la radio, certains événements regrettables se sont produits ici. Je me hâte de t'assurer – surtout pour maman – qu'il ne m'est rien arrivé de fâcheux. Je te répète que ce sont des événements regrettables, dont les causes stupides, en même temps que les effets désastreux, ont été révélées par la suite, et j'aurais certainement eu du remords d'y avoir pris part. Je n'entrerai pas dans les détails, ce qui nous est défendu, mais je tiens seulement à t'assurer d'une chose: à savoir que si le peuple canadien-français en général n'aime pas le peuple anglais en général, les soldats canadiens-français ne détestent aucunement les soldats anglais, et vice-versa. Pour nous prouver leur bonne volonté, les membres du régiment Victoria Rifles sont venus hier nous inviter à partager leurs rations. La première chose que nous avons constatée, c'est qu'ils sont sacrément mieux nourris que nous. »

∾

Enfin! Au début de l'été 1943, le régiment des Voltigeurs de Québec apprend qu'il est sur le point de partir. Non point pour l'Angleterre, mais pour un poste de garde, quelque part sur un continent situé au sud de l'Europe, à un endroit où ils rencontreront beaucoup de Français! Israël se voit déjà dans les sables de la Tunisie, prenant en chasse le «Renard du désert» aux côtés du général Leclerc.

Il a déjà vu à l'œuvre les troupes de l'oncle Rommel dans un film tourné sur le front même, et montré au régiment. Plongé dans le noir, Israël a été ébloui et effrayé. «Quels soldats que ces hommes! a-t-il pensé, et quels hommes que ces soldats! Ils ont une vitesse et une rudesse foudroyantes!»

En voyant défiler les images de la guerre au grand écran, Israël a poursuivi son monologue intérieur, comme s'il s'adressait encore à sa sœur Jacqueline: «L'époque des belles batailles rangées et des soldats somptueusement drapés de pourpre et de dentelle est bien révolue. Aujourd'hui, le fair-play et le sens de l'honneur n'existent plus à la guerre, et la pitié encore bien moins. Au siècle du grand Condé, on se disputait galamment entre ennemis pour décider qui tirerait le premier. "Tirez, messieurs, je vous en prie! – Non, à vous l'honneur, gentilshommes!" Aujourd'hui, on se déguise en curé pour tenter de franchir les lignes ennemies (et encore, les curés ne sont plus assez considérés pour qu'un tel stratagème réussisse), et on achève un ennemi frappé dans le dos d'un coup de talon dans la figure. Voilà la guerre moderne, telle qu'elle a été inventée et pratiquée par le noble peuple allemand. C'est ce qu'ils appellent la *kultur* et la civilisation de l'avenir…»

C'était trop beau pour être vrai. Le départ des Voltigeurs est reporté, par ordre des autorités d'Ottawa. Une telle déception n'a rien de nouveau pour le régiment de Québec. Au début de la guerre, il devait être envoyé dans la colonie anglaise de Hong-Kong. À la dernière minute, cependant, le régiment des Royal Rifles y avait été dépêché à sa place. C'est le commandant des Royal Rifles qui était allé implorer à deux genoux les autorités d'Ottawa pour qu'on lui donne ce poste de garde, sous prétexte que ses hommes n'étaient pas entraînés et qu'il serait criminel de les envoyer à un poste dangereux. Évidemment, le pauvre homme n'avait pas le don de lire l'avenir. Peu après, le Japon était entré en guerre. Et le régiment des Royal Rifles s'était fait massacrer.

Israël n'irait pas jusqu'à dire que la forteresse de Hong-Kong ne serait pas tombée si les Voltigeurs avaient été là, mais ils se seraient tout de même mieux battus que le régiment d'«élite», c'est-à-dire de fils à papa. «Ces hommes se sont tous fait tuer sur place, se dit-il, et leur honneur est intact, paix à leurs cendres.»

Entraînés, les Voltigeurs le sont à l'écœurement. S'ils avaient de la dynamite, ils feraient sauter le camp pour avoir de l'action. Pour passer le temps, Israël écrit des lettres à Jacqueline, dans lesquelles il évoque sa vie au camp, son amour pour la musique et la littérature, sa reconnaissance pour les gâteries que lui fait sa famille en lui envoyant livres, cigarettes, chocolat, savon. Il reçoit de sa sœur des lettres qui l'enchantent. Jacqueline y dépense des trésors d'ingéniosité, d'esprit, de vivacité. «Est-ce une vocation littéraire qui s'éveille peu à peu en elle, à son insu, peut-être?» se demande son frère. Dans ses lettres, Israël engage sa sœur «à l'obstination et à la crânerie». Il lui confie : «Tu es de la race des vocations intellectuelles. Tu ferais une épatante journaliste, non pas à l'américaine, mais à la française. Si tu pouvais aller à Paris! Si nous pouvions aller à Paris…»

CHAPITRE V

L'Albion

Composé de jeunes gens dont la moyenne d'âge est en dessous de vingt ans, le régiment des Voltigeurs de Québec – sept cent cinquante soldats et officiers – vogue vers l'Angleterre à bord du *Queen Elizabeth*, un navire de quatre-vingt mille tonnes, à la fin de juillet 1943. La bataille de l'Atlantique a été gagnée en mai de la même année.

Le cœur battant la chamade, Israël et ses compagnons circulent sur les neuf ponts du navire, qui transporte dix-huit mille hommes de troupe et trois mille hommes d'équipage.

L'Angleterre, enfin! La guerre, demain…

Les Voltigeurs débarquent à Hartley, dans le Hampshire. Le surlendemain de leur arrivée, un général les soumet à une inspection rigoureuse. Fortement impressionné par la qualité du régiment, il recrute sur-le-champ un fort contingent de cent quatre-vingt-trois officiers et soldats pour aller secourir le Royal 22e Régiment, décimé en Italie. Quand il apprend qu'il ne sera pas du nombre, Israël est furieux. Du coup, il demande de changer de régiment. Le commandant des Voltigeurs, le lieutenant-colonel Guy Roberge, s'oppose à son transfert, ne voulant pas se départir d'un soldat d'exception, mais le fantassin s'obstine et obtient gain de cause.

Il se retrouve donc, en septembre 1943, avec un nouveau régiment, celui de Maisonneuve, qui s'est déjà illustré sans même tirer un seul coup de feu. L'unité montréalaise a été mobilisée le 1er septembre 1939, jour de l'agression allemande en Pologne. Avant la fin du mois, ses effectifs étaient complets, un record canadien.

Mais sa promptitude n'a pas été récompensée. Les soldats du régiment sont stationnés en Angleterre depuis le mois de septembre 1940. Ils attendent donc leur entrée en guerre depuis trois ans. Trois longues années à guetter la guerre! Trois longues années de *Battle Drill*! Un supplice! Et pourtant ces années sont les plus belles de leur vie.

∿

Israël revient d'une permission à Londres, où il a fêté ses vingt ans, un événement qui change toujours un homme, qu'il le veuille ou non. «C'est tout l'avenir qui commence à s'éclairer, à se préciser», pense-t-il dans le train qui le ramène à Brighton, sur le bord de la Manche.

Il n'a pas de projet définitif pour l'après-guerre, mais il est séduit par l'idée de voyager en vagabond à travers toute l'Europe et même l'Asie, avec comme seule fortune sa liberté. Il se peut qu'il acquière un jour des idées plus sages, mais ce qui est certain, c'est qu'il n'est pas prêt à s'asseoir. «Je ne serai jamais un gratte-papier ni un rond-de-cuir, jamais, au grand jamais», se dit-il. Il ressent aussi le besoin impérieux de retourner au Canada avant sa mort. Et pas juste avant sa mort…

La voix du soldat Robert Larose le tire de ses réflexions.

— Finiras-tu par nous dire ce qu'un intellectuel comme toé fait à la guerre?

En entendant cette voix, Israël relève la tête. Assis sur la banquette d'en face, l'ancien lutteur du stade Frontenac le regarde d'un œil goguenard. L'écrivain en herbe a déjà consigné son portrait dans son calepin : *Larose a un gros corps assez court, pour un lutteur, mais plus rempli de muscles épais qu'aucun autre homme dans la compagnie. Il en prendrait bien trois à la lutte, du moins l'aurait-il fait au temps où il fréquentait Sam Chuck et Bob Birno. Il est noir comme un Iroquois, ivrogne comme sept Iroquois. C'est fini pour lui, le sport. Il passe son temps à dire qu'il va se marier après la guerre et « se partir une p'tite business tranquille ».**

— Je te l'ai déjà dit, répond Israël en souriant, je me suis enrôlé pour sauver la France.

— En attendant, ça ne te dit pas de fourrer quelques Anglaises?

— Ça arrivera en temps et lieu, répond Israël en rougissant.

Assis à la droite de Larose, le soldat Rémi Bolduc s'éclaircit la voix à son tour.

— T'as intérêt à ne pas trop tarder, dit-il en s'adressant à Israël. L'ouverture du second front, c'est pour bientôt.

---

* Les passages en italique sont tirés ou inspirés du roman *Les Canadiens errants* de Jean Vaillancourt.

Israël tourne son attention vers l'ancien bûcheron au torse long et aux jambes courtes. Il sourit en pensant à la description que lui a inspirée Bolduc : *Les yeux magnétiques du Beauceron, entourés de très longs cils, pourraient être ceux d'un hindou. Plus orgueilleux qu'un général de division, Bolduc rit des choses qui font frémir. C'est un ange à sa manière.*

— Ça fait un an qu'on parle de l'ouverture imminente du second front, dit Israël en haussant les épaules.

— Aurais-tu quelque chose contre les Anglaises ? demande à son tour le soldat Benoit Thivierge, assis à la droite d'Israël.

Israël regarde du coin de l'œil «l'héritier présomptif» du fusil-mitrailleur. Il retourne en pensée aux quatorze jours qu'il vient de passer à Londres, vibrante malgré les ravages du blitz. Pendant que ses compagnons écumaient les quartiers de Soho et de Piccadilly en quête de plaisirs faciles ou tarifés, il s'est gavé de culture : concerts, musées, théâtre, ballets russes, cinéma, tout a défilé comme dans un rêve. Il tire une grande fierté d'être le premier des Pagé à visiter l'Europe, un désir inassouvi qui est presque une tradition familiale. «Il est bien beau de désirer, se dit-il, mais il est encore plus intéressant de se donner la peine d'obtenir ce qu'on désire.»

— Je n'ai rien contre les Anglaises, finit par répondre Israël en ouvrant son calepin.

Il relit ses notes sur Thivierge, le numéro deux de la Bren : *Il a le sourire candide d'enfant d'orphelinat grandi loin du monde. Il n'a que dix-huit ans. Il ne me lâche pas d'une semelle. Je surprends parfois ses yeux bleus qui contemplent, avec une douce convoitise, ma mitraillette bien astiquée...*

En relevant la tête, Israël, numéro un de la Bren, reprend :

— J'attends la bonne Anglaise.

— Serais-tu snob, par hasard ? demande le lieutenant Luc Garneau, le chef du peloton, qui est assis à la gauche d'Israël. J'parie que tu veux pas être déviargé par une putain !

— J'ai beaucoup de respect pour les putains, dit Israël en souriant.

— Bah ! fait Garneau. Elles s'en fichent comme de l'an quarante de ton respect, les putains !

— Peut-être bien, mais je les respecte quand même.

Le compartiment redevient silencieux. Garneau se met à somnoler. Israël en profite pour retourner à son carnet. Tirant un stylo de sa poche, il écrit : *Le zèle de Garneau est semblable à celui d'un berger allemand. Ses hommes l'appellent Ti-Gars malgré ses trente ans parce qu'il est petit de taille et qu'il a une figure ridée par la misère. Il a aussi la voix pointue et infatigable des gavroches de Québec, sa ville natale…*

À vingt ans, Israël sait aussi qu'il écrira un jour un roman tiré de son expérience à la guerre. Il s'y prépare en prenant des notes sur tout ce qu'il voit et entend.

∼

Le lendemain de son retour de permission, Israël est convoqué à Kempton, une petite municipalité de banlieue où résident les officiers. Le commandant de la compagnie A, le major Guy Cousineau, l'attend à l'hôtel Spa, qui est squatté par l'administration militaire. Après avoir marché d'un pas rapide sous une pluie froide,

Israël se retrouve dans une grande chambre transformée en bureau.

— Tu t'es bien amusé à Londres? demande le major en accueillant le soldat.

— Oui, major, répond Israël en se mettant au garde-à-vous.

— *Stand easy.*

Le soldat se détend. Il ne sait pas à quoi s'en tenir. À sa connaissance, aucun membre de son peloton ne s'est attiré d'ennuis à Londres. Il n'en est évidemment pas toujours ainsi. Il ne compte plus les bagarres auxquelles lui et les autres membres de son peloton ont été mêlés dans les pubs de Brighton.

Le commandant l'invite à s'asseoir. Âgé de trente-quatre ans, le major Cousineau a déjà les tempes grisonnantes et de nombreuses petites rides autour des yeux. «Les trop longues années d'attente en Angleterre l'ont usé avant l'action», pense Israël.

— Je ne te ferai pas de cachette, dit le major. Les psychologues de l'armée t'ont classé dans la catégorie «intelligence supérieure».

Israël soulève les sourcils, étonné de cette indiscrétion.

Le major poursuit:

— Je te dis ça parce que je trouve regrettable de te voir moisir dans les rangs. Tu as l'étoffe d'un officier. Ça ne te tente pas de prendre en charge un peloton? Tu pourrais être sergent demain matin si tu le veux. Qu'en dis-tu?

— Je préfère faire la guerre comme simple soldat, répond Israël sur un ton ferme.

Sourire en coin, le major Cousineau se met à observer ce soldat si prompt à la bagarre. «Il trouvera son élément naturel à la guerre », pense-t-il. Il y a chez lui une hostilité qui est une espèce de pureté à toute épreuve. S'il a un défaut, c'est de trop aimer fréquenter les civils.

Après une brève pause, le major reprend :

— En tout cas, si tu changes d'avis, tu sais où me trouver.

— Oui, major, dit Israël.

Comme le soldat Pagé se lève, le major Cousineau l'arrête d'un geste de la main. Israël se rassoit.

— Une dernière chose, dit le major. *Quand nous serons sur le continent, il n'y aura plus de fraternisation avec les civils... et encore moins avec les femmes ! Vous devrez tous apprendre à vous en priver. J'insisterai sur un resserrement de la discipline. Vous avez les officiers les plus indulgents du monde parce que vous êtes une armée de volontaires et des troupes de choc. Mais, une fois sur le continent, vous ne devrez pas cesser une minute de vous conduire comme des soldats, compris ?*

— Compris, répond Israël.

— Tu peux disposer.

∾

La ville historique de Guildford, chef-lieu du comté de Surrey, est située à quelques kilomètres du camp. Le samedi après-midi, Israël s'y rend souvent pour entendre un concert ou un récital. Son plus grand plaisir est d'être le seul soldat dans la salle. Les doctes Anglais en habit de cérémonie n'en reviennent pas de voir un soldat canadien-français dans leur repaire, et Israël produit toujours son petit effet.

Un samedi printanier, une superbe femme accoste le soldat Pagé, toujours élégant dans son uniforme, au sortir de la salle.

— Je ne savais pas que les soldats canadiens allaient au concert, lui dit la femme, la vingtaine avancée, appétissante comme un fruit mûr.

Charmé, Israël se rapproche de l'inconnue, humant les parfums qui émanent de son beau corps. *Elle doit verser de précieux sels de bain dans sa baignoire et employer un luxueux shampoing quand elle lave sa brune chevelure*, se dit le jeune poète en fermant les yeux un instant.

Puis, en les rouvrant, il répond, sur un ton crâneur :

— J'aime bien montrer à votre race supérieure que nous ne sommes pas plus sauvages que vous. Pour le reste, je m'en fous. Quand le concert est commencé, je ne vois plus personne, je n'entends plus que la musique.

— Vous tombez du ciel ! Un Canadien qui allie la beauté à l'intelligence ! Quel est votre nom ?

— Israël Pagé.

— Israël, la terre promise ! Vous n'êtes pas encore marié, j'espère ?

— Non, je suis toujours célibataire.

— Oh ! *God-sent-Israël !*

Elle prend les mains d'Israël et l'invite à marcher avec elle sur les rives de la Wey, qui coule entre les vertes collines du Surrey. Margie Lambert, c'est son nom, bombarde de questions le jeune soldat, qui s'emploie à présenter de lui-même l'image la plus avantageuse, c'est-à-dire la plus innocente. La belle Anglaise est enchantée, voyant en Israël un garçon consumé d'idéaux de jeunesse intacts.

— *God-sent-Israël !* répète-t-elle.

De sa voix mélodieuse, elle se met alors à décliner sa généalogie. Israël retient que les Lambert sont parents avec les Dickerson dont la lignée remonte jusqu'au roi Édouard Ier et au-delà. Parmi ses ancêtres, Margie compte des ducs, des barons et des chevaliers. Hélas, étant d'une noblesse déshéritée, elle doit gagner sa vie comme secrétaire pour un homme du monde. Mais elle n'est pas dépourvue de moyens. De but en blanc, elle dit :

— *J'ai des relations qui pourraient pousser loin, dans un monde étourdi d'après-guerre, un garçon comme vous.*

Sur ces mots, Margie s'arrête et attire Israël vers elle. Elle plonge son regard dans le sien et lui dit :

— *Quant à moi, j'ai besoin d'un héros issu de cette guerre. Je suis trop féminine pour affronter seule la société d'après-guerre, qui sera celle des conquérants intrépides.*

Israël croit rêver. Margie n'est certes pas la plus sentimentale des femmes, mais elle a un langage si doux que le soldat veut l'écouter avec sa bouche. Devinant ses pensées, la beauté anglaise dépose sur ses lèvres un baiser à saveur de miel.

« Comme sa peau est exquise ! se dit Israël en caressant la joue de Margie du revers de la main. *Elle paraît avoir baigné dans tous les lacs limpides d'Écosse, avoir reçu la caresse de tous les zéphyrs ensoleillés des jardins d'Angleterre.* »

Puis, main dans la main, ils quittent les rives de la Wey et se dirigent vers le cimetière de Guildford.

— Savez-vous que Lewis Carroll est enterré ici ? demande-t-elle en arrivant au lieu où dorment quelques-uns de ses plus illustres ancêtres.

Israël s'aperçoit vite que Margie n'est pas qu'une belle ambitieuse. *Elle a de la culture, de l'esprit, une connaissance archiducale des usages, des manières. Elle fréquente des sphères sociales où l'air est semblable à celui des montagnes. Elle parle avec mépris du* vulgum pecus.

— Vous voulez devenir journaliste? demande-t-elle en s'arrêtant devant la tombe de l'auteur d'*Alice aux pays des merveilles*.

— Journaliste et écrivain, répond Israël.

— C'est entendu. À votre retour de la guerre, je vous présenterai à mes connaissances dans la presse et l'édition. Je vous offre tout cela et plus.

Israël en reste médusé. Devant son mutisme, Margie ajoute:

— *Tout être humain intelligent peut effectuer son escalade des sommets, si seulement il se décide à oublier ce monde de poires et de petits margoulins* (suckers and small fry) *que constitue le* vulgum pecus.

Israël entend à peine Margie. Il pense à ce «plus» qu'elle vient d'évoquer. Le marché est implicite, et familier à tous les soldats canadiens en Angleterre: en échange d'une simple signature sur un vieux registre de mariage, il aura droit à ce corps divin, au moins jusqu'à l'ouverture du second front.

Il la regarde dans sa robe printanière. Beaucoup d'autres Anglaises, d'un lignage plus modeste que Margie, rêvent d'un héros canadien tout en supputant la pension des veuves de guerre.

～

Tout au long de ce printemps ardent, Israël revoit Margie, qui met toujours une belle robe quand elle a rendez-vous avec lui. Israël finit d'ailleurs par l'identifier par ses robes. Elle est toujours parfaitement soignée, et son sein rond trahit la présence d'un parfum extrait du muguet. Mais ses cuisses fermes et lisses se resserrent lorsqu'Israël manifeste un peu trop l'ardeur et l'impatience de ses vingt ans.

— Je me réserve pour mon mari, répète-t-elle chaque fois en repoussant Israël. Te décideras-tu un jour à me marier?

Quoique saisi de désirs lancinants, Israël hésite à signer le registre de mariage. Il a du mal à croire à la virginité de Margie, une célibataire de vingt-neuf ans qui se plaint du printemps trop prolongé de sa vie. Il craint d'être humilié en découvrant qu'elle a déjà entamé son été flamboyant. «Cocu avant même d'être marié? Jamais!» se dit-il en réalisant que son amour-propre est encore plus fort que son désir pour Margie.

Un jour, Margie lui lance un ultimatum.

— Ça ne peut plus durer ainsi, dit-elle sur un ton excédé. Je te laisse trois jours pour me donner une réponse finale.

Le temps presse pour tout le monde. Depuis maintenant plus d'un an, Staline réclame à Roosevelt et Churchill l'ouverture d'un «second front» en Europe. Tous les soldats et civils se doutent que le jour J est imminent. Dans le sud de l'Angleterre, les mariages se multiplient entre les filles du pays et les soldats canadiens, suivis d'étreintes amoureuses qui seront pour certains les premières et les dernières. Israël veut perdre sa virginité avant de traverser la Manche, mais il ne veut pas la perdre avec n'importe quelle femme. Il veut Margie, la plus belle de toutes les Anglaises qu'il lui a été donné de rencontrer.

Au deuxième soir de l'ultimatum, Israël croise l'aumônier de la compagnie A en sortant de la cantine. Le pauvre *padre* ne sait plus où donner de la tête, tentant de guider les soldats à travers cette époque troublée de l'Histoire.

— Ah! *padre*, dit Israël en voyant le religieux, j'avais justement affaire à vous. J'ai un conseil à vous demander.

L'aumônier est surpris. Depuis son arrivée au régiment de Maisonneuve, Israël n'est jamais venu le voir pour lui demander quoi que ce soit.

— Je t'écoute, dit-il en fronçant les sourcils.

— J'ai rencontré une femme…

Israël hésite.

— Et puis? fait le *padre*.

— Et puis… elle veut qu'on se marie.

Normalement, le *padre* découragerait Israël, voyant d'un mauvais œil ces mariages peu catholiques. Mais sa curiosité l'emporte.

— Son amour est-il sincère? demande-t-il.

— *That is the question*, répond Israël. Pour parler franchement, cette femme laisse entendre qu'elle est vierge, mais j'ai des raisons d'en douter.

— Pourquoi ne lui demandez-vous pas directement? fait l'aumônier.

— Vous pensez que ça se fait?

— Bien sûr! À la veille d'un mariage, vous êtes en droit de demander à la jeune fille si son passé est aussi propre que son langage et que ses robes de mai.

— Vous connaissez Margie Lambert?

— Non, je parlais de façon générale.

En prenant congé du *padre*, Israël remarque sur ses lèvres un drôle de sourire. Il passe une nuit blanche à murmurer :

– Tout ça, et plus. Tout ça, et plus…

Le lendemain matin, blême de fatigue, il sort du lit en prenant le parti de suivre la recommandation du *padre*. Ainsi, le soir venu, sur les rives de la Wey, il demande à la belle Margie :

– Es-tu vraiment vierge ?

La réaction première de l'Anglaise se compare au recul d'une carabine Ross 303 dont le canon n'aurait pas été décrassé depuis la fin de la Première Guerre mondiale. La suite fait penser à un mitraillage magistral, une pétarade verbale où l'anglais d'Oxford se mêle à celui des bas-fonds de Londres.

Avec la fureur de Pénélope, Margie dit à Israël :

– *Si tu as l'impudence de ne pas être tué au front, je me chargerai moi-même de t'abattre à ton retour. Tu n'es d'ailleurs bon qu'à creuser des tranchées avec d'ignorants voyous dans les champs. Enfin, ne te fais pas d'illusion, tu es un néant intellectuel. Je vais de ce pas épouser mon vieux beau. Il n'a rien d'un homme d'avenir et encore moins d'un héros, mais il sait au moins parler aux dames.*

Sur cette algarade, Margie plante Israël sur le bord de la rivière et regagne les hauteurs de la ville à grandes enjambées. Le soldat ingénu regarde partir la belle Anglaise, persuadé d'avoir établi hors de tout doute qu'elle n'était pas vierge. «Je trouverai bien le moyen d'incorporer cet épisode dans mon roman», se dit-il en retournant au camp.

∼

Notre divertissement est terminé.
Ces acteurs, je vous l'ai déjà dit,
étaient tous des esprits ;

ils se sont fondus en air, en air
impalpable.

Israël récite à voix haute cet extrait de *La tempête*. Fouetté par le vent, il se tient sur le rocher de Shakes-peare, le point le plus élevé des falaises blanches qui ont donné à l'Angleterre son nom d'Albion. Il referme son livre, embrassant du regard un triple panorama : la Man-che devant lui, à perte de vue ; à droite, Douvres, qui a rapetissé au point de ne plus être qu'un relief ; au-dessus, le célèbre donjon.

Puis il retourne à sa lecture :

Pareillement à l'édifice sans base
de cette vision, les tours coiffées
de nuages, les palais fastueux, les
temples solennels, le grand globe
lui-même avec tous ceux qui en
ont la jouissance se
dissoudront, comme ce cortège
insubstantiel s'est évanoui, sans
laisser derrière eux la moindre
vapeur.

Dans la lumière déclinante du soir, Israël réfléchit à la guerre, à sa guerre, qui commencera sous peu. Depuis la mi-mai, le régiment de Maisonneuve est campé dans le comté de Kent, plus précisément à Folkstone, près de Cantorbéry et Douvres. De l'autre côté de la Manche, la 15e armée allemande occupe les territoires du Pas-de-Calais, prête à empêcher tout débarquement dans cette partie de la France la plus proche de l'Angleterre.

D'une voix vibrante, Israël reprend sa lecture :

Nous sommes faits de la même
étoffe que les songes et notre
petite vie, un somme la
parachève.

Profitant d'un congé, Israël s'est réfugié sur la fa-
laise nommée en l'honneur du Barde, à cent dix mètres
au-dessus du niveau de la mer. Depuis son arrivée dans
ce coin de la presqu'île, le régiment de Maisonneuve met
un point final à ses derniers préparatifs en vue du débarquement prochain. Il entrera dans la bataille de la Normandie avec deux autres régiments canadiens-français,
les gars de la Chaudière et les Fusiliers Mont-Royal, qui
ont fini par traverser l'Atlantique.

Mais ce soir, Israël ne rentre pas au camp. Assis
sur le rocher, il observe le spectacle du ciel en guerre.
Pendant toute la nuit, il voit et entend passer des centaines de bombardiers en direction de l'Allemagne.
Depuis quelques jours, les raids aériens des alliés s'in-
tensifient, semant la mort et la destruction sur le
continent.

Le lendemain matin, en rentrant au camp, il se rue
sur les journaux pour apprendre où les bombardiers ont
frappé. Il sait que l'ennemi est essoufflé.

∼

Dans la nuit du 5 au 6 juin 1944, Israël n'est pas le
seul membre du régiment à ne pas pouvoir fermer l'œil.
Les escadrilles vont et viennent dans le ciel, remplissant

le monde du sourd vrombissement de leurs moteurs. Pas une minute de silence. Pas une minute de répit.

Vers quatre heures du matin, Israël sort sur le perron et regarde le ciel. Il voit des avions alliés revenant à basse altitude. Certains ont le fuselage troué ou des bouts d'ailes arrachés, d'autres lancent des fusées de détresse.

À 5 h 30, les membres de la compagnie A se regroupent autour de la radio. Pour la deuxième journée consécutive, ils entendent ces vers de Verlaine :

Les sanglots longs des violons de l'automne
Bercent mon cœur d'une langueur monotone.

Peu après, ils apprennent que les gars de la Chaudière sont partis pour la France. C'est le jour J! C'est la foire au camp. Mais le régiment de Maisonneuve et les Fusiliers Mont-Royal devront patienter un autre mois avant de fouler à leur tour le sol de la Normandie.

CHAPITRE VI

Le second front

Sur les murs de la petite classe ruinée, deux portraits du maréchal Pétain battent au vent. Israël s'en approche pour lire les inscriptions. L'une proclame : « J'ai été avec vous dans les jours glorieux. Je reste avec vous dans les jours sombres. » L'autre exhorte : « Suivez-moi. Gardez confiance en la France éternelle. »

Israël hoche la tête de droite à gauche ; il ne peut se décider à le haïr, le pauvre vieux. Puis il tourne le dos au maréchal et se dirige vers le bureau de la maîtresse, sur lequel repose un cahier à spirale. Il ne prête aucune attention à la conversation qui rebondit autour de lui.

– Faut fêter ça ! lance Larose, l'ancien lutteur du stade Frontenac, en brandissant une bouteille de vin.

– T'as pas déjà fêté ça hier soir ? demande Ti-Gars, le chef du peloton.

– T'as pas compris, Ti-Gars, répond Larose. La paix est sur le point d'être signée !

– Larose a raison, faut fêter ça ! dit Bolduc, l'ancien bûcheron aux yeux d'hindou. De toute façon, j'ai soif, ajoute-t-il en tendant sa gourde.

— Moi aussi! dit le jeune Thivierge, le numéro deux de la Bren, qui imite le geste du Beauceron.

Larose se lève et verse du vin dans les gourdes de ses compagnons. Puis, se tournant vers Israël, il demande :

— Pagé, veux-tu du vin ?

Comme il n'obtient pas de réponse, il répète la question, en haussant le ton :

— Pagé, veux-tu du vin ?

À la deuxième mention de son nom, Israël relève la tête. Il sourit en voyant Larose, qui se tient debout au milieu d'une classe jonchée de papiers et de livres. Les autres soldats du peloton sont assis le long des murs, sur des chaises d'enfants ou sur le plancher. Depuis la veille, ils sont installés dans une école démolie de Rots, près d'Authie. Le vent chaud de juillet entre par un grand trou dans le toit, faisant danser la flamme des chandelles allumées aux quatre coins de la pièce.

— Non, merci, répond Israël.

— Tu veux pas boire à la libération de Paris ? demande Larose.

Israël, sur un ton sérieux :

— Je boirai à la libération de Paris quand Paris sera libéré. Aux dernières nouvelles, les Allemands y étaient encore.

Larose hausse les épaules. Puis, en se retournant vers les autres soldats du peloton, il dit :

— Aux filles de Paris !

Les autres répliquent :

— Aux filles de Paris !

Et les fantassins font cul sec. Depuis qu'ils ont quitté leur chère île brumeuse, leur seul plaisir en Normandie est de boire du cidre ou du vin trouvé dans les caves abandonnées. C'est heureux, car l'eau est rare, et parfois empoisonnée.

Mais Israël ne participe jamais à ces libations. Dopé à l'adrénaline, il s'attache à enregistrer tout ce qu'il voit, tout ce qu'il entend, tout ce qu'il ressent. Dans un état mêlant l'excitation à la révulsion, il foule son premier champ de bataille, découvrant un pays, le beau pays de France, dévasté, à feu et à sang, et en ruines surtout.

«Il faut que j'écrive enfin à mes parents», se dit-il en s'emparant du cahier de la maîtresse. Il s'assoit entre Thivierge et Ti-Gars. Des semaines qu'il n'a pas envoyé de lettre à son père ou à sa mère. Il en a bien commencé cinq ou six, mais ne les a pas finies, faute de temps, faute de mots surtout.

Dans le cahier de la maîtresse, il date sa missive du 15 juillet 1944. Neuf jours plus tôt, le régiment de Maisonneuve a débarqué sur le littoral normand. Depuis, il emboîte le pas aux gars de la Chaudière et aux autres unités canadiennes, qui nettoient la région au prix de sacrifices terribles.

Israël s'excuse d'emblée de son long silence, puis il entre dans le vif du sujet, racontant à grands traits: «Quant à nous, nous ne sommes pas encore tout à fait sur la ligne de feu, mais plutôt entre deux feux, l'artillerie allemande et la nôtre. Notre temps se passe à creuser des tranchées, changer de position et faire de la patrouille. Un soleil magnifique et brûlant achève de corrompre les corps d'Allemands morts que nous rencontrons partout et que nous n'avons pas le temps de tous enterrer. Une odeur de charogne imprègne toute la campagne. De temps à autre, les Messerschmitt viennent nous mitrailler dans nos trous, mais heureusement, ils se font presque tous descendre par la D.C.A. J'ai aussi vu quelques prisonniers allemands capturés autour de nos lignes. Ce sont tous de jeunes loups fanatisés et féroces, de ces jeunesses hitlériennes qui sont les dernières troupes d'élite du fou qui les a dressées. Des Français arrivés de Caen nous ont appris hier que la paix était sur le point d'être signée. Vous devez en savoir plus long que moi, car il y a des jours que je n'ai vu un journal anglais. (On trouve bien ceux de Berlin, mais ils ne sont guère intéressants.) Enfin, nous avons tous bien hâte d'aller voir ces Allemands face à face et d'en finir une fois pour toutes. Moi, je m'en promets. »

∽

— Attention! ordonne le major Cousineau d'une voix forte. Le *padre* est ici, il va vous donner l'absolution générale, faites bien cela comme si c'était la dernière fois!

Il est dix heures du matin, le mercredi 19 juillet 1944, une autre journée chaude et ensoleillée en Normandie. La compagnie A au grand complet – cent vingt soldats, sous le commandement d'un major assisté d'un capitaine et de trois lieutenants – se recueille devant l'aumônier du régiment.

Israël reçoit l'absolution avec reconnaissance, comme tous les soldats, croyants, plus ou moins croyants, ou tout à fait athées. À quelques heures de son baptême du feu, il se surprend à trouver un réconfort dans cette action religieuse qui se veut purificatrice. Puis il se met à marcher, en uniforme impeccable, portant mitrailleuse, grenades, petite pelle et Piat (arme antichar). « Que ressentirai-je lorsque je tuerai mon premier Allemand?» se demande-t-il en partant ainsi sur la route 162, aux abords de Caen, qui brûle encore.

La compagnie A traverse l'Orne sur le pont Bailey construit le matin même par les ingénieurs canadiens. Son premier objectif, le village de Fleury, se trouve à cinq kilomètres de là. Or, à mi-chemin, une pluie abondante d'obus et de mortiers allemands s'abat soudainement dans le secteur, semant la mort et la panique dans les rangs du Maisonneuve. Israël pense à s'étendre de tout son long sur le macadam, mais une explosion le soulève en l'air.

Je me vois environné de flammes; je vois en même temps une pluie de sang devant mes yeux, ne sachant même pas si c'est le mien. En retombant sur le ventre, je sens un corps mou qui s'abat sur moi. Je n'ai pas la force de faire un geste. La détonation est entrée en moi comme un obus qui perce la carapace d'un char et fait sauter les munitions à l'intérieur. Une, deux, trois minutes s'écoulent. Je reste en hébétude, trop brisé pour avoir peur...

Les explosions se succèdent autour de moi, décuplées par la dureté du macadam. Elles cognent comme des coups de bélier sur le tympan. Je crois que je saigne des oreilles. C'est la pire souffrance...

Je veux cesser tout à fait de penser, mais cela même m'est interdit. Je ne sais comment me revient à la mémoire le titre d'un portrait de Gauguin par lui-même, dont le mystère m'a hanté, jadis, quand j'étais au collège: «L'esprit veille.» Il n'y a bientôt plus, dans les ténèbres qui envahissent ma tête, que cette étincelle de pensée luisant faiblement: «L'esprit veille... l'esprit veille... l'esprit veille...»

Puis j'entends subitement, avec une puissance et une clarté qu'aucun orchestre symphonique placé derrière moi n'aurait su rendre, les accents de la Cinquième Symphonie de Beethoven. *Je crois que mon âme s'arrache de mon corps...*

Je ne sais à quelle profondeur de moi-même je descends. Je sais seulement comment je mourrai un jour.

❦

— Baisse-toé! lance le soldat Xavier Gagnon, le nouveau numéro deux de la Bren, du fond d'une tranchée creusée dans une riche terre à blé.

Israël ignore l'appel du grand maigre que le major Cousineau lui a donné comme assistant après la mort de Thivierge. Debout dans l'abri peu profond, il inspecte la mitrailleuse, qui repose sur son bipied au bord du trou. Tout son torse est exposé.

Autour d'eux, une autre pluie d'obus tombe, à laquelle répliquent les tanks alliés. Depuis les premières lueurs du 28 juillet 1944, un formidable duel d'artillerie se déroule aux abords du village de Saint-André-sur-Orne, dont l'église sert de forteresse aux Allemands.

Gagnon répète, en élevant la voix:

— Baisse-toé donc un peu, maudit câlice! Tu vas te faire débarquer!

— Tu penses? fait Israël en caressant le canon blanc de la Bren, la meilleure mitrailleuse légère au monde, reconnaissable à son chargeur de trente balles placé sur le dessus.

Aussi précise que fiable, l'arme a permis à Israël de venger Thivierge, Ti-Gars, Bolduc et tous les autres soldats du régiment qui sont tombés depuis son baptême du feu. Il a fauché des Allemands tant et plus au cours des neuf derniers jours, mais sa rage n'a pas diminué. Le ronge le sentiment que ses camarades se sont fait massacrer pour rien.

Soudain un obus ennemi atteint un tank allié, qui s'enflamme aussitôt dans le camp de blé.

– Tabarnaque! jure Israël.

Puis il s'agenouille, s'installant à la Bren en observateur. Bâtie sur une butte, la belle église du XIIIe siècle entre dans sa mire. Le clocher est détruit, mais les Allemands sont encore à l'abri entre les quatre murs de l'édifice. Dès qu'ils seront à découvert, Israël leur tirera dessus.

Mais un bruit nouveau se fait entendre parmi le concert de l'artillerie lourde. C'est le craquement typique d'une mitrailleuse allemande, qui s'élève sur la droite. Israël se remet debout pour identifier avec précision l'origine du tir.

– Ça vient de là, dit-il à Gagnon en pointant du doigt une usine aux vitres brisées, à quatre cents mètres dans la plaine.

Comme il prononce ces mots, une balle transperce sa poitrine. «Cette fois-ci, je suis mort», se dit-il en s'affaissant au fond de la tranchée.

～

L'infirmière tourne autour du lit d'Israël.

– Vous êtes sûr de n'avoir besoin de rien? demande-t-elle d'une voix douce.

– Merci, je suis bien, dit Israël, immobile sur le dos.

Il y a quatre jours qu'il se nourrit, presque à l'exclusion de tout autre aliment, du pain de l'idée qu'il n'est pas mort... Le réveil à la vie monte en lui d'un gouffre profond.

— Au fond, dit-il à l'infirmière, c'est peut-être une bonne chose que j'aie été blessé. Autrement, je serais peut-être devenu fou, comme plusieurs de mes compagnons.

La morphine, qui coule dans ses veines, noie sa douleur.

— Le docteur dit que vous l'avez échappé belle, répond l'infirmière en s'arrêtant au pied du lit. La balle a effleuré votre poumon droit.

Israël examine l'infirmière dans la lumière lunaire qui passe par les fenêtres sans rideaux. Sa tête est surmontée d'un voile blanc qui tombe jusqu'au milieu de son dos. Elle est très grande et vêtue de bleu. Le soldat se dit : *on dirait une tête d'adolescente, extrêmement gracieuse, posée par erreur sur le corps d'un champion olympique.*

Et, d'une voix, rêveuse, il demande :

— *Êtes-vous mariée, ma sœur ?*

— *Non... Pourquoi ?*

— *Parce que je voudrais vous épouser après la guerre.*

— *Et pourquoi voudriez-vous m'épouser après la guerre ?*

La question reste en suspens.

— Soldat Pagé, vous êtes sous l'emprise de la morphine, ajoute l'infirmière. *Et vous voudriez que le traitement se poursuive jusqu'à la fin de votre vie.*

— Non, dit Israël, *je suis sous l'emprise de l'amour et le traitement n'a pas encore commencé.*

L'infirmière sourit des yeux.

— Tâchez de dormir un peu, dit-elle en quittant le chevet d'Israël.

Elle traverse lentement la grande salle oblongue où gisent des dizaines de soldats blessés. Pendant ce temps, les yeux ouverts, Israël pense à Hemingway à l'âge de dix-huit ans, son cher Hemingway. Blessé sur le front italien durant la Grande Guerre, le futur écrivain est transféré à l'hôpital de la Croix-Rouge américaine à Milan. Là, il tombe amoureux d'une infirmière de son pays, qui lui servira de modèle pour le personnage de Catherine Barkley dans *L'adieu aux armes*.

Israël plane au-dessus de son lit, dans un hôpital de Brighton, en Angleterre. Avec son infirmière, songe-t-il, il retournera en Normandie, c'est promis, et plus loin en France, c'est entendu. Il ira jusqu'en Provence, au pays des mistrals et de Daudet, à Marseille pour faire connaissance avec Marius, César et leur Cannebière, il passera sur le pont d'Avignon. Quand? Il ne le sait pas. «Probablement après la guerre», se dit-il avant de fermer les yeux et de sombrer dans un autre cauchemar.

~

Quelle joie il s'était fait de visiter l'Écosse, le pays de la gigue, du kilt, de la cornemuse, du gruau d'avoine – qu'en Angleterre, on donne aux chevaux, comme le rappellent les Anglais – et des braves gens par excellence!

Mais voilà qu'il se morfond au fond d'un pub enfumé d'Édimbourg, où le temps est froid et pluvieux. Engourdi par la bière et la cigarette, il fixe depuis une demi-heure les deux premiers mots sous la date du 21 août 1944: «Chère Jacqueline...» La suite ne lui vient pas. Il doit pourtant bien une lettre à sa sœur, ne serait-ce que pour la remercier de son dernier envoi, qui contenait trois cents cigarettes. Mais il ne sait plus quoi lui dire, c'est ce qu'il vient de constater avec tristesse.

Il songe à la vie de Jacqueline à Montréal, dont il ne connaît plus que les contours. Depuis deux ans, elle travaille à la Northern Electric, une usine infernale, et suit des cours du soir pour devenir secrétaire. Elle rêve toujours d'étudier la bibliothéconomie, une toute nouvelle science, à l'Université de Montréal. Elle a dix-neuf ans et, à en croire sa mère, ce ne sont pas les soupirants qui lui manquent.

«J'espère qu'elle ne se hâtera pas trop de se marier», se dit Israël en buvant une grande lampée de bière. Elle n'a encore rien vu. Lui, il en a déjà trop vu. Après trois semaines de combats, il est devenu plus familier avec la mort qu'avec la vie. À son retour au Canada, il le sait déjà, il devra également soigner une blessure à l'âme.

Mais veut-il vraiment retourner auprès des membres de sa famille, qui semblent le considérer comme un héros indestructible? Dans ses lettres, sa tante Yaya ne cesse de lui répéter qu'il est «tant et tant» pour sa famille, qu'il est «l'unique, tout espoir, tout projet tend vers toi». Quant à sa sœur Jacqueline, ce n'est pas mieux, elle le confond carrément avec superman. Il n'a aucune intention de conquérir le monde pour le jeter aux pieds de sa famille.

Il s'allume une autre cigarette. Puis, exhalant une fumée bleue, il s'empare de sa plume. Le cœur amer, il écrit: «Je me demande si je ne ferais pas mieux de ne jamais retourner au Canada, afin de ne pas vous enlever les magnifiques chimères que vous semblez tous vous faire à mon sujet. Je n'ai vraiment pas hâte de vous montrer comment je ne suis resté qu'un pauvre garçon plein de défauts et de faiblesses, le même qu'autrefois, le même que toujours. On ne change pas si facilement de nature. »

Un rictus déforme les traits d'Israël.

« À part ça, tout va très bien, poursuit-il. Je me remets rapidement de mes blessures. Les premières nuits, il m'arrivait de m'éveiller avec des cauchemars de bombardements dans les oreilles et les yeux emplis de cadavres d'Allemands tous plus horribles et puants les uns que les autres. Heureusement, les visions affolantes s'atténuent peu à peu. Je commence à passer de bonnes nuits reposantes. »

Il s'arrête pour boire une dernière lampée. Son rictus se transforme en un sourire triste. Et il reprend sa plume.

« Donc, tout est pour le mieux, comme de coutume. Les misères que j'ai connues en France sont compensées par le plaisir que j'ai eu de faire connaissance avec les Français. Ils sont encore plus Français, si l'on peut dire, qu'on se l'imagine. Partout, j'ai été reçu à bras ouverts, comme un frère et un libérateur. Si j'avais bu tout ce qu'ils ont voulu me faire boire, je serais probablement encore ivre au fond de quelque cave. Et les belles jeunes Françaises qui se mettaient à deux ou trois à la fois pour nous embrasser. *What a war!*»

Après avoir signé son nom au bas de la lettre, Israël se sent un peu mieux. Il est pas mal dégoûté de la guerre, de cette chienne de vie de chien, un peu fatigué, mais résolu de faire son devoir jusqu'au bout.

Il entend encore la voix étonnée de l'officier canadien, à Brighton.

– Vous voulez vraiment retourner au front?

– Oui.

– Vous savez, vous pourriez finir la guerre à Londres, dans les services de renseignement. Vous l'avez bien mérité. Ça ne vous dit rien ?

– Je veux retourner au front. Mais je vous le répète : je n'ai plus le goût de tuer des Allemands. Je veux rentrer dans la section médicale du bataillon. Du reste, je peux déjà me vanter d'avoir pansé plus d'hommes sur le champ de bataille que je n'en ai tués, alors, mon nouveau travail entrera dans mes goûts et mes habitudes.

– Bon, si vous insistez.

– Je pars quand ?

– Dans sept jours. Profitez-en donc pour vous amuser.

– Je n'y manquerai pas.

CHAPITRE VII

Véritable

Au volant d'une jeep ambulance, Israël traverse à vitesse réduite les villages enneigés qui s'égrainent le long de la Meuse : Mook, Katwijk, Cuijk, Groesbeek. Il aime la musicalité de ces noms hollandais.

Sur son passage, des femmes et des enfants s'arrêtent pour lui envoyer la main. Il leur retourne leur salut avec des coups de klaxon. Il sympathise avec ces pauvres gens qui ont vécu l'enfer durant quatre longues années d'occupation nazie. « De tous les pays libérés, la Hollande est le plus à plaindre », se dit-il, en voyant sur les visages les ravages de la faim et de la misère.

Depuis le 8 novembre 1944, le Maisonneuve a pris ses quartiers d'hiver sur la Meuse, près de Nimègue. Il ne participe à aucune manœuvre d'envergure, passant son temps à creuser des tranchées, à changer de position, à faire de la patrouille, bref, à attendre le début de l'opération « Véritable », la grande offensive visant à repousser l'ennemi allemand au-delà du Rhin et à le vaincre une fois pour toutes.

Israël se retourne pour voir son blessé, qui est étendu sur une civière à l'arrière de l'ambulance.

— Pas trop de mal? demande-t-il.

— C'est plus souffrant que jamais, répond le blessé d'une voix plaintive. Avez-vous de la morphine? On m'a dit que ça soulageait la douleur comme rien au monde.

— Prends ton mal en patience. On sera bientôt à Nimègue.

Le blessé est l'un des premiers conscrits à se joindre au régiment de Maisonneuve. Fin novembre, le gouvernement canadien a forcé seize mille conscrits pour la défense territoriale à servir outre-mer, histoire de combler les importantes pertes subies dans l'infanterie les semaines précédentes. Un mois plus tard, Pierre Poitras, un Montréalais de vingt ans, est arrivé au front, ne connaissant rien aux armes modernes dont se servent les fantassins. Et le pauvre zombie a été blessé le matin même, lors d'une simple patrouille. Un franc-tireur allemand, embusqué sur l'autre rive de la Meuse, l'a atteint à la jambe.

Après quelques minutes de silence, Israël reprend :

— On m'a dit que des conscrits préféraient déserter plutôt que de servir outre-mer. As-tu pensé à rompre les rangs, toi?

De plaintive, la voix du soldat Poitras devient véhémente :

— Jamais de la vie! lance-t-il en se redressant à moitié à l'arrière de la jeep. Je rêvais de servir outre-mer depuis mes dix-sept ans!

— Mais pourquoi as-tu attendu d'y être forcé? demande Israël, confus.

— Parce que ma mère ne voulait pas que je m'enrôle!

— Et pourquoi donc?

— Ma mère a perdu deux de ses frères lors de la Grande Guerre. Elle ne tenait pas à perdre son fils dans celle-ci. Finalement, la conscription a joué en ma faveur. Ma mère ne pouvait plus m'empêcher de partir!

— Mais tu ne sais même pas tenir un fusil!

— Justement, je voulais apprendre ça. En fait, je voulais surtout sacrer mon camp du Québec. On étouffe dans cette maudite province d'attardés!

Israël hoche la tête en signe d'approbation. «Décidément, se dit-il, ce Poitras n'est pas un zombie comme les autres.»

Quelques instants plus tard, Poitras demande à Israël:

— Dites-moi, monsieur, êtes-vous passé par Dieppe?

Israël sourit en s'entendant appeler «monsieur». Il n'a qu'un an de plus que le conscrit.

— Tu parles! fait-il. Après la Normandie, il y a eu les ports de la Manche. Le Maisonneuve est passé par Dieppe deux jours après les Fusiliers Mont-Royal, à qui est revenu l'honneur de libérer la ville, ce qui n'était que justice. Le Maisonneuve, lui, avait libéré Rouen l'avant-veille.

— C'était comment?

— Quoi?

— La libération de Rouen.

Israël se tait, revoyant les débris de l'ennemi vaincu – chars, véhicules, chevaux morts, sépultures – qui jonchaient les fossés. Il se rappelle la ville natale de Flaubert, ses maisons en ruines, sa cathédrale mutilée, sa foule massée le long de la route, qui couvrait les soldats de fleurs, de confettis et de baisers. Il entend encore ce commentaire d'un résidant de la ville, qui venait de lui offrir une bouteille de vin :

— Nous pensions que les Allemands étaient bien équipés. Mais ce n'est rien en comparaison de ce que nous voyons depuis deux jours. Quel matériel vous avez ! Oh là là !

Il repense à cette marche triomphale du régiment à travers le Nord de la France et la Belgique. Et, se souvenant de la question du conscrit, il finit par répondre :

— Il n'y a rien de plus extraordinaire que le spectacle d'une ville libérée.

— Ça m'attriste d'avoir raté ça, dit le soldat Poitras.

— Es-tu malade ? Tu devrais te compter chanceux.

— Pourquoi ?

— Parce qu'après ça, il y a eu la bataille de l'Escaut, sur la zone frontalière entre la Belgique et la Hollande.

— C'était comment ?

Cette fois-ci, Israël s'enferme dans le silence, dissimulant au conscrit l'horreur de la guerre. De la mi-octobre au début de novembre, le Maisonneuve a combattu aux côtés des gars de la Chaudière et du Black Watch, un régiment anglophone de Montréal. Leur mission : déloger les divisions allemandes qui bloquaient l'accès au port d'Anvers. La bataille s'est déroulée dans une région de terres basses arrachées à la mer grâce à un ingénieux réseau de digues et de canaux. Tout au long de l'opération, les soldats du Québec se sont heurtés à une résistance insurmontable. Le 13 octobre 1945, vendredi noir par excellence, le Black Watch a perdu cent quarante-cinq hommes au cours d'une lutte particulièrement sauvage. Au début de novembre, en désespoir de cause, ils ont fait sauter les digues de Walcheren, venant ainsi à bout de l'ennemi. À la surface de l'île inondée, Israël a repêché un petit sabot de bois hollandais, qui flottait vers le large. Il en a fait cadeau à sa tante Yaya.

«J'espère qu'elle l'a reçu à temps pour les fêtes», se dit Israël, s'accrochant au souvenir de cette humble chaussure, qui lui fait oublier le reste – la pluie, la vase, le froid, les blessés et les morts de cette horrible bataille. Puis il regarde le soldat Poitras dans le rétroviseur. Au même moment, le conscrit jette un coup d'œil sur le chauffeur. En croisant leur regard, les deux hommes se sourient.

«Il a une bouille sympathique», se dit Israël. Et il se met en tête de demander à Poitras des nouvelles du bon vieux «Monrial», la métropole canadienne dont il s'ennuie à mourir.

– Comme ça, fait-il, Camillien Houde a gagné ses élections?

– Oui monsieur, répond le conscrit. Sitôt sorti de prison, il a été reçu à Montréal comme un héros de la résistance.

– Un héros de la résistance? Quelle résistance?

– Celle des Canadiens français contre la conscription.

– Hum! Il a de la suite dans les idées, celui-là.

– Il n'est pas le seul, monsieur. Avant de partir pour l'Europe, j'ai assisté à une manifestation anti-conscription au marché Saint-Jacques. Il y avait là trois mille personnes. L'affaire a quasiment dégénéré en émeute. Des manifestants ont voulu attaquer les bureaux du *Montreal Star* et de la *Gazette*. Ils criaient: «À bas les Juifs! À bas les Juifs!» J'avais honte, monsieur. J'avais honte.

Israël regarde de nouveau dans le rétroviseur. Cette fois-ci, il ne croise pas le regard du soldat blessé, qui s'est retourné sur le dos. Il voudrait lui poser d'autres questions, mais son attention est sollicitée au même moment par un groupe d'enfants. Tendant la main en direction de la jeep, ceux-ci barrent l'accès au pont de Nimègue.

Israël freine et éteint le moteur. D'une main, il saisit un sac de toile sur le siège du passager et descend de l'ambulance. En marchant vers les enfants, il plonge la main dans le sac et en sort des morceaux de chocolat recueillis auprès des soldats du régiment, qui en reçoivent dans leurs rations quotidiennes. Il les distribue aux petits Hollandais affamés, qui sont fous de joie. Il leur donnerait bien aussi quelques «gulden» – il en a une liasse dans son portefeuille –, mais cet argent enlevé à «ses» prisonniers allemands ne servirait à rien aux enfants, pour la bonne raison qu'il n'y a plus rien à acheter en Hollande. Au bout de quatre années de privations, les gens en sont réduits à manger des bulbes de tulipe et à se chauffer avec leurs meubles.

Quand il atteint le fond de son sac, Israël sent les pains de savon que sa sœur Jacqueline lui a envoyés. Ce trésor, il le garde pour lui, ou plutôt pour Aniken, sa fiancée de Nimègue. Il se souvient de la joie infinie de la première Hollandaise à qui il a offert deux morceaux de savon de toilette. La pauvre femme en avait les larmes aux yeux. Elle ne pouvait pas imaginer que cette substance précieuse ne fût pas rationnée au Canada.

En échange du savon, Israël a envoyé à Jacqueline un petit Kodak acheté en Belgique. «Tu m'enverras quelques photos de la famille, lui a-t-il écrit un soir, du fond de son *dug-out*. Toutes celles que j'avais lors du débarquement en Normandie, j'ai dû les abandonner avec le reste de mes trésors dans un champ de France, pour ne pas y rester avec. »

Insistant sur l'importance des photos, il a ajouté : « Dans les pays étrangers que nous parcourons, elles constituent le dictionnaire du langage universel. *Mÿ moeder, mÿ vader, mÿ broer, mÿ zuster, mÿ vriend…* »

Sa pudeur l'a empêché de dire toute la vérité à sa sœur. Car les photos de sa famille, c'est Aniken qui les réclame.

~

— Je t'attends chez ton père ? demande Israël.

— Oui, répond Aniken, je vous rejoindrai en début de soirée.

— J'ai un cadeau pour toi.

— Moi, j'ai une surprise pour toi.

Israël et Aniken se tiennent debout au pied d'un lit d'hôpital. Grande et mince, la jeune femme sourit, dévoilant des dents d'un éclat qui étonne son fiancé. En fait, tout en elle ébahit et ravit le jeune soldat : son prénom, sa beauté, sa vitalité, sa générosité, ses yeux d'un bleu foncé au soleil et noirs à l'ombre, ses longs cheveux d'un blond platiné, sa famille. Tous les soldats du Maisonneuve veulent tomber malades pour se faire soigner par Aniken, qui fait déjà figure de légende dans les tranchées du régiment.

— Une surprise ? fait Israël en sortant du ravissement que lui procure toujours la vue d'Aniken. Tu m'intrigues. Qu'est-ce que c'est ?

– Patience! Tu sauras tout ce soir. En attendant, va-t'en. J'ai des malades à voir.

Après avoir serré discrètement les mains d'Aniken, Israël quitte l'hôpital de Nimègue, qui a été réquisitionné par l'armée canadienne pour panser ses blessés. Heureusement, depuis son arrivée dans la région, le régiment de Maisonneuve y envoie très peu de soldats. Et les membres du corps médical peuvent fraterniser à souhait avec la population locale, profitant de nombreuses permissions.

Dehors, la neige s'est remise à tomber. La Hollande n'a pas connu pareil hiver depuis un quart de siècle. De la neige, encore de la neige, toujours de la neige, à Nimègue comme à Québec! Pour se fondre dans le paysage, les troupes d'infanterie en première ligne portent des vêtements blancs, donnant à leurs patrouilles des allures fantasmagoriques.

Marchant à travers les flocons denses, Israël entrevoit les anciens édifices de Nimègue, dont plusieurs sont en ruines. Il rage intérieurement contre les gars de l'aviation. Ces idiots ont bombardé par erreur la plus vieille des villes hollandaises, détruisant une partie de son patrimoine et entraînant la mort de nombreux citoyens, dont la mère d'Aniken. Il a toujours trouvé fendants les gars de la Royal Air Force. Aujourd'hui, il les déteste. Mais les gens de Nimègue ne partagent pas sa haine. Ils sont reconnaissants à tous les Alliés sans exception. Bien sûr, ils ont un faible pour les fantassins canadiens-français, qui leur ont apporté liberté et espoir.

Israël passe le bout de la langue sur sa lèvre supérieure, voulant goûter à un flocon. Un sourire illumine soudain son visage d'Apollon. Il repense à son dernier séjour à Bruxelles, savourant de nouveau chacun des souvenirs de ce Noël inoubliable en compagnie d'Aniken. Il a investi dans ce voyage tout l'argent enlevé sans remords aux prisonniers allemands capturés en Belgique et en Hollande. Une fois dans la capitale belge, il a dormi à l'hôtel, mangé au restaurant, flâné sur la Grand-Place, prenant un plaisir immense à gâter une Aniken avide de tout. Et dans leur lit propre et douillet, ils ont fait l'amour le jour et la nuit, perdant leur virginité en plein cœur de la guerre, baignant dans une joie indicible. Le soir de Noël, entraîné par sa fiancée dans la cathédrale Sainte-Gudule, Israël s'est même surpris à chanter à pleins poumons le *Minuit, chrétiens*, qui était revêtu d'un tout nouveau sens aux yeux des fidèles.

Peuple, debout! chante ta délivrance!
Noël, Noël, voici le Rédempteur!

« C'est cela, notre métier », a pensé Israël, grisé.

Il arrive enfin devant la maison du père d'Aniken, dont la porte est surmontée d'une jolie corniche. Il sonne. Quelques instants plus tard, Wim Ivens apparaît dans l'embrasure.

— Israël, quel plaisir! dit-il en embrassant l'amant de sa fille sur les deux joues.

— Le plaisir est réciproque, fait le soldat en secouant ses bottes dans l'entrée.

Grand et élancé, Wim Ivens entraîne Israël dans la cuisine, la pièce principale de la maison. Les deux hommes s'assoient à la table. Pendant un long moment, Israël se contente de regarder son hôte avec un sourire en coin. Il n'en revient pas encore. En novembre, le hasard l'a fait entrer dans une des familles les plus remarquables de Nimègue. L'oncle d'Aniken est nul autre que Joris Ivens, réalisateur de *Terre d'Espagne*, le célèbre documentaire sur la guerre civile espagnole, écrit en partie par l'écrivain américain John Dos Passos et narré au complet par «Hem», le collègue, ami et compatriote de «Dos», mieux connu sous le nom d'Ernest Hemingway!

Cinéaste stalinien, Joris Ivens passe les années de guerre à Hollywood, où il a intégré le front antifasciste. Médecin humaniste, son frère Wim est resté à Nimègue, se disant incapable d'abandonner les plus vulnérables de ses patients et concitoyens. Il a tenté d'envoyer sa femme Anna et sa fille Aniken aux États-Unis, mais celles-ci ont résisté de toutes leurs forces. Cinq ans après le début de la Deuxième Guerre mondiale, ses traits séduisants se sont creusés et sa chevelure abondante a grisonné. Trois mois après la mort de sa femme, ses yeux se sont chargés d'une tristesse infinie. Seule sa bonté est demeurée intacte, ainsi que son amour pour Aniken. Féru de littérature française, il a donné à sa fille unique le nom d'un personnage de Stendhal. Israël a pour lui une admiration et une affection sans borne.

— C'est peut-être la dernière fois que nous nous voyons, dit-il enfin en offrant une cigarette au médecin.

— Ah oui? fait Wim Ivens en acceptant la cigarette, qui apaisera sa faim. On sait maintenant quand débutera la grande offensive?

— Ce devrait être au début de février.

— Ce sera une autre guerre.

— Vous avez raison. En Belgique et en Hollande, la moitié des soldats allemands étaient des enfants ou des étudiants en théologie. Ils ne se faisaient pas prier pour se rendre. Ils savaient qu'ils seraient mieux traités comme prisonniers de l'armée canadienne que comme soldats dans l'armée allemande. En Allemagne, ce sera différent. Nous nous battrons contre des parachutistes et des soldats S.S. bien entraînés, bien fanatisés.

— Avez-vous peur ?

— J'ai des compagnons que la peur a rendus fous. Ma folie est de ne plus avoir peur de rien.

— Et quand tout sera fini, que retiendrez-vous de la guerre ?

Plutôt que de répondre immédiatement, Israël plonge une main dans une poche de son manteau et en ressort un calepin. Après l'avoir feuilleté, il trouve et lit à haute voix le passage suivant : *Mais la jeunesse est la seule grâce qui ne passe vraiment qu'une fois dans une vie d'homme. Nous avons semé la nôtre dans la guerre.*

— C'est vous qui avez écrit cela ? demande Wim.

— Oui, répond Israël, cela, et plusieurs autres choses encore. Mais assez parlé de cette guerre. Je voudrais revenir sur l'Espagne, si vous ne voyez pas d'objection.

Wim esquisse un sourire. Sur l'Espagne, la curiosité d'Israël est insatiable. Il veut tout savoir de la fameuse rencontre à Madrid de son frère Joris avec Dos Passos et Hemingway, ce cher Hemingway, qui trônait comme un lion dans la chambre 108 de l'hôtel Florida, entouré de provisions et d'alcool.

— Que voulez-vous savoir ? demande Wim.

— J'aimerais savoir si Dos Passos a bel et bien fui Madrid par peur des bombardements.

— C'est absolument faux.

— Mais pourquoi Hemingway aurait-il propagé pareille histoire ?

– Par pur sadisme. Si je me fie à mon frère, cet homme jouit du mal qu'il fait.

– Mais je croyais que Dos et Hem étaient des amis inséparables.

– Ils l'étaient dans les années 1920. À partir des années 1930, pour être ami d'Hemingway, il fallait non seulement admirer son œuvre, mais aussi entrer dans l'ombre de son personnage. Et Dos Passos se moquait volontiers des attitudes glorieuses de l'autre.

Israël fronce les sourcils, ne parvenant pas à reconnaître dans ce Hemingway mesquin l'auteur héroïque de *Pour qui sonne le glas*. Il ouvre la bouche pour poser une autre question, mais la referme aussitôt, ayant entendu le bruit d'une porte qui s'ouvre et se referme.

– C'est moi! crie Aniken depuis l'entrée.

Quelques secondes plus tard, elle fait son apparition dans la cuisine, les joues rougies par le froid. Prétextant un soudain coup de pompe, Wim Ivens se retire de la pièce, après avoir embrassé sa fille.

Lorsqu'elle se retrouve seule avec son fiancé, Aniken lui dit:

– Regarde-moi.

– Je te regarde, répond Israël en admirant sa fiancée.

– Tu ne trouves pas que j'ai changé?

– Je crois que tu es encore plus belle qu'hier.

– Sois donc sérieux!

– Mais je suis sérieux.

– Israël, je suis enceinte!

Sur ces mots, Aniken se jette dans les bras de son fiancé, qui la serre contre sa poitrine. Elle a vingt ans. Il en a vingt et un. Vers la fin de la plus grande boucherie de l'histoire, ils créent la vie.

– J'espère que notre fille sera aussi belle et bonne que toi, dit Israël, transporté de joie.

– Comment sais-tu que ce sera une fille ? fait Aniken en riant.

– Je ne le sais pas, je l'espère !

– Promets-moi que tu reviendras d'Allemagne sain et sauf.

– Je te le promets.

– Et nous nous marierons après la guerre ?

– Et nous nous marierons après la guerre !

~

Grelottant dans sa tranchée, Israël écrit une lettre au fiancé de Jacqueline, un passionné des livres et des arts, qui prépare «un bouquin», lui a-t-il confié dans une missive récente. À la lumière d'une lampe de fortune, le caporal Pagé – il a été promu à ce rang en septembre – répond à son nouveau correspondant :

«À la fin de votre lettre, vous me demandez de vous parler de "votre vie là-bas". Eh bien, notre vie ici est celle d'un régiment d'infanterie presque toujours au front, depuis le commencement. Vie de peine et de misère, d'arrache-pied et de vache enragée, si vous voulez. Belle vie quand même, qui en vaut bien d'autres en tout cas. J'ai été volontaire pour venir jusqu'ici, je le suis encore pour y rester. De ce temps-ci, nous nous préparons calmement à quelque chose de grave et de décisif : l'invasion de l'Allemagne, l'enfoncement de la ligne Siegfried et la traversée du Rhin. Beaucoup tomberont, les survivants auront la victoire à eux ; nous voulons finir ça pour le début de l'été. »

La lettre est datée du 7 février 1945. Le lendemain, au milieu de l'après-midi, le régiment de Maisonneuve entre en Allemagne, où la destruction est indescriptible. Durant les jours précédents, l'aviation et l'artillerie ont soumis le territoire allemand à un bombardement intensif. Ouvrant la marche, la compagnie A fait vingt-deux prisonniers, dont un S.S. qui se plaint de l'« inhumanité » du barrage allié.

Bien entendu, les fantassins n'entrent pas là comme dans du beurre. Israël parcourt le champ de bataille en jeep, ramassant les blessés. À la fin de la journée, il découvre le corps déchiqueté du soldat Louis Beaudoin, dit Bouboule, dans une fondrière creusée par l'explosion d'un obus. Haut comme trois pommes et rond comme une boule de billard, ce Beaudoin revenait tout juste d'un congé à Bourbourg, en France, où il avait célébré ses fiançailles avec une Française rencontrée en septembre 1944. Horrifié, Israël prend le cadavre dans ses bras et le transporte dans l'ambulance. Il grimpe ensuite à l'avant du véhicule et reprend sa route, pensant à Aniken. Quelques minutes plus tard, sa jeep passe sur une mine antichar.

≈

Israël ouvre les yeux et voit Aniken.

– Suis-je arrivé au paradis ? demande-t-il, sourire en coin, du fond d'un lit d'hôpital.

– Israël ! s'écrie l'infirmière, le visage en larmes, en se précipitant dans les bras de son fiancé. Que t'est-il arrivé ?

Israël ne répond pas tout de suite, pressant Aniken contre son cœur. Il respire le doux parfum de sa chevelure.

Son bonheur d'être en vie est intense, son amour pour la fille de Wim Ivens est immense.

Au bout d'un moment, il relâche son étreinte, permettant à Aniken de se redresser et de reprendre une distance plus professionnelle. Puis, plongeant son regard dans les yeux d'Aniken, d'un bleu très foncé dans la lumière matinale, il finit par répondre :

— J'ai rencontré une mine ou une mine m'a rencontré, je ne sais plus. Je me souviens seulement d'avoir entrevu l'enfer pendant une seconde.

— C'est affreux ! dit Aniken. Quand cela s'est-il passé ?

— Il y a deux jours, en fin d'après-midi. Je parcourais le champ de bataille pour ramasser les blessés, quand j'ai eu la malchance de passer sur cette mine qui a fait faire à ma jeep un saut de crapaud. C'était une mine antitank, alors, tu peux t'imaginer…

— Mon Dieu ! Et tu n'as pas été blessé sérieusement ?

— Mes blessures ne sont pas graves. J'ai été plus secoué qu'autre chose.

— C'est un miracle !

— Honnêtement, je ne sais pas comment ça se fait que je ne sois pas mort. Probablement grâce aux prières que les autres font — surtout les tiennes — pour suppléer à mon impiété personnelle.

Aniken passe sa main dans les cheveux d'Israël.

— As-tu eu peur ? demande-t-elle.

Souriant, Israël répond :

— Je n'ai pas eu le temps d'avoir peur, mais je me souviens parfaitement d'avoir crié «Maman !» à la seconde de l'explosion.

À la mention de ce mot – maman –, Aniken est secouée par un sanglot, suivi d'un autre. Ses yeux ruissellent bientôt de larmes.

– Voyons, Aniken, ne sois pas triste, dit Israël, étonné. Je suis toujours en vie. Tu verras, je me rendrai bien jusqu'au bout.

– Comment? fait Aniken entre deux sanglots. Tu comptes retourner au front? Tiens-tu donc absolument à mourir?

– Je n'ai pas le choix, Aniken. L'armée a besoin de tous ses hommes. Comme mes jambes me supportent encore, elle me renverra au front.

Après une brève pause, Israël ajoute :

– Et puis je dois bien te le dire, je ne veux pas abandonner mes camarades si proche du but. Tu comprends ça, n'est-ce pas?

– Si tu savais comme ça fait mal! dit Aniken d'une voix brisée.

– Ne le prends pas comme ça…

– Israël, j'ai perdu notre enfant!

– Quoi?

Israël se redresse à moitié dans son lit.

– J'ai perdu notre enfant! répète Aniken. J'ai fait une fausse couche!

– Quand?

– C'est arrivé une semaine après ton départ pour le front.

– Ma pauvre Aniken!

Israël descend de son lit et enlace sa fiancée, ne se souciant pas des regards qui se tournent vers eux dans l'hôpital de Nimègue.

– Ne t'inquiète pas, dit-il d'une voix douce. Nous aurons l'occasion de nous reprendre après la guerre.

– J'ai si peur de ne pas te revoir.

– Ne t'inquiète pas. Comme dit la chanson, *Old soldiers never die, never die...*

~

Les tours du château de Moyland se profilent à l'horizon, dominant une région couverte de saules. Derrière le volant de sa jeep, Israël découvre un paysage idyllique, à la fin d'une autre journée de combat, au début d'avril 1945.

Il est accompagné de l'aumônier du régiment, qui lit son bréviaire dans le siège du passager. Au-dessus de leur tête, dans le ciel infini de ce plat pays, gronde un caquetage assourdissant. Ce sont les oies sauvages du Rhin qui retournent en Sibérie.

Non loin du château, Israël aperçoit des formes humaines sur le bord de la route. Il arrête sa jeep et compte cinq soldats allemands, soufflés par l'explosion d'un obus allié. Ils sont soit morts, soit grièvement blessés.

Israël descend de la jeep.

– Que fais-tu donc? demande l'aumônier sur un ton inquiet.

– J'en vois un qui remue, répond Israël en se retournant vers le religieux, qui n'a pas bougé de son siège.

L'ambulancier s'avance vers les soldats. À ce stade-ci de la guerre, il ne fait plus la différence entre Canadiens et Allemands. Il ne voit plus qu'une seule et même jeunesse, sacrifiée comme du bétail.

Il s'arrête devant un soldat dont le bas du corps a disparu. Ses yeux affolés et sa bouche tordue indiquent qu'il est toujours en vie.

Israël se penche pour lui donner à boire. Or, comme il porte le goulot de sa gourde aux lèvres du blessé, il voit du coin de l'œil un des autres soldats se soulever sur un coude et pointer une arme dans sa direction. C'est un S.S.

— Attention ! s'écrie l'aumônier depuis la jeep.

Israël n'a pas le temps de régir. Il entend le coup partir et, une fraction de seconde plus tard, ressent une douleur fulgurante à la jambe droite. La balle a traversé son tibia, tout juste au-dessus de la cheville. Il hurle en sautillant vers la jeep. Avec l'aide de l'aumônier, il réussit à grimper à l'arrière de l'ambulance. Puis il perd connaissance.

≈

Étendu sur le dos, Israël se demande parfois si la mort n'aurait pas été préférable à ce réveil brutal dans un lit d'hôpital anglais, il y a un mois maintenant. En sortant du brouillard d'inconscience où l'avait plongé la morphine, il s'est en effet aperçu qu'il n'avait pas été hospitalisé à Nimègue mais à Orpington, à quarante kilomètres à l'est de Londres. Transporté d'urgence à bord d'un Dakota de l'Aviation royale canadienne, il est passé directement de l'Allemagne à l'Angleterre sans s'arrêter en Hollande. C'était ça ou l'amputation, lui a expliqué un médecin, ne lui cachant pas la gravité de sa blessure.

Depuis, Israël est cloué au lit avec la jambe droite pressée par un instrument barbare et compliqué qui lui fait trouver les journées et les nuits longues. Il ne compte plus le nombre de lettres qu'il a envoyées à l'hôpital de Nimègue à l'intention d'Aniken. Il reçoit un abondant courrier de sa famille, mais rien de sa fiancée.

Torturé par la douleur qui traverse sa jambe et celle qui transperce son cœur, Israël ne s'inquiète pas outre mesure du curieux bégaiement qui trouble sa parole depuis son retour en Angleterre. De toute façon, il ne prononce pas dix mots dans une journée.

Récemment, un major lui a annoncé qu'il n'était plus bon pour l'armée. Il sera rapatrié sur un navire-hôpital le 1er juillet. Il ne dit que ça aux siens, qui le mitraillent de questions. Il n'a pas le goût de correspondre avec eux. Tout ce qu'il demande est qu'on le laisse ronger son frein en paix jusqu'au jour où il pourra retourner chez lui et oublier la guerre, les Allemands et les hôpitaux. Après avoir refait ses forces, il tentera bien de retrouver la trace d'Aniken, s'il n'y parvient pas d'ici là. Entre-temps, il broie du noir.

~

Or les beaux jours reviennent en Angleterre et Israël prend du mieux. Il peut désormais se promener avec assez de facilité, sinon de grâce, sur des béquilles. Le 22 juin 1945, il se rend même à Aldershot, pour la première fois depuis bien longtemps. Il est curieux de revoir toutes ces figures d'Anglais. À la fin de la journée, il réalise que les Anglais l'intéressent beaucoup moins que les Normands, les Flamands et les Hollandais. Il lui semble incompréhensible qu'un tel peuple soit capable de dominer un tiers du globe.

Le lendemain après-midi, il s'assoit sur un banc, dans le jardin de l'hôpital, exposant sa peau blanche aux chauds rayons du soleil. Il était pas mal plus bronzé à pareille date l'année précédente. Il lui semble qu'il n'aurait pas envie de recommencer.

Il sort d'un sac une plume et du papier pour écrire. Sourire en coin, il décide de répondre à une lettre de Jacqueline, dont l'amorce faisait allusion aux Allemands qu'il avait tenté de secourir («Ah! les salauds! les saligauds! les sales cochons!»)

Israël écrit: «Vraiment, je me suis cru de retour en bonne terre normande! Tu n'avais qu'à ajouter "les fumiers" et c'était complet.»

Il en vient vite au sujet des zombies, que sa sœur a pris en haine. Elle en veut en particulier aux conscrits qui «ont glapi jusqu'à la fin contre la guerre soi-disant impériale des Anglais!»

Israël écrit: «Quant à ta sortie contre les zombies, elle est aussi cinglante que méritée. Et si j'apprenais que tu sors avec l'un d'eux, je crois que je te renierais. Ce ne sont pas des patriotes comme ils ont tenté de le faire croire à nos bonnes gens. Ce sont des égoïstes et des lâches. J'ai eu l'occasion d'en rencontrer plusieurs. C'est drôle comme ils ne songeaient plus à nous traiter de "suckers" et de "gazés" quand ils sont arrivés au régiment. Ils nous donnaient du "Monsieur" gros comme le bras. Plusieurs zombies sont morts au front. Il faut admettre qu'ils n'ont pas fait plus mal que nous.»

DEUXIÈME PARTIE

Maturité

Chapitre VIII

Retour du front

— Je... je... je veux étudier, bégaie-t-il en baissant les yeux, les joues soudain rouges.

— Tu veux étudier quoi? demande l'intervieweur sur un ton condescendant.

Le caporal Israël Pagé répond, en grimaçant:

— La... la... la... la littérature.

— La... la... la... la littérature?

— Oui!

En hurlant sa réponse, Israël serre les poings. Il sauterait bien au cou de l'intervieweur, mais il se retient. Vêtu d'un élégant uniforme noir d'officier de marine, l'homme le toise de la tête aux pieds. Il ne fait aucun effort pour dissimuler son mépris devant ce «retour-du-front» à la parole bégayante, au regard fuyant, aux cheveux trop longs, aux pantalons trop courts, à l'air jeune et vieux à la fois.

— Et ça s'étudie où, la littérature?

Israël commence à suer. Il a l'impression de traverser un champ miné.

— À la Fa... fa... fa... facu... cu... culté des... des Lettres de... de... l'Uni... ni... ni... ver...

— À la Faculté des Lettres de l'Université de Montréal !

Israël hoche la tête de haut en bas, maudissant ce bégaiement ramené de l'autre bord. Puis, en retenant ses larmes, il reprend la parole :

— Me... me... me...

Mais il ne complète pas sa pensée. Il se sert de ce qui lui reste de dignité pour ne pas pleurer devant l'autre.

Haussant les épaules, l'intervieweur prend un dossier sur son bureau et se met à le consulter. Pendant qu'il tourne les pages, Israël le regarde à la dérobée. Ne connaissant rien aux choses de la mer, il ne peut déterminer le rang de l'officier de marine. Mais il voit bien qu'il ne porte sur sa poitrine aucune décoration de service actif.

Au bout d'un moment, sans lever les yeux du dossier, l'intervieweur dit :

— Si je me fie à ce qui est écrit là-dedans, t'es une dure noix à casser. Y'a pas une maudite job qu'on t'a pas offerte. Conducteur de tramway, pompier, gardien de prison, facteur... C'est-y ma job que tu veux ?

— N... n... non, je... je... je veux ju... ju... juste étudier.

Puis, dans un effort suprême, il ajoute :

— Me... me... me semble que... que... que je l'ai... l'ai... mé... mé... mé... mérité !

À ces mots, le marin de bureau relève la tête. Prenant un air offensé, il réplique :

— *Y'est pas question de mérite là-dedans. T'as pas le background nécessaire pour entrer à l'université, c'est toute. T'as pas de diplôme, t'as rien.*

Après une brève pause, il ajoute :

— De toute façon, la dernière chose qu'on a besoin, c'est bien d'un écrivain qui bégaye!

Cette fois-ci, Israël n'en peut plus. Il bondit sur l'officier de marine et se met à le rouer de coups. Trois hommes costauds le séparent finalement de sa victime et l'expulsent du bureau.

Dehors, il rase les murs, marchant à l'aide d'une grosse canne noueuse, sous une fine pluie, à la fin d'une journée d'automne. Le tohu-bohu de la rue Sainte-Catherine ne l'intéresse plus. Ignorant les piétons, les voitures et les tramways, plus nombreux et plus bruyants que jamais, il ne pense qu'à une chose, ce bégaiement qui vient à nouveau de le trahir, de l'humilier.

«La vie est une pute», se dit-il en traversant, clopin-clopant, la Catherine. Il revoit pour la énième fois l'instant précis où sa parole s'est bloquée dans sa gorge. Au moment où le S.S. a appuyé sur la gâchette, il s'est écrié :

— N... n... non!

Depuis, chaque fois qu'il ouvre la bouche, il balbutie. Voguant vers le Canada, il était confiant de retrouver parmi les siens la fluidité de sa parole. Mais il est resté bègue devant sa mère, bègue devant son père, bègue devant sa sœur Jacqueline, incapable de parler sans hésitation, blocages ou répétitions. Et il a lu dans leurs yeux la surprise, la pitié, le désarroi. C'est pour ne plus voir leurs regards désolés qu'il a choisi de quitter la maison de la rue Adam et de se louer, rue Craig, une chambre où il entre à l'instant.

— La vie est une câ... câ... câlice de pute! dit-il à haute voix en s'étendant sur le lit.

Il se sent très fatigué, presque à bout. Toutes ces semaines de démarches inutiles pour être admis à l'université lui semblent plus longues que des mois à la guerre. Si au moins Aniken avait répondu à une de ses lettres, il aurait peut-être une raison d'espérer. Mais sa fiancée ne lui a donné aucun signe de vie. Est-elle morte ? A-t-elle quitté Nimègue ? A-t-elle décidé de tirer un trait sur leur passé ? S'il en avait la force, s'il en avait les moyens, il retournerait peut-être en Europe pour en avoir le cœur net. Mais, dans l'état de détresse mentale et physique où il se trouve, il ne peut même pas en être question. Aussi s'est-il mis à croire qu'il ne la reverra jamais. Combien de compagnons d'armes auront eux aussi connu en Hollande des amours qui n'auront pas survécu à la guerre ?

Il trouve sa propre histoire à la fois tragique et banale. L'idée du suicide le hante souvent, mais il refuse d'y céder.

∾

« Indianapolis, déc. 46.

« Chère Jacqueline,

« Combien y a-t-il de temps que je ne t'ai pas écrit une lettre ? Je l'ignore, ainsi que ce qui peut me donner l'idée de t'écrire aujourd'hui. Ce n'est sûrement pas le goût de faire de la littérature, en tout cas.

« Tu sais sans doute pourquoi je suis ici. Une stupide infirmité qui n'en est pas une, et qui empoisonne toute ma vie depuis la fin de la guerre, une stupide horreur d'en parler comme s'il s'agissait d'une chose honteuse. Ça ne me fait plus grand-chose, maintenant que j'ai décidé de regarder le mal bien en face. J'étais bien bête et j'ai bien souffert.

« Je suis depuis un mois dans cette ville pour suivre les cours d'un institut où l'on s'occupe de la correction du bégaiement. Je mène présentement une calme existence, unique habitant d'une vieille maison dont la propriétaire habite la maison voisine. Mon rêve depuis toujours, vivre seul dans une maison !

« Je me lève à six heures chaque matin, je fais des exercices de langage jusqu'au déjeuner, je vais à l'école et, le soir, je fais encore deux heures d'exercices. Je vais habituellement finir la soirée à la bibliothèque publique de la ville, où il y a une belle discothèque, et je me passe de la musique. Bach, Mozart, Beethoven, Tchaïkovski, Rachmaninov, toutes mes idoles, tous mes vieux dieux, que j'écoute avec ravissement, que j'aime de plus en plus et qui me réconcilient chaque soir avec la vie du lendemain matin. Je me demande comment j'aurais pu passer ce mois de novembre sans eux !

« Je ne sais plus pourquoi je parle de tout ça… Sans doute pour t'apprendre que je connais une vie paisible pour la première fois depuis bien longtemps. Si je pouvais passer trois mois ainsi, je crois que je serais complètement guéri pour revenir à la vie active. Malheureusement, je n'ai pas les moyens de rester plus longtemps et je retourne à Montréal dans quelques jours. Qu'est-ce qui m'attend ? Quelle vie y trouverai-je ? Je ne sais pas au juste. Il me faudra réapprendre d'abord à parler vite, comme tout le monde, ce qui sera assurément plus facile que ce ne l'a été d'apprendre à parler très lentement, d'une manière rythmée et en appliquant nombre de pauses. Dommage que je ne puisse rester plus longtemps :

je crois que j'ai presque touché le but. N'empêche, je me propose de continuer à travailler ferme pour l'atteindre, ce but. Je devrai pour cela renoncer à bien des choses, bien des occupations qui m'étaient chères, pour travailler presque uniquement à cela. J'aurai besoin d'un peu de bienveillance, sinon d'encouragement…

« C'est quand même triste, à vingt-trois ans, d'être obligé de vivre comme un sage détaché du monde, quand on se sent fait pour les éclats et les heurts de la lutte ! Mais le but en vaut la peine.

« Je ne sais pas pourquoi je t'écris tout cela à toi, alors que je ne me confie à personne et que tout le monde m'embête : sans doute parce que je te considère encore comme ma meilleure amie et que j'ai quelque besoin de compréhension, une compréhension que je dédaignerais de chercher ailleurs. Excuse-moi de t'avoir embêtée avec mes histoires, et n'en parlons plus.

« Ton vieux frère,
Israël. »

~

— Qu'est-ce qu'on… qu'est-ce qu'on y enseigne… au juste… à l'École des arts graphiques ? demande Israël d'une voix à peine hésitante.

Le lieutenant de l'Armée extrait une brochure d'une liasse de papiers et se met à la lire à haute voix : « Notre programme se divise en trois sections : typographie, impression et reliure. Il a pour but de former des ouvriers habiles et instruits pour les arts et industries du livre… »

Israël l'interrompt avec désinvolture.

— Je ne veux pas fabriquer les livres, dit-il, je veux les écrire.

— Je pensais que tu voulais étudier, fait le lieutenant sans s'offusquer de l'interruption.

— Oui, mais à l'Université de Montréal… pas à l'École des arts graphiques!

— T'as vraiment la tête dure.

— Je suis né comme ça. Écoute, donne-moi trois mois d'essai à la Faculté des Lettres et… si je ne me qualifie pas, tu m'enlèveras tous mes privilèges de vétéran.

Les deux hommes s'observent en souriant. Ils se connaissent depuis l'époque du *Battle Drill* en Angleterre. Ils se sont perdus de vue après le débarquement de Normandie, et voilà qu'ils se retrouvent à Montréal, en ce début de l'année 1947.

— Je t'encourage fortement à réfléchir à mon offre, dit le lieutenant. C'est la meilleure que tu recevras.

— OK, j'y réfléchirai.

Quelques jours plus tard, ne pouvant imaginer de passer une autre année de désœuvrement à Montréal, Israël décide de s'inscrire à l'École des arts graphiques. Dès son arrivée, il tombe sous l'influence du peintre Albert Dumouchel, qui lui enseigne l'espoir, à défaut du dessin.

CHAPITRE IX

L'existentialisme et lui

— Que pensez-vous de Borduas?

— J'admire le peintre, mais pas le pédagogue.

— Il a pourtant de nombreux disciples.

— Oui, mais il a tendance à les endoctriner, c'est ce que je lui reproche.

Le profil olympien, Alfred Pellan répond sans détour aux questions d'Israël. Prolifique et avant-gardiste, le peintre est devenu la coqueluche de Montréal depuis qu'il y expose ses œuvres. Après un séjour de quatorze ans à Paris, il est revenu au Québec, à l'aube de la Deuxième Guerre mondiale, avec une palette intensifiée, des lignes plus fluides et des images de plus en plus abstraites.

— Et que pensez-vous de Dumouchel comme pédagogue? demande Israël, sourire en coin.

— Lui, il n'est bêtement qu'artiste! répond Pellan en faisant un clin d'œil à Israël.

Albert Dumouchel, qui dîne avec eux, rit de bon cœur. Mais Roland Giguère élève une protestation.

— Voyons donc! fait le compagnon de classe d'Israël, qui complète le quatuor attablé chez Oscar, un restaurant de la rue Saint-Denis.

Le regard espiègle, il poursuit:

— Albert ne fait peut-être pas de grands discours à la Borduas, mais il connaît la grande règle en pédagogie, celle qui consiste à aimer et se faire aimer.

— Je suis parfaitement d'accord avec Roland, dit Israël.

— Bah! fait Pellan en regardant Israël, je ne sais quelle valeur attacher à ton opinion. Tu avoues toi-même être nul en dessin, la matière de ton maître!

— C'est vrai, dit Israël, je suis nul en dessin, mais c'est quand même avec Albert que j'ai réappris à aimer la vie.

Pellan émet un sifflement. Gêné par ces témoignages, Dumouchel remonte ses lunettes noires sur son nez. Depuis 1943, l'artiste de Valleyfield enseigne à temps plein le dessin à l'École des arts graphiques. Il a l'habitude de se faire accompagner par quelques élèves lors de son dîner hebdomadaire avec Pellan. Peintre autodidacte et graveur pionnier, il s'est fait remarquer par la critique lors de sa première exposition à Montréal, en avril 1945, à la galerie Au Diable Vert. Il ne peint ni à la Picasso ni à la Renoir, mais bien à la Dumouchel. Il tranche parmi les enseignants de l'École des arts graphiques. Certains sont d'ailleurs choqués par le modernisme de ses réalisations.

— Quel fou dangereux enseigne ici? s'est demandé un nouveau professeur en visitant les ateliers de dessin.

De fait, Dumouchel est considéré un peu fou par tous ses collègues, mais il est toléré, et pour cause: il est le gendre du directeur de l'école et il est gentil, en plus.

Autour de cet homme charismatique, Israël a trouvé une nouvelle famille. Car Dumouchel n'est pas le genre de professeur qui se contente de passer une trentaine d'heures de cours hebdomadaires avec ses étudiants. Il les invite dans sa belle maison à trois lucarnes, d'inspiration bretonne, érigée sur le boulevard Gouin, non loin de l'École des arts graphiques. Là, parmi ses œuvres d'art et son piano, il parle avec ses disciples de peinture, de gravure, de musique et de littérature. Auprès de lui, Roland Giguère apprend à canaliser sa belle et jeune révolte. Déjà poète, il rêve de devenir typographe. Il sera cela, et plus encore : éditeur, maquettiste, graveur, lithographe. Tout est à faire et il fait tout. Il ne le sait pas encore, mais il est en train de vivre son âge d'or.

Israël, lui, ne sait pas trop ce qui l'intéresse, à part l'écriture, mais il se plaît dans le giron de Dumouchel. Il trouve l'homme émouvant, sans vraiment comprendre par quelle vertu de présence. Il décèle en lui une pureté disponible, et autre chose d'insaisissable.

Au dessert, Dumouchel annonce à Pellan :

– Nous avons invité les automatistes à collaborer avec nous.

– Quelle a été leur réponse ?

– Borduas a accepté, de même que Forgues, Gauvreau et Mousseau.

– Et Riopelle ?

– Nous attendons toujours sa réponse.

– Je pensais qu'ils suivaient tous la ligne du maître.

– Riopelle fait toujours à sa tête.

– Il ne voudra pas manquer le bateau.

Dumouchel s'éclaircit la voix :

– Hum ! Chose tout aussi importante, nous avons reçu la confirmation de notre subvention !

– Pas possible ! s'exclame Pellan.

– Eh oui, le gouvernement de Maurice Duplessis va subventionner une revue d'art moderne ! Je n'en reviens pas moi-même. Nous devons tout à mon beau-père.

– Ah oui ? fait Pellan.

Et Dumouchel de raconter « la ruse » de Louis-Philippe Beaudoin, le directeur de l'École des arts graphiques. Comme il est bon conteur, ses compagnons sont suspendus à ses lèvres. Il dit :

– M. Beaudoin n'était pas entièrement convaincu de la pertinence d'une revue d'art de luxe, mais il a tout de même accepté de nous aider. Il s'est donc rendu au bureau du nouveau ministre du Bien-Être social et de la Jeunesse, l'honorable Paul Sauvé, et lui a demandé une subvention pour couvrir les frais de parution du deuxième numéro des cahiers *Les Ateliers d'Arts*…

– Mais le premier numéro n'existe même pas ! interrompt Pellan.

– C'est ça, la ruse, rétorque Dumouchel en souriant. M. Beaudoin a présenté la revue comme une œuvre en marche qu'il s'agit de poursuivre ! Et le ministre a embarqué !

– Astucieux ! dit Pellan en levant son verre.

Le « deuxième » numéro des cahiers *Les Ateliers d'Arts Graphiques* doit ainsi sortir des presses de l'École des arts graphiques en mai 1947. Dumouchel en assume la direction artistique et son collègue Arthur Gladu, professeur de typographie, la direction technique. La revue mettra en valeur tous les peintres d'avant-garde du Québec, Pellan, Borduas, Dumouchel…

— Avez-vous réglé la question des textes? demande Pellan en posant son verre sur la table.

— Nous publierons des poèmes, dont un de Roland, répond Dumouchel, et deux ou trois textes d'élèves, dont celui d'Israël.

Se tournant vers Israël, Pellan demande :

— Sur quoi écriras-tu ?

— Sur l'existentialisme.

— Tu as lu Jean-Paul Sartre ?

— Oui.

— Qu'en penses-tu ?

— Sartre en a ébloui plusieurs et n'a éclairé personne.

Pellan émet un autre sifflement.

～

Israël pousse la porte de la librairie Pony, sise sur la rue Sainte-Catherine Est, faisant retentir une clochette. En entrant, il aperçoit sa sœur, occupée à servir un client à la caisse.

— Je suis à toi dans un moment, dit Jacqueline en voyant son « beau grand frère », qui ne boite plus, qui ne bégaie plus, qui semble renaître à la vie.

La tête haute, Israël balaie la librairie du regard. Le décor suggère un respect et un amour de la littérature. Les murs sont habillés de bibliothèques, du plancher au plafond. Les livres sont soigneusement classés par thèmes dans des casiers bien éclairés. Au centre de la pièce, entre deux présentoirs, un escalier mène au sous-sol, où se trouvent d'autres ouvrages ainsi que les bureaux de la direction. Au fond de la pièce, le gérant, Guy Lefebvre, hausse le ton en s'adressant à une vendeuse, Lise Nadon.

— Mademoiselle Nadon, vous qui êtes si ignorante, regardez donc les titres des livres !

Israël ne peut réprimer un sourire en observant la jeune vendeuse, qui baisse la tête, puis la relève pour lire les fameux titres. Quand il n'y a rien à faire dans la librairie, le gérant y va souvent de cet ordre doublé d'une insulte.

Israël sourit derechef en se rappelant une des boutades inestimables de Lise Nadon :

— Ah ! *Les fleurs du mal* ! Il n'y a rien là-dedans !

Israël sait que Jacqueline l'aime bien, cette Lise Nadon. Dès la fermeture de la librairie, elles courent ensemble au cinéma Saint-Denis pour voir les derniers films.

« Lise Nadon est aussi bien roulée que ma sœur », pense Israël. Guy Lefebvre le sort de sa contemplation.

— Cher Israël, dit-il en s'approchant, puis-je vous aider ?

Toujours tiré à quatre épingles, Lefebvre est d'une gentillesse exquise avec ses clients, surtout les plus connus. Il sait les attirer comme des mouches.

— Je suis venu chercher la revue *Nouvelles littéraires*, répond Israël.

— Vous tombez bien, nous l'avons reçue ce matin.

Sur l'entrefaite, un homme chauve et rond comme une citrouille émerge de l'escalier.

— Ah ! dit J. A. Pony, propriétaire de la librairie, en voyant Israël. Faut que je vous parle.

Comme Pony s'approche d'Israël, Lefebvre s'en éloigne.

– Votre sœur me surprend, murmure J. A. en prenant un air de conspirateur. J'avais peur d'avoir engagé une bibliothécaire, mais elle a vraiment la bosse des affaires. Les clients l'adorent. Surtout les hommes.

– Jacqueline a tous les talents, dit Israël d'une voix sèche.

– Justement, pensez-vous qu'elle voudra continuer à travailler ici ?

– Je n'en sais rien.

Israël ne veut pas se mêler des affaires de Jacqueline. Elle vient de compléter son cours de bibliothéconomie. Son vœu le plus cher est d'être embauchée par la bibliothèque municipale. En attendant, elle assouvit sa passion des livres en travaillant à la librairie Pony.

– En tout cas, je serais déçu de la perdre, dit J. A. Pony en donnant une tape dans le dos d'Israël.

Puis, en faisant un premier pas vers la porte, il dit :

– Allez, je dois partir. Au revoir, Israël.

– Au revoir, monsieur Pony.

De nouveau seul, Israël se dirige vers les petits casiers où sont rangés, près de la caisse, les journaux, revues ou livres commandés par les clients assidus de la librairie. Au bas de chaque casier apparaît un nom. Israël reconnaît ceux de plusieurs écrivains et journalistes bien en vue : Éloi de Grandmont, Maurice Gagnon, Robert Élie, Judith Jasmin, Roger Duhamel et plusieurs autres intellectuels à l'affût des nouveautés. Tout ce monde se croise à librairie, où l'on commente l'actualité culturelle, artistique et politique.

Israël retire de son casier le journal montréalais *Le Devoir* et la revue parisienne *Nouvelles littéraires*. Il est devenu un fervent lecteur du *Devoir* depuis l'arrivée à sa direction de Gérard Filion, dont l'antiduplessisme le réjouit. Il ne lit presque plus l'hebdomadaire *Le Jour*, trouvant que son directeur, Jean-Charles Harvey, un autre bon client de la librairie, est devenu gâteux. Mais il découvre avec plaisir *Nouvelles littéraires*. Le rédacteur en chef de la revue française, Frédéric Lefèvre, un autodidacte, consacre toute son énergie à faire connaître la littérature à ses contemporains. Il a innové en publiant «Une heure avec…», une critique littéraire sous forme d'entretien. Les grands écrivains de l'entre-deux-guerres – Paul Claudel, Paul Valéry, Thomas Mann, Joseph Kessel, Colette, François Mauriac – ont presque tous participé à ce formidable feuilleton littéraire qui se poursuit dans l'après-guerre.

Israël étudie la couverture du dernier numéro. Il voit un nom qu'il ne connaît pas encore, celui de Boris Vian, auteur d'un premier roman qui ne lui est pas plus familier, *L'écume des jours*. «Tiens, tiens, se dit-il. Qui est-il, ce Boris Vian?»

– Bonjour Israël, dit Jacqueline.

Il tourne la tête en direction de sa sœur. Durant la guerre, elle est devenue une femme superbe et fière. Quand on lui dit qu'elle ressemble à Simone Signoret, elle réplique toujours:

– Non, je suis bien plus grande qu'elle!

Israël s'approche de sa sœur.

– Bonjour Jacqueline, dit-il en remettant un billet pour payer son journal et sa revue.

Pendant que sa sœur lui rend la monnaie, il demande:

– Veux-tu m'accompagner chez Claude, vendredi soir?

– Si tu veux inviter quelqu'un d'autre, ne te gêne pas, répond Jacqueline.

– Non, non, je veux y aller avec toi.

– Je t'accompagnerai avec plaisir.

– Tu sais que Jean Laberge n'est pas insensible à tes charmes.

– Je le sais, mais il ne m'intéresse pas, celui-là. D'ailleurs, je me demande comment tu fais pour le supporter.

Israël se contente de sourire. Il y a quelques mois, il a renoué avec son ancien condisciple de l'externat classique de Sainte-Croix, dont la droiture l'avait tant impressionné en Belles-Lettres. Laberge est toujours athée, mais son comportement n'a plus rien d'exemplaire. Devenu avocat, il ne parle que d'argent. Néanmoins, Israël lui sait gré de lui avoir présenté Robert Prévost, un décorateur de théâtre, frais émoulu du collège. Chaque vendredi soir, Israël rencontre Prévost chez Claude Hilton, un autre décorateur. Là, il retrouve aussi le journaliste Maurice Blain et sa charmante amie, Odette, qui est belle comme un cœur, les frères Kasem, originaires du Liban, et des filles d'avant-garde comme Madeleine Garneau et Paquerette Villeneuve. Il se fait presque toujours accompagner par sa sœur, qui adore ces soirées arrosées à la Chartreuse, où l'on discute des derniers livres ou des derniers films en faisant tourner les disques d'Édith Piaf.

– La belle Odette m'en a poussé une bonne l'autre soir, reprend Jacqueline sur un ton moqueur. Je lui ai demandé comment elle faisait pour lire tous les livres dont vous parlez si savamment. Elle m'a répondu: «Je ne les lis pas, je dis comme Maurice!»

Israël s'esclaffe. Au bout d'un moment, il dit :

— Au fait, t'as entendu la nouvelle au sujet du film *Les enfants du paradis* ?

— Non. Que dit-elle, cette nouvelle ?

— Eh bien, le Bureau de la censure l'a interdit.

— Zut alors ! Et quelles raisons ont-ils données ?

— Nos censeurs jugent que le film est immoral, antifamilial, et qu'il glorifie l'amour libre !

— C'est vraiment dommage, dit Jacqueline sur un ton rêveur. J'aurais bien aimé le voir, ce film.

— Moi aussi, fait Israël en regardant sa sœur.

Leur amitié n'a pas seulement survécu à la guerre, elle s'est approfondie.

~

À la lumière d'une lampe posée sur sa table de travail, Israël lit *Nouvelles littéraires*. Un air de jazz flotte dans la chambre qu'il loue, boulevard Saint-Laurent. La musique se mêle à la fumée de cigarette et s'échappe par la fenêtre entrouverte.

Le cœur d'Israël bat fort. Ce Boris Vian ose se moquer de la grande mode de l'existentialisme ! La revue cite à cet égard un passage burlesque de *L'écume des jours*. Dans un style surréaliste, l'auteur y décrit l'hystérie créée par la tenue d'une conférence mettant en vedette un certain Jean-Sol Partre. Israël n'a pas de mal à reconnaître le fait réel dont Vian s'est inspiré. Il s'agit d'une conférence célèbre de Jean-Paul Sartre, publiée par la suite sous le titre *L'existentialisme est un humanisme*. En lisant du Boris Vian pour la première fois de sa vie, Israël jubile intérieurement. Il se sent moins seul.

Mais il ira plus loin que le jeune écrivain français. Dans le premier numéro des cahiers *Les Ateliers d'Arts Graphiques*, Israël ne se contentera pas de dénoncer la mode de l'existentialisme, il dénoncera Sartre lui-même.

Il reçoit comme une injure personnelle le succès du philosophe, romancier et dramaturge, dont les héros sont des lâches et encore des lâches, des ratés, des impuissants, des invertis, des abouliques et des paranoïaques, puis encore d'autres lâches et d'autres abouliques. Il pense à tous ses compagnons d'armes qui ont sacrifié leur vie en France, en Belgique, en Hollande ou en Allemagne, pendant que Sartre écrivait des histoires ignobles pour faire danser des personnages existentialistes devant les yeux des lecteurs. Israël chérira et honorera jusqu'à sa mort leur amitié, issue de la guerre, ce terrain de vérité où se sont révélés des hommes. La liberté, la France la doit à ces hommes, pas au philosophe de « l'engagement », ce terme à la mode qui a déjà pris sa place dans le vocabulaire de tous les manieurs d'idées. « Non, se dit Israël. Non. *Il y a l'homme seul avec son destin, puissance ténébreuse. Il y a le courage de cet homme, sa grandeur à bouche fermée.* »

Israël écrase sa cigarette dans un cendrier rempli à ras bord. Il ferme la revue et tire vers lui une machine à écrire chargée d'une page blanche. Et il se met à taper avec la rapidité d'une mitrailleuse, traitant Sartre de « menteur », d'« opportuniste », de « fumiste ». Sa rancœur lui fait déformer les faits et oublier les dates. Sarcastique, il écrit : « Sartre, bien sûr, a cruellement souffert de la guerre dans un camp d'internement nazi. Il ne fut certainement pas seul dans son cas ; on peut dire que tous les intellectuels de France eurent à souffrir pendant l'occupation de leur pays, sauf quelques salauds qui s'appelaient les « Collaborateurs » et quelques autres qui s'enfuirent vers l'Amérique dorée. Plusieurs en perdirent jusqu'au goût de vivre et jusqu'à la force de penser. Le premier roman de Sartre, publié pendant l'Occupation, s'intitulait *La nausée*, et connut un succès immédiat... »

Il a déjà choisi le titre de son essai : « L'existentialisme et nous ».

~

– Chers amis, dit Albert Dumouchel, levons nos verres au succès de notre entreprise.

Dans le salon du professeur, Israël lève son verre avec les autres élèves qui ont collaboré au premier cahier *Les Ateliers d'Arts Graphiques*. Quelques-uns ont fourni des textes, la plupart ont travaillé à la mise en page, la typographie, l'impression et la reliure.

Israël savoure ce succès inespéré, palpant, compulsant, feuilletant un des mille cinq cents exemplaires de la revue de luxe, de format 32 sur 23 cm, tirés sur papier vergé antique et recouverts d'une couverture de carton glacé. Tournant les pages, il admire la présentation typographique d'avant-garde, les reproductions impeccables d'œuvres de peintres renommés. Il s'arrête longuement sur son texte, placé entre une gravure de Dumouchel intitulée *La création du monde* et une peinture de Pellan ayant pour titre *Magie de la chaussure*. De voir son nom parmi ces artistes le gonfle de fierté. Il ne se souvient pas d'avoir été aussi heureux.

– Il ne s'agit pas de se péter les bretelles, reprend Dumouchel après avoir vidé son verre. Le fait est que si l'on fait mieux parfois en France, en Angleterre et aux États-Unis, cela n'arrive pas très souvent.

Le premier cahier *Les Ateliers d'Arts Graphiques* ne passera d'ailleurs pas inaperçu à l'étranger. L'École des arts graphiques reçoit bientôt des lettres de félicitations des plus grands artistes contemporains, de Picasso à Jean Cassou en passant par Le Corbusier (« Le noir et blanc est formidable », écrit ce dernier).

La critique locale ne se montre pas moins enthousiaste et élogieuse, célébrant le modernisme de cette première œuvre de luxe de l'édition montréalaise. La réaction reflète l'idéologie ambiante, qui est celle du rattrapage culturel. Dans ses manifestations d'avant-garde, Montréal cherche à rejoindre Paris. Et *Les Ateliers d'Arts Graphiques* représentent un grand pas en avant. Sur les ondes de Radio-Canada, un critique offre ce jugement qui donne le ton : « Côté gravure, on retient une belle œuvre sur linoléum de Jean Poirier. Côté peinture, c'est évidemment Alfred Pellan qui tient la première place, et un Pellan renouvelé, que vous ne connaissez pas encore, le Pellan des murales. La Palme et Borduas ont voulu être reproduits en couleurs, et ils n'ont pas été trahis par les techniciens de l'École des arts graphiques. Quant à la reproduction des *Arbres dans la nuit* de Borduas, c'est la réussite sage, nuancée et bien teintée d'une belle peinture de goût moderne. »

Le critique de Radio-Canada émet cependant des réserves sur la qualité des textes du cahier. Il estime notamment que l'essai d'Israël sur l'existentialisme est « un véritable cas clinique de confusion intellectuelle ».

Quand il entend ce verdict à la radio, Israël devient écarlate.

«Cette étude n'a d'ailleurs aucune importance dans l'ensemble du cahier», ajoute la voix radio-canadienne.

– Va… va… va donc chier! s'écrie Israël en éclatant en sanglots dans la solitude de sa chambre.

Sur le coup, il ne s'inquiète pas d'avoir bégayé. Il réalise plutôt qu'il n'a pas versé une seule larme durant toute la guerre.

CHAPITRE X

Août 1948

Dans un tramway qui descend la rue Saint-Urbain, Israël s'évente avec un journal, souffrant de chaleur. Derrière lui, deux jeunes filles babillent comme des oiseaux au printemps :

— Dis donc, Estelle, quel âge avait Bach quand il est mort ?

— Je ne le sais pas au juste, et c'est vraiment honteux !

— Et quel âge as-tu, toi ?

— Dix-neuf ans…

Israël se retourne pour voir les deux jeunes filles, qui parlent de la musique comme on parle de la température, avec élan et simplicité. L'une est grande, l'autre, petite. La plus grande joue du violon. Elle a de petits yeux gris qui scintillent et dégage une énergie qui sied bien à la musique de Paganini.

La plus petite est pianiste. Elle a des yeux sombres, profonds comme les lacs du Nord. Plus tôt, elle a évoqué avec chaleur le « secret de pédale » qui lui permet de rendre justice à un certain passage du *Poète parle* de Schumann.

Israël sourit aux musiciennes.

– Bach est né à Eisenach en 1685, dit-il, et il est mort à Leipzig en 1750. Il avait donc soixante-cinq ans bien comptés lorsqu'il a rendu l'âme.

– Merci beaucoup, dit la violoniste, l'air impressionné.

– Je vous en prie, répond Israël.

– Seriez-vous un professeur de musique, par hasard? demande la pianiste.

– Non, je suis simplement un amant de la musique.

– Que pensez-vous de Bach? Notre professeur d'histoire de la musique estime qu'un véritable mélomane peut se contenter de Bach toute sa vie.

– Une vie sans Beethoven? Jamais!

– Vous admettrez que Beethoven doit beaucoup à Bach.

– Bach, c'est peut-être la musique, mais Beethoven, c'est tout l'homme.

– Oh! Oh! Vous parlez comme un livre.

Rougissant, Israël détourne la tête. «Ce sont de vraies jeunes filles canadiennes-françaises de la Province de Québec, pense-t-il, et je n'ai jamais couché avec une d'elles.» Qu'attend-il? La vérité, et il le reconnaît d'emblée, c'est qu'il a peur. Peur de leur faire peur avec ses cris qui retentissent parfois dans la nuit. «L'horreur! l'horreur!» a écrit Joseph Conrad. Par intermittence, les cauchemars d'Israël ont ce caractère. Ils transforment son lit en champ de bataille. «Si je m'endormais auprès d'une de ces jeunes filles, je risquerais de les traumatiser ou de les dégoûter à jamais», se dit l'ancien soldat.

Le tramway s'arrête à la hauteur de la rue Sainte-Catherine. «J'ai besoin d'une femme qui a vu des choses», pense Israël en se levant. Sans se retourner pour saluer les musiciennes, il descend sur le trottoir et se mêle à la foule en sueur. Il marche vers la librairie Tranquille, qui porte le nom de son propriétaire. Il a l'impression de traîner un boulet au bas de sa mauvaise jambe.

Ouverte depuis mai, la librairie Tranquille est devenue en quelques semaines le repère des automatistes. Et, depuis deux jours, elle distribue en exclusivité leur cahier, *Refus global*, précédé d'un manifeste à l'emporte-pièce, à ce que l'on dit. Israël n'a pas le choix, s'il veut avoir son exemplaire, il doit entrer en territoire ennemi.

Par loyauté envers la librairie Pony, où sa sœur continue de travailler, Israël n'a pas encore franchi la porte du 67, rue Sainte-Catherine Ouest. Du reste, il ne compte aucun ami chez les automatistes, juste un rival, Jean-Jules Richard, qui se trouve être un des deux commis de la librairie! Israël ne tient pas à rencontrer Richard. «Dans le fond, je le jalouse», se dit-il en ouvrant la porte.

Écrivain autodidacte, Jean-Jules Richard vient de publier son premier roman, *Neuf jours de haine*, qui raconte la guerre dans sa plus simple horreur. Engagé dans l'armée canadienne à l'âge de vingt-neuf ans, ce vagabond intrépide a combattu dans l'unité montréalaise du Black Watch, qui a été décimée lors de la bataille de l'Escaut. Son écriture est unique, toujours au temps présent, et toujours collée à son objet, comme l'a écrit avec justesse le critique de *La Presse*.

Israël a rendu son propre hommage à Richard dans le «troisième» numéro des *Ateliers d'Arts Graphiques*, paru au printemps 1948. Dans un article intitulé «Pour une littérature autonome», il a célébré l'émergence au

Canada d'une jeune littérature de langue française. Après les succès de Gabrielle Roy et Roger Lemelin, voilà que Jean-Jules Richard arrive sur la scène avec un roman du tonnerre. Endossant pleinement l'opinion de Robert Charbonneau, l'éditeur de Richard, Israël a écrit : « Nous avons eu des œuvres d'envergure. Nous en aurons d'autres. Et même qu'il s'écoulera peu de temps désormais avant que notre littérature compte son premier chef-d'œuvre. Tout y concourt. »

À Montréal, la génération de mai 48 entrevoit un bonheur futur. Roland Giguère capte l'air du temps dans un poème publié dans *Les Ateliers* :

> *Le temps clair reviendra*
> *Avec les hommes plus propres*
> *Les femmes plus rieuses*
> *Les enfants plus joueurs*
> *Le ciel plus large*
> *La terre plus ronde*
> *La mer plus douce*

Que reste-t-il de cet espoir printanier dans la moiteur d'août ? Pour Israël, rien. Après avoir rendu hommage à Jean-Jules Richard, il est tombé dans l'apathie, l'apitoiement. Son roman de guerre arrivera trop tard. Son écriture ne vaut rien, alors que celle de Richard est éblouissante.

Dans sa désolation, Israël oublie que Jean-Jules Richard est de douze ans son aîné, qu'il était déjà un homme et un écrivain avant d'aller à la guerre, ayant signé dans divers journaux et revues nombre d'articles, de poèmes et de contes. Il oublie aussi que Richard a déjà exercé mille métiers et mené, dans les années 30, la vie d'un *hobo*. Ainsi, pendant qu'Israël étudiait plus ou moins sagement chez les pères de Sainte-Croix, Jean-Jules Richard traversait le Canada et les États-Unis dans des trains de fret, voyageur clandestin et diariste boule-versant. Un jour, il publiera *Journal d'un hobo*, l'auto-biographie fictive d'un hermaphrodite. C'est un beat-nik avant la lettre.

～

Grimpé dans un escabeau, Jean-Jules Richard re-dresse une des toiles exposées au-dessus des rayons. Israël s'approche pour mieux voir le tableau. Sur un fond rouge-brun, il distingue trois groupes de formes qui flottent dans l'espace. De couleurs diverses – vertes, noi-res, rouges et blanches –, elles semblent reculer à l'infini. Cela s'appelle *Parachutes végétaux*, et c'est signé Borduas.

Quand la toile est bien en place, Richard descend de l'escabeau. Arrivé en bas, il se retourne et sursaute en se retrouvant face à face avec Israël.

– Oh! fait-il en reculant d'un pas.

– Je m'excuse, dit Israël, je ne voulais pas te faire peur. Je suis Israël Pagé, ajoute-t-il en tendant la main.

En la saisissant, Richard fait:

– Ah! C'est toi, Israël Pagé. Ben, merci pour tes bons mots dans *Les Ateliers*.

– C'était mérité.

Les deux hommes s'observent un moment. Richard est aussi grand qu'Israël. Il arbore une moustache qui lui donne une vague ressemblance avec Ernest Hemingway. Le visage est carré, le cheveu solide, le regard à la fois sûr et doux. Il se dégage de l'ensemble une impression de sérénité, de patience, de générosité. « Comme toute nature calme, il doit être terrible lorsqu'il se lâche », se dit Israël.

Il oublie bientôt sa gêne et assouvit sa curiosité.

— Quand as-tu conçu l'idée de ton roman ? demande-t-il de but en blanc.

— J'en ai eu l'idée à la veille du débarquement, répond Richard. Je me suis dit que si je revenais malgré tout de la guerre, je recommencerais à écrire. Puis je suis passé à l'action. Mon régiment a été décimé, comme tu le sais. J'ai été blessé. Tous mes garçons sont morts. Alors j'ai dit : on va écrire *Neuf jours de haine* à la place.

La voix de Richard coule, limpide, tel un ru bienfaiteur. Son sourire est pincé comme celui d'un enfant pris en défaut par des parents indulgents.

Séduit, Israël revient à la charge :

— Mais comment fais-tu pour écrire si vite et si bien ? Tu reviens de la guerre et deux ans plus tard, paf ! tu sors un roman ciselé de quatre cent cinquante pages !

— Ciselé ? Ce n'est pas ce que Julia Richer pense. Tu n'as pas lu sa critique ? Elle a déploré mon style mitraillette. Elle voudrait que j'écrive moins vite et mieux.

— Je me fous de ce que pense Julia Richer, je veux savoir comment tu t'y prends.

— J'y vais le plus simplement possible. Un sujet, un verbe, un complément. Comme ça, je ne risque pas de me tromper !

Richard éclate d'un rire fluet qui détonne avec le personnage. « Il se moque sûrement de moi », pense Israël.

— Et que lis-tu ? demande-t-il.

– Ah! renâcle Richard. Ne me parle pas de lecture! Je ne lis que très peu. Et parfois, je refuse carrément de lire, pour ne pas être influencé et garder une pensée nette et pure.

Israël est désarçonné. Lui, il lit sans arrêt, tous les classiques de sa jeunesse et presque toutes les nouveautés. C'est pourquoi sans doute il écrit si peu.

– Et toi, reprend Richard, tu prépares quelque chose?

Israël se sent rougir.

– À vrai dire, tu m'as coupé l'herbe sous le pied avec ton roman, dit-il. Que peut-on ajouter à ce que tu as écrit? Tu as tout mis là-dedans.

– Voyons donc! proteste Richard. Dos Passos, Hemingway, Malraux, Orwell, ils ont tous écrit sur la même maudite guerre, et ils ne s'en sont que mieux portés!

– Pas Dos Passos.

– Qu'importe. La Deuxième Guerre mondiale est un sujet inépuisable. D'ailleurs, les Américains s'y attellent en masse. T'as lu le roman de Norman Mailer?

– Pas encore.

– Tu devrais. C'est un grand roman.

– Je pensais que tu ne lisais presque pas.

– Presque pas, ça ne veut pas dire jamais.

Tout en échangeant de la sorte, Jean-Jules Richard et Israël se sont déplacés vers le comptoir des manuels de grec et de latin, au-dessus duquel sont placés, bien haut et bien en vue, des centaines d'exemplaires du cahier *Refus global.*

– En vendez-vous un peu? demande Israël.

– Pas beaucoup, répond Richard.

— Je n'ai encore rien vu dans les journaux.

— Moi non plus. Mais André Laurendeau du *Devoir* est venu prendre deux exemplaires ce matin.

Israël s'empare du sien, examinant la couverture illustrée d'une aquarelle de Jean-Paul Riopelle en noir, blanc, gris et rouge. Il s'agit plus d'une brochure que d'un cahier, constate Israël en feuilletant le document, plié et assemblé à la main sans reliure. À l'intérieur, quelques peintures et des photos sont reproduites. Le reste est constitué de textes, en commençant par le manifeste qui donne son nom au cahier. Écrit par Borduas, *Refus global* est contresigné par quinze artistes.

Continuant à tourner les pages, Israël tombe sur un passage en lettres majuscules. À voix haute, il lit :

« PLACE À LA MAGIE !

PLACE AUX MYSTÈRES OBJECTIFS !

PLACE À L'AMOUR !

PLACE AUX NÉCESSITÉS ! »

Interrompant sa lecture, Israël se tourne vers Richard et fait :

— Place aux mystères objectifs ? Place aux nécessités ? Que veut-il dire au juste ?

— Tu devrais le demander à l'auteur, répond Richard, l'air gêné.

— Tu ne veux pas te mouiller ?

— Écoute, je partage la révolte des automatistes, mais je ne suis pas leur interprète. De toute façon, ils ne s'entendent même pas entre eux !

— Que veux-tu dire ?

— Riopelle et Gauvreau ont écrit à Borduas pour protester contre son éloge de Breton.

— Il fait l'éloge de Breton dans son manifeste ?

– Non, dans un autre texte, intitulé «En regard du surréalisme actuel». Borduas y écrit que Breton seul demeure incorruptible. Tous les autres surréalistes sont dans l'erreur, y compris Riopelle.

– Autrement dit, en dehors de Breton, point de salut!

– C'est ça.

– Combien ça coûte?

– Un dollar cinquante.

~

Israël est étendu dans l'herbe, à l'ombre d'un arbre. Autour de lui, dans le parc Jeanne-Mance, des enfants s'amusent sous le regard de leur mère.

Israël lève les yeux un instant vers la croix du Mont-Royal, puis il replonge dans la lecture du manifeste de Borduas, écrit sur tous les tons: rageur, lyrique, déclamatoire, ampoulé, subversif, messianique.

Il doit admettre que *Refus global* frappe pas mal plus fort que *Prisme d'yeux*, un manifeste signé et publié au début de l'année par Pellan, Dumouchel et treize autres artistes. *Prisme d'yeux*, qui réprouvait l'art doctrinaire, ne s'adressait qu'aux peintres. *Refus global*, lui, s'adresse au Québec au grand complet.

«Au diable le goupillon et la tuque!» proclame Borduas. Israël endosse pleinement ce cri de révolte lancé dans un Québec «serré de près aux soutanes restées les seules dépositaires de la foi, du savoir, de la vérité». Il s'étonne qu'une telle charge puisse sortir de la plume d'un petit monsieur chauve, gêné par son dentier et ses ulcères.

Le reste du manifeste l'exaspère. Vers la fin, il lit: «La régression fatale de la puissance morale collective en puissance strictement individuelle et sentimentale a tissé la doublure de l'écran déjà prestigieux du savoir abstrait sous laquelle la société se dissimule pour dévorer à l'aise les fruits de ses forfaits. Les deux dernières guerres furent nécessaires à la réalisation de cet état absurde... »

Israël arrête sa lecture et reporte son regard sur la montagne verte, qui s'élève au-dessus de Montréal. «Voilà, se dit-il en pensant à Paul Émile Borduas, un homme qui se sert de son autorité et de son prestige pour proclamer des sottises. »

~

La voix de Roger Duhamel résonne dans la librairie Pony, une voix de gorge, plus forte que profonde.

– André Laurendeau écrit comme un jésuite! tonne-t-il en s'adressant au gérant de la librairie, Guy Lefebvre. Il raisonne en spirale, il est totalement ignorant des réactions populaires. C'est l'intellectuel canadien-français par excellence!

Près de la caisse, Israël et Jacqueline écoutent le grand homme. D'une voix chuchotante, le frère dit à sa sœur:

– Duhamel n'a pas l'air d'avoir aimé le dernier éditorial de Laurendeau.

– Et pourquoi ne l'aurait-il pas aimé?

– Parce que Laurendeau y dénonce l'attitude de Duhamel dans l'affaire Borduas. Pire que ça, il traite le *Montréal-Matin* de feuille sportive du matin.

— N'est-ce pas ton propre avis?

— C'est vrai, le *Montréal-Matin* est un journal minable. D'ailleurs, je me suis toujours demandé comment Duhamel pouvait y travailler.

De sa position, Israël observe Duhamel, qui continue à critiquer Laurendeau. Carré et corpulent, le directeur du *Montréal-Matin* impressionne avec ses allures d'homme du monde. Après avoir travaillé dans plusieurs journaux, dont *Le Devoir*, et écrit quelques livres, il occupe une position enviable sur la scène culturelle de Montréal. Il s'est cependant compromis, aux yeux de plusieurs intellectuels, en acceptant la direction du *Montréal-Matin*, organe quasi officiel du parti au pouvoir à Québec, celui de Duplessis, qui vient de congédier Borduas de l'École du Meuble, où il enseignait depuis 1937, en raison de son *Refus global*.

— Au fait, comment va ta recherche d'emploi? demande Jacqueline à Israël, s'intéressant moins à Duhamel qu'à son frère.

— Je ne trouve rien, répond Israël sur un ton dépité. On me dit partout que je n'ai pas assez d'expérience.

— Tu devrais profiter de la présence de M. Duhamel pour demander si le *Montréal-Matin* a besoin d'un journaliste ou d'un typographe.

— Jamais!

— Que vas-tu faire alors?

— Je ne sais pas. Il y a des jours où je voudrais partir. D'ailleurs, il faut que je te le dise, je suis allé déposer une demande d'emploi au CN hier matin.

— Tu veux travailler sur les trains?

— Ça me tente.

Comme Israël prononce ces mots, Duhamel s'approche de la caisse, ayant laissé le gérant à ses affaires. Il a déjà salué Israël et Jacqueline en entrant dans la librairie, un quart d'heure plus tôt.

— Vous avez mes revues ? demande-t-il à Jacqueline.

— Je vais vous les chercher, répond-elle en se dirigeant aussitôt vers les casiers des clients.

En attendant son retour, Duhamel se tourne vers Israël, qui rougit légèrement. Le directeur du *Montréal-Matin* tire sur sa pipe, affichant un air débonnaire, celui du sage et du bon vivant. L'œil coquin, il dit enfin à Israël :

— Dis donc, tu n'aimerais pas ça, écrire pour le *Montréal-Matin* ? J'ai lu tes textes dans *Les Ateliers*. Je pense que tu serais un atout pour notre journal.

Israël rougit doublement.

— Ça me surprend que vous disiez ça, monsieur Duhamel, dit-il. On me remet toujours sous le nez mon manque d'expérience.

— Bah ! fait Duhamel. Si tu veux savoir, je ne sais pas comment on devient journaliste. C'est un métier qui colle à la peau. On l'a ou on l'a pas. Et je pense que tu l'as.

Jacqueline revient à la caisse.

— Voilà ! dit-elle en remettant ses revues à Duhamel.

Israël pousse un soupir de soulagement, pensant en avoir fini avec le directeur du *Montréal-Matin*. Il admire le parcours de Duhamel, devenu en 1942 le premier critique dramatique et littéraire du *Devoir*. À ce poste, il a écrit sur tous les jeunes auteurs de son temps, de Roger Lemelin à François Hertel en passant par Rina Lasnier. Depuis son arrivée au *Montréal-Matin*, en 1947, il en ratisse encore plus large, étant à la fois éditorialiste, commentateur et critique littéraire. Son écriture étonne toujours Israël. Elle ne comporte aucune trace d'humour, chose étrange chez un homme porté sur les calembours dans ses conversations. Mais il a la plume facile et il est très agréable à lire. De là à travailler pour lui…

— Tu ne m'as toujours pas répondu, dit Duhamel en reportant son attention sur Israël après avoir payé ses revues. Ça t'intéresse d'écrire pour nous? Je cherche un critique de cinéma.

Israël se mord la lèvre inférieure. Si tout autre journal lui faisait la même offre, il sauterait dessus sans hésiter. Comme il reste coi, Duhamel reprend:

— Serais-tu snob, par hasard? Je parie que tu dévores les éditoriaux d'André Laurendeau!

— Ce n'est pas ça.

— C'est quoi alors?

Israël baisse le regard. Puis, au bout d'un moment, il relève les yeux et dit:

— Si vous voulez vraiment le savoir, Duplessis me pue au nez. Et je trouve vraiment dommage que vous n'ayez pas l'occasion d'exercer votre métier dans un journal apte à mettre en valeur votre talent. Les lecteurs du *Montréal-Matin* ne l'achètent pas pour ses éditoriaux, vous savez.

Duhamel blêmit. D'une voix un peu moins sonore que d'habitude, il dit à Israël, en pointant sa pipe vers lui:

— Tu n'es qu'un petit impertinent! À bien y penser, tu ferais un mauvais journaliste! Tu n'as aucune classe!

Sur ce, Duhamel quitte la librairie en faisant tinter bruyamment les clochettes de la porte. Aussitôt qu'il est parti, Guy Lefebvre surgit devant Israël, sourcils froncés. D'une voix coupante, le gérant dit :

— Je ne veux plus vous voir ici !

— Et pourquoi donc ? fait Israël sur un ton frondeur.

— Parce que M. Duhamel est l'un de nos clients les plus estimés et que vous venez de vous comporter en goujat avec lui. Sortez et ne revenez plus.

Israël salue sa sœur atterrée et sort de la librairie Pony. Dehors, le ciel est gris et bas.

CHAPITRE XI

Au temps du jazz

À un mètre de sa table, dans le rayon du projecteur, la chanteuse noire ferme les yeux et entrouvre les lèvres. Accompagnée d'un pianiste laissé dans l'ombre, elle se met à chanter, d'une voix éloquemment rauque, *Strange Fruit*, le succès international de Billie Holiday :

> *Les arbres du Sud portent un étrange fruit,*
> *Du sang sur les feuilles,*
> *Du sang aux racines,*
> *Un corps noir se balançant dans la brise du Sud*
> *Étrange fruit pendant aux peupliers.*

Le cœur d'Israël bat à tout rompre. Parmi les hommes attablés au Café Saint-Michel, rue de la Montagne, aucun n'est plus amoureux de la chanteuse que lui. De cela, il est persuadé. Ce qu'il ignore, c'est que toutes les femmes dans la salle envient les regards brûlants qu'il lui réserve. Elles imaginent qu'Israël est déjà son amant. N'est-il pas assis à la meilleure table ? N'est-il pas séduisant comme un dieu hollywoodien, ce grand blond aux yeux très bleus ?

Au début de la deuxième strophe, la chanteuse ouvre de grands yeux bruns taillés en amande, veloutés, ombragés par de longs cils recourbés. Elle embrasse la salle du regard mais ne voit pas Israël. Son visage d'ébène, encadré par une coiffure à la garçonne, s'illumine brièvement. Puis il retrouve son air grave, alors que s'enchaînent les paroles de la chanson, vibrant réquisitoire contre les lynchages pratiqués dans le Sud des États-Unis :

Scène pastorale du vaillant Sud,
Les yeux exorbités et la bouche tordue,
Parfum du magnolia doux et frais,
Et une odeur soudaine de chair brûlée.

Israël entend la chanson pour la troisième fois de la soirée, ayant assisté aux deux spectacles précédents, ceux de neuf et onze heures. Ses mains sont moites. Son corps tressaille. C'est le coup de foudre, renouvelé aux deux heures. Sur la scène, une beauté sans égale exprime une horreur sans nom, y mettant toute son âme. À trois mètres de distance, le soldat reconnaît en elle une sœur d'armes. Oh! comme il voudrait s'endormir dans ses bras! Oh! comme il désire son grand corps noir, que moule une robe de soie collante!

Tout en se mordant la lèvre inférieure, Israël coule un regard vers son compagnon de table, Asa Philip Butterfield, frère aîné de la chanteuse et collègue du CN. Vêtu d'un habit flambant neuf, Asa Philip regarde sa sœur en bombant le torse. C'est la première fois que Monique Butterfield chante au Café Saint-Michel ou dans tout autre établissement montréalais présentant des artistes noirs. D'ordinaire, elle tricote des gambettes avec deux autres danseuses à paillettes et à plumes. Or, en ce samedi soir magique, le chef d'orchestre Louis Metcalf lui a donné la chance de se faire valoir comme chanteuse.

À la fin de la deuxième strophe, Monique Butterfield s'écarte du micro. Au même instant, la scène s'éclaire au complet. Sortant ainsi de l'ombre, l'orchestre « international » de Louis Metcalf se met à improviser des variations sur la mélodie.

Metcalf est à la trompette. Natif de Saint Louis, émule de Louis Armstrong, il a fait les belles heures du Downbeat, un club de jazz de la 52e Rue, à New York, avant de s'installer en quasi-permanence au Café Saint-Michel, où il se produit depuis 1946 avec des musiciens recrutés sur place.

Quelle bande bigarrée que la sienne! Herb Johnson est au sax ténor. Né d'un père afro-américain et d'une mère canadienne-française, il a appris son métier à New York aux côtés de figures légendaires comme Jerry Roll Morton et Benny Carter. Il s'est joint à l'orchestre de Metcalf en 1947, remplaçant Benny Winestone, un immigrant écossais accro à l'héroïne.

Les autres musiciens: au trombone, Jiro « Butch » Watanabe, un Canadien d'origine japonaise; au piano, Harold « Steep » Wade, un Noir de souche canadienne et antillaise; à la guitare, Gilbert « Buck » Lacombe, un Noir né au Canada; à la batterie, Wilkie Wilkinson, un Canadien d'origine suédoise aux prises avec sa propre dépendance à la *smack*; et au violon, *last but not least*, Willy Girard, l'unique Canadien français de l'orchestre.

Capable d'exprimer l'amertume, l'instrument de Girard se prête bien à *Strange Fruit*. Il convient également au son de l'heure, le « be-bop ». Impressionnés par le sens rythmique du violoneux, les grands jazzmen Duke Ellington et Dizzy Gillespie ont déjà tenté de l'entraîner à New York, mais Willy préfère rester à Montréal, ville chaude et ouverte, et travailler avec «son» Louis. C'est lui qui a donné à Israël sa première cigarette de marijuana.

Wilkie Wilkinson met fin à la séance d'improvisation dans un bruissement de cymbales. Toutes les lumières s'éteignent à nouveau, sauf un spot braqué sur Monique Butterfield, qui est de retour devant le micro.

Israël s'avance sur le bout de sa chaise. Il s'est fait porteur au CN pour fuir Montréal et ses querelles surréalistes. Il associait les trains à la liberté, à l'aventure, à la jeunesse. Il voulait traverser le Canada, voir de quoi avait l'air Toronto, les plaines de l'Ouest, les Rocheuses, le Pacifique, toute cette immensité vide. Ironie, c'est à Montréal que son âme vibre depuis des semaines, plus précisément dans le quartier ouvrier de Saint-Henri, au pied de la colline de Westmount.

Dans un style nonchalant, la chanteuse entame la dernière strophe de *Strange Fruit*, accompagnée seulement par le piano de Steep Wade:

Ce fruit sera cueilli par les corbeaux...

Israël a découvert Monique au retour de sa première traversée transcontinentale. À l'aller, il s'était lié d'amitié avec Asa Philip, un jeune porteur né à Saint-Henri de parents antillais. D'une nature extravertie, Asa Philip avait éclaté de rire en le voyant pour la première fois dans son uniforme de *Red Cap*, nom donné aux bagagistes du CN.

– *Man*, qu'as-tu fait pour être rétrogradé parmi nous? avait-il demandé.

– Je n'ai pas été rétrogradé, avait répondu Israël en souriant.

– Quoi? Tu ne travailles pas dans les wagons de première classe?

– Non, j'ai demandé à travailler comme porteur.

– Je ne te crois pas!

– C'est pourtant la vérité.

– Ça alors! Un homme blanc qui veut faire le boulot d'un homme noir!

En rentrant à Montréal, Asa Philip avait entraîné son nouvel ami au Terminal, où sa sœur donnait un numéro de danse avec ses partenaires habituelles. Monique était apparue sur scène dans un deux-pièces en paillettes dorées, de la taille d'un bikini. Elle portait en outre de longs gants à franges dorées, des souliers à talons hauts, des perles aux oreilles et, autour de la tête, un bandeau blanc.

Écarquillant les yeux, Israël avait enfoncé son coude dans les côtes de son ami.

– Asa! s'était-il exclamé, elle est plus belle que Joséphine Baker!

Depuis, Israël a vu Monique danser au Rockhead's Paradise, Chez Maurice, à l'Alberta Lounge, au Black Bottom, bref, dans tous les clubs montréalais où elle se produit. Il rêve d'elle le jour et la nuit, obsédé par ses belles jambes bien galbées, ce corps et ce visage de reine nubienne. Et voilà qu'il découvre sa voix au Café Saint-Michel, une voix bouleversante qui chante l'horreur du racisme comme il voudrait décrire l'horreur de la guerre, d'une manière directe et incisive.

Ramassé par la pluie, aspiré par le vent...

Asa Philip s'est esclaffé quand Israël lui a avoué son amour fou pour sa sœur.

— Mais tu n'as aucune chance! a-t-il fait.

— Comment ça? a demandé Israël, sur un ton vexé. À ce que je sache, ta sœur n'a pas de fiancé.

— Exactement, et elle n'a surtout pas de temps à perdre avec un *Red Cap*!

Accusant le coup, Israël a baissé la tête. En la relevant, il a dit:

— J'aimerais quand même que tu lui dises que je la trouve de mon goût, juste pour voir sa réaction.

— Dis-le-lui toi-même!

Au fil des semaines, il le lui a dit en lui envoyant des fleurs, en lui écrivant des lettres et des poèmes, en l'attendant à la sortie des cabarets. Monique se montre flattée de l'attention d'Israël, mais elle refuse toujours ses invitations à sortir en tête à tête. Sa vie est un tourbillon de spectacles, de répétitions, de *jam sessions*, où elle travaille sa voix avec des musiciens qui la désirent autant qu'Israël. Mais elle les tient tous à distance.

Pourri par le soleil, et lâché par un arbre...

Asa Philip soupçonne Israël d'être en mal d'exotisme.

— Je ne te comprends pas, lui a-t-il dit un jour. Tu pourrais sortir avec les plus belles Canadiennes françaises. Tu ne peux pas t'en contenter?

Non, il ne peut pas s'en contenter. Avant de découvrir Monique, il entretenait d'ailleurs plusieurs relations épistolaires avec des Françaises, nourrissant l'espoir de se faire aimer de l'une d'elles et d'aller la retrouver sur le vieux continent. Aujourd'hui, son cœur ne bat plus que pour une jeune femme dont les ancêtres ont été esclaves dans les Antilles. Néanmoins, il continue d'adresser des lettres à ses amies de la France.

C'est là une étrange et amère récolte.

Dès la dernière parole de la chanson, Israël bondit sur ses pieds et se met à applaudir à tout rompre.

— Bravo! lance-t-il en couvrant Monique d'un regard plein d'admiration. Bra…

Israël s'interrompt en s'apercevant qu'il est la seule personne dans la salle à être debout, à battre des mains très fort, à crier. C'est la troisième fois que cela lui arrive depuis le début de la soirée. Les autres spectateurs accueillent la chanson avec des applaudissements clairsemés. La plupart sont bouleversés, quelques-uns sont choqués. *Strange Fruit* tranche avec le répertoire habituel des cabarets montréalais!

Israël se rassoit en rougissant. Son regard croise celui de Monique. Elle lui sourit. Quel sourire! Quels yeux! Quelle femme!

~

— Vous avez porté les valises d'Édith Piaf?
— Oui, monsieur.
— Comment est-elle?
— Aussi généreuse qu'Ella Fitzgerald, ce qui n'est pas peu dire.

– Et Louis Armstrong?

– Lui, c'est notre petit dieu! Il est hors de question d'accepter de lui le moindre pourboire!

Dans la salle à dîner de la rue Adam, Gustave Pagé bombarde de questions Asa Philip Butterfield, qui y répond avec humour. En ce dimanche de Pâques, le jeune porteur est l'invité d'honneur des Pagé, qui accueillent sous leur toit leur première personne de couleur.

Gustave Pagé reprend:

– Israël me dit que vous rêvez de devenir propriétaire de cabaret.

– C'est exact, répond Asa Philip, dont le regard s'illumine à l'instant.

– Et comment comptez-vous y parvenir?

Asa Philip adresse un sourire à Gustave Pagé. Il a le type racé de sa sœur, avec la même assurance.

– Si j'étais né trente ans plus tôt, dit-il, je ne me poserais même pas la question. Je ferais comme Rufus Rockhead, le propriétaire du Rockhead's Paradise.

– Expliquez-moi, dit Gustave Pagé.

– Dans les années 1920, dit Asa Philip, Rufus Rockhead a été porteur sur la ligne Montréal-Chicago. Il faisait ses propres valises dans les caves de Seagram, le futé. Au fil des ans, il a amassé assez d'argent pour acheter une vieille taverne, devenue le club que vous connaissez.

– Mais Rufus Rockhead, il les vendait à qui, ses bouteilles de Seagram? demande Gustave Pagé.

– À Al Capone, bien sûr!

– Et vous seriez prêt à pactiser avec la mafia?

– Je ne vois pas pourquoi Sam Bronfman devrait être le seul à le faire! De toute façon, les temps ont changé. Aujourd'hui, pour devenir cabaretier, il ne suffit plus de pactiser avec la pègre. Il faut aussi donner des pots-de-vin aux flics de Montréal et à la clique de Duplessis !

Israël prend la parole au rebond.

— Le pire, dit-il, c'est que Duplessis est propriétaire du Mansfield. Il ferme les clubs qui lui font concurrence ! Quel hypocrite !

— Ce n'est pas ça, le pire, dit Asa Philip. Le pire, c'est que Duplessis est un raciste. N'oubliez pas qu'il a fait voter une loi interdisant les permis d'alcool aux Noirs, aux Chinois et aux Juifs.

— Justement, fait Gustave Pagé, comment pouvez-vous penser ouvrir un cabaret dans ces circonstances ?

— Avez-vous déjà entendu parler de New York ?

Et la table d'éclater de rire.

— Voulez-vous encore un peu de rôti ? demande Émilie Pagé à Asa Philip quand les rires s'estompent.

— Volontiers, dit-il. Cet agneau fond dans la bouche, madame.

— Merci, dit Émilie Pagé en servant l'invité d'honneur.

Au même moment, Israël fait un clin d'œil à sa sœur Pauline, assise à la droite d'Asa Philip. Puis, en s'adressant à sa sœur Madeleine, assise à sa propre droite, il dit :

— Vas-tu nous jouer un morceau de piano après le repas ?

— J'ai préparé la sonate en ut majeur de Brahms, répond la cadette de la famille Pagé.

— Moi, j'ai écrit un poème, dit Pauline, la deuxième plus jeune.

Jacqueline et Thérèse, les sœurs aînées, sont en voyage en Italie depuis des mois. Israël s'ennuie d'elles, mais leur absence lui permet de mieux connaître ses deux autres sœurs, la pianiste et la poétesse, qui ont, à leur tour, hérité de la passion paternelle pour l'art.

Israël est retourné vivre dans la maison de son père peu après son embauche au CN. En fait, il n'y est qu'un week-end sur deux, le reste de son temps se passant à l'extérieur de Montréal. Il aime cet arrangement, qui lui permet de se rapprocher de ses parents tout en gardant ses distances. Il se découvre ainsi une nouvelle admiration pour son père, qui a élevé quatre filles splendides. « De toute évidence, s'il a un fils raté, ce n'est pas de sa faute », se dit Israël, philosophe ironique.

Gustave Pagé a pris du poids au fil des années, mais sa voix de ténor n'a rien perdu de sa vigueur. Quant à Émilie Pagé, elle n'a pas changé physiquement, exception faite de ses cheveux, dont la couleur est passée du blond au gris pendant la guerre. Récemment, elle a dit à son fils :

— Si tu savais la terreur que j'éprouvais en recevant ces télégrammes du ministère de la Guerre ! Chaque fois que j'en ouvrais un, je m'attendais à apprendre ton décès. C'est un miracle que tu en sois revenu vivant !

Israël refuse de parler de la guerre à ses parents.

— Vous allez voir ça dans mon roman, répond-il lorsque son père ou sa mère lui pose une question sur son expérience.

Mais ce roman n'avance guère, ce qu'Asa Philip Butterfield se plaît à rappeler à son ami. L'invité des Pagé croit même bon d'y revenir devant ses hôtes. En finissant sa deuxième assiette, il dit :

— Je me donne trois ans pour ouvrir un cabaret à New York. D'ici là, Israël devrait avoir complété le premier chapitre de son fameux roman !

— Ha ! ha ! ha ! fait Israël.

Asa Philip se tourne vers Gustave Pagé. Pointant Israël du pouce, il dit :

— Si j'étais lui, j'écrirais un roman sur les nuits de Montréal, sur ses cabarets, ses maisons de passe, ses maisons de jeux, ses *blind pigs**. Il y aurait du jazz, du fric, de la magouille et tout ce qu'on ne peut mentionner en présence de jeunes filles bien élevées.

— Un tel roman ferait scandale, dit Israël. Il serait mis à l'Index, comme *Les demi-civilisés* de Jean-Charles Harvey.

— Si seulement ton roman pouvait être mis à l'Index ! s'exclame Gustave Pagé. Il n'y a rien comme la censure pour faire mousser les ventes d'une œuvre. D'ailleurs, *Les demi-civilisés* ont été traduits aux États-Unis et louangés par le *New York Times*.

— Ce n'est pas un bon roman pour autant, dit Israël.

— Je te le concède, dit Gustave Pagé en souriant à son fils.

Le père est comblé. Son fils est de retour à la maison. Tout est encore possible.

∿

Une odeur de marijuana flotte dans la chambre, où tourne un disque du jeune Miles Davis.

---

* Lieux clandestins où l'on peut se procurer de l'alcool après l'heure légale de fermeture des établissements publics.

— Connais-tu le titre de cette pièce ? demande Monique en faisant glisser sa robe fleurie le long de son corps.

— Non, répond Israël, admirant le strip-tease depuis un fauteuil.

— Elle porte ton prénom : « Israël ».

Puis, en dégrafant son soutien-gorge, elle ajoute, d'une voix langoureuse :

— Il y a longtemps que j'attendais ce moment.

— Je ne te crois pas, dit Israël, en se levant brusquement du fauteuil.

Il s'approche d'elle, toujours vêtu de son uniforme de porteur. D'un geste vif, Monique lui enlève son *red cap* et se le met sur la tête. En prenant l'accent des Antilles britanniques, elle dit :

— *Man*, as-tu déjà vu un porteur plus séduisant ?

— Jamais, répond Israël en souriant.

Il fait un autre pas vers elle, mais la grande danseuse le repousse.

— Laisse-moi te déshabiller, dit-elle en le regardant droit dans les yeux.

Des boutons de cuivre doré ornent la veste bleue du porteur. Monique les défait un par un en fredonnant l'air de Davis. Puis elle enlève la chemise d'Israël, déposant dans son cou un premier baiser. Israël frissonne. Il sent contre sa poitrine les seins pointus de Monique. Son cœur bat au rythme saccadé de la trompette.

Monique promène ensuite ses lèvres sur le torse d'Israël, s'arrêtant un moment sur la trace d'une ancienne plaie.

— Est-ce que ça fait encore mal ? demande-t-elle après avoir léché la cicatrice.

– Non, répond Israël, en fermant les yeux. C'est ailleurs que j'ai mal.

– Où donc?

– À la jambe, parfois.

– Et à l'âme?

Israël ne répond pas. Monique est en train de déboutonner son pantalon, qui tombe autour de ses chevilles, suivi de son slip. Puis, en s'agenouillant devant lui, elle s'exclame en souriant:

– Je le savais!

– Tu savais quoi? fait Israël, l'œil goguenard.

– Que tu n'étais pas impuissant!

– Je l'étais avant de te voir, je te le jure.

– Je ne te crois pas!

Monique passe la langue sur la turgescence d'Israël. Puis, en levant des yeux concupiscents vers lui, elle dit:

– D'un homme appelé Israël, je m'attends qu'il me mène à la Terre promise.

– Allons-y.

~

La tête de Monique repose au creux de son épaule. Il caresse son dos, lui procurant un ultime frisson. Tout à l'euphorie de sa conquête, il se prend pour César dans le lit de Cléopâtre.

Il ne s'attendait plus à rien. Arrivé à Montréal en début de soirée, il s'était rendu au Café Saint-Michel sans même enlever son uniforme de porteur. Passant le week-end à New York, Asa Philip n'était pas là pour le forcer à s'habiller comme un *cool cat*.

Ainsi, seul à sa table, il avait assisté aux trois spectacles de la soirée, en proie à une jalousie maladive. Pendant les numéros de Monique, il avait dévisagé les hommes dans la salle pour savoir si l'un d'eux pouvait être son amant. À la fin, dégoûté de lui-même, il avait quitté les lieux sans chercher à parler à la cause de son tourment. Or, en marchant sur le trottoir de la rue Saint-Antoine, il avait entendu derrière lui le crépitement de talons aiguilles. Il s'était retourné. C'était elle.

Et voilà qu'elle dort maintenant dans ses bras, repue. Combien d'heures ont-ils passé à explorer chaque centimètre de leurs corps jeunes et vigoureux? Israël en a perdu le compte, mais il conserve sur ses lèvres le goût de sa peau et l'odeur de son sexe.

Il ne veut surtout pas s'endormir. Envahi par une sensation de bien-être qui le dépasse, il se laisse emporter par le flot de ses pensées. Il songe un instant à son père, qui n'a juré que par un seul livre au cours des années 1940, *Le Brésil, terre d'avenir*, de Stefan Zweig, Autrichien, Juif, écrivain, humaniste et pacifiste. «Comment les hommes peuvent-ils arriver à vivre en paix sur la terre en dépit de toutes les différences de races, de couleurs, de religions et de convictions?» La réponse de Zweig, qui avait parcouru avec curiosité le Brésil, pays métis par excellence, était devenue celle de Gustave Pagé, qui ne manquait jamais l'occasion de la répéter:

– L'avenir de l'humanité passe par le métissage!

Un sourire éclaire le visage d'Israël. Il espère avoir la chance de présenter Monique à son père. Il sent que sa vie est en train de prendre un tournant. Son séjour sur les trains s'achève, c'est sûr. Car, vaille que vaille, il doit s'atteler à la rédaction de son roman de guerre. Après son triomphe amoureux, il se met à rêver à une entrée littéraire fracassante à la Norman Mailer, dont *Les morts et les nus* ont conquis le public et la critique. Cela dit, il le fait un peu rire, ce Mailer. Comme Hemingway, il ne semble pas voir la différence entre la littérature et la boxe. Dans le coin droit, le champion défendant, Papa Hemingway, qui montre des signes de fatigue ; dans le coin gauche, l'aspirant, le jeune Mailer, qui a faim de gloire (et soif d'alcool). C'est à celui qui écrira le Grand Roman d'Amérique.

— Ah ! fait Israël à haute voix. Si seulement je pouvais me retirer quelque part pour écrire !

— Quoi ? Que dis-tu ? demande Monique en rouvrant les yeux.

Israël l'embrasse sur le sommet de la tête. Monique se retrouve l'instant d'après, allongée sur lui, le visage à quelques centimètres du sien. Elle sourit.

— Que dis-tu ? demande-t-elle à nouveau.

— Je dis que je voudrais me retirer quelque part pour écrire.

— Ce n'est pas en restant porteur que tu y arriveras !

— Je sais.

— Tu parles toujours de Paris dans tes lettres. Qu'attends-tu pour y aller ?

— Si j'y vais, je te perdrai de vue.

— Dans ce cas-là, il faudra que tu me suives à New York !

— Pourquoi ?

— Parce que c'est là que je m'en vais !

— Tu partiras avec Asa Philip ?

— Oui.

— Quand ?

— Dans deux semaines. Asa Philip est allé nous trouver un appartement à Harlem. Je suis si excitée !

— Combien de temps y séjourneras-tu ?

— Le temps qu'il faudra pour percer !

— Asa Philip ne m'en a rien dit.

— Je lui ai demandé de ne rien te dire.

Le visage d'Israël s'assombrit.

— Je vois, dit-il sur un ton désappointé.

— Tu vois quoi ?

Israël ne répond pas. Il soupçonne Monique de s'amuser à ses dépens. Après avoir repoussé ses avances pendant des mois, elle y cède enfin, pour s'éloigner aussitôt de lui.

— Tu pourras toujours venir me voir à New York, dit Monique en déposant un baiser sur la joue de son amant soudain dépité.

Israël fait la grimace.

— Quand je pense à toutes les soirées que nous aurions pu passer ensemble ici à Montréal, dit-il. Et tu as l'audace de me dire que tu attendais ce moment depuis longtemps ?

— C'est pourtant vrai, dit Monique en versant une larme. Avant de te rencontrer, je suis tombée amoureuse d'un homme qui m'a traitée comme sa chose aussitôt que...

Israël l'interrompt :

— Et tu veux te venger sur moi !

— Non, ce n'est pas ça...

— N'as-tu pas lu mes lettres et mes poèmes ?

— Mon Dieu oui !

Elle lui sourit de nouveau.

— Tu sais, ajoute-t-elle, les hommes disent et écrivent bien des choses pour parvenir à leurs fins. Tiens, par exemple, ne m'as-tu pas laissé entendre, dès ta première lettre, que tu craignais être devenu impuissant à la guerre ?

— C'est bien ce que je t'ai écrit.

— Eh bien, je ne t'ai jamais cru !

~

Israël ouvre les rideaux de sa chambre à coucher, laissant entrer un flot de lumière dans la pièce. Il se dirige ensuite vers sa table de travail, où sa mère a déposé son courrier. Il s'assoit et s'empare de la première lettre sur la pile, qui en compte quatre ou cinq. Il reconnaît la calligraphie impeccable de Mathilde Ober, la plus jolie de ses correspondantes françaises, à en juger par les photos qu'elle lui envoie régulièrement.

Pendant un temps, Israël a cru qu'elle était la perle rare. Non seulement est-elle bien tournée, mais elle vit à Paris, là où il persiste à vouloir s'établir un jour. Cette obsession n'a rien d'original pour un homme de sa génération qui a des aspirations littéraires. Mais, personnellement, il croit que la Ville lumière le lui doit. Il n'a pas oublié ce jour de juillet où les membres de son peloton s'étaient vus en libérateurs de Paris. Tu parles ! Les Américains avaient pris bien soin de se réserver le beau rôle. Et ce sacré Hemingway était arrivé à temps pour voir ça !

Hélas, Mathilde n'est pas la perle rare. Au fil de leur correspondance, Israël a compris que son plus grand rêve à elle, c'est d'immigrer au Canada ! Semaine après semaine, elle le bombarde de questions d'ordre pratique sur la vie à Montréal. Née à Paris il y a vingt et un ans, elle semble mener une vie étriquée entre un père notaire et une mère ménagère, tous deux originaires d'Alsace. Or, malgré la banalité de ses lettres, Israël continue à lui répondre. Il n'y peut rien. Mathilde incarne à ses yeux la féminité et l'élégance à la française. Et cela aussi fait partie de son rêve parisien.

Il ouvre l'enveloppe avec un coupe-papier, pensant à Monique Butterfield, qu'il a quittée au petit matin. Sa relation épistolaire avec Mathilde ne lui est jamais apparue plus puérile, infantile, juvénile, inutile. Il y mettra un terme, se promet-il. En attendant, il se met à lire la lettre, qui tient sur deux pages. Au fur et à mesure qu'il progresse dans sa lecture, son visage change de couleur, passant du rouge au vert puis au blanc. Quand il arrive à la fin de la lettre, les pages lui tombent des mains.

– Quoi! dit-il à haute voix. Elle s'en vient à Montréal! Et elle veut que je l'épouse!

Israël est soufflé, indigné, paniqué. Dans sa lettre, datée du 2 mai 1950, Mathilde Ober lui annonce en effet qu'elle s'embarque sur le prochain bateau en partance pour le Canada. « J'en ai assez de vivre dans un pays dépourvu d'avenir », écrit-elle. Et d'ajouter : « Je veux tenter ma chance avec toi, Israël. »

C'est la seule trace de romantisme dans sa lettre. Ailleurs, Mathilde rassure Israël sur le bon fonctionnement de ses organes génitaux. « J'ai mes règles tous les mois », précise-t-elle à la grande consternation de son correspondant.

« Tes lettres m'ont convaincue de ton talent d'écrivain, ajoute-t-elle plus loin. Mais ce talent, tu le fuis sur les trains transcontinentaux. Ce dont tu as besoin, c'est d'une femme, une femme qui saura créer l'environnement propice au plein épanouissement de ton talent. Je suis cette femme, Israël. Comment le sais-je? Je lis tes lettres, et je vois un homme qui se cherche un foyer. Fondons-le ensemble au Canada, pays d'avenir!»

Israël reprend la lettre et se met à la relire depuis le début. Avec effroi, il réalise que Mathilde vogue déjà sur l'Atlantique. «Quel culot incroyable! pense-t-il. Il n'est pas question que je fonde un quelconque foyer avec elle!»

Il se lève, sort de sa chambre et descend l'escalier menant au rez-de-chaussée. Ses parents lisent les journaux de la veille dans le salon, en écoutant un disque de Ravel.

En voyant son fils, Gustave Pagé s'écrie:

– Ah! Israël! As-tu lu *Le Devoir*?

Ignorant le visage écarlate d'Israël, le père poursuit:

– On annonce la création d'une enquête sur la corruption policière à Montréal. Pacifique Plante et Jean Drapeau veulent nettoyer la ville!

– Gustave! interrompt Émilie Pagé. Ne vois-tu pas qu'Israël a quelque chose à nous dire?

– Justement, je lui trouvais un drôle d'air.

Sur un ton sérieux, il ajoute:

– Nous t'écoutons.

Israël s'éclaircit la gorge.

– Je viens de recevoir une lettre insensée, dit-il en tenant la missive de Mathilde du bout des doigts.

– De quoi s'agit-il? demande Gustave Pagé en fronçant les sourcils.

Israël se met à lire à haute voix la lettre de Mathilde. À la fin, sa mère s'exclame:

– Quelle bécasse! A-t-on idée de parler de ses règles dans une proposition de mariage!

– Émilie! dit Gustave Pagé. Ne parle pas ainsi de cette jeune femme. Elle sera bientôt notre hôte. De toute évidence, elle ne connaît personne à Montréal. Nous l'accueillerons comme il se doit.

Israël s'affaisse dans un fauteuil, estomaqué par la tournure des événements. Il s'en veut encore davantage d'avoir poursuivi sa relation insipide avec Mathilde. Si elle avait été moins photogénique, il aurait mis fin depuis longtemps à cette comédie. «Je n'ai rien en commun avec elle, se dit-il. Elle s'intéresse au coût de la vie, au prix des maisons, au salaire des journalistes…»

Au bout d'un moment, Émilie Pagé met fin abruptement aux réflexions de son fils.

– Qui ira la cueillir à sa descente de bateau? demande-t-elle.

– J'irai, répond Gustave Pagé sans aucune hésitation.

Israël pousse un soupir de soulagement. Mais son trouble revient au galop.

– Où couchera-t-elle? demande-t-il.

– Dans ta chambre, répond son père. Toi, tu coucheras sur le divan.

Émilie Pagé se lève et se met à arpenter le salon.

– Mais que fera-t-elle à Montréal? demande-t-elle en s'arrêtant devant son mari.

– Je suppose qu'elle se cherchera un emploi ou un mari, répond-il.

– Et nous l'hébergerons et la nourrirons pendant ses recherches?

– Nous verrons comment les choses évolueront.

– Comme tout cela est insensé! dit Israël.

Israël écoute le dialogue de ses parents, honteux de leur imposer cette Mathilde encombrante. Au cours des dernières années, il a tenté de récupérer sa jeunesse, improvisant sa vie comme un jazzman insouciant. Mais il aura bientôt vingt-sept ans. Ne serait-il pas temps qu'il se case?

Son père s'adresse maintenant à lui:

– Lui as-tu donné raison de se faire des illusions sur tes sentiments?

– Pas à ma connaissance.

– Est-elle au moins intéressante comme correspondante?

– Pas tellement.

– Alors pourquoi lui écris-tu?

– Elle est belle.

– Ce n'est pas à négliger, dit le père avec un sourire.

– Gustave! s'insurge Émilie Pagé. Ce n'est pas le moment de blaguer!

Israël en a assez. Il s'excuse et remonte dans sa chambre. Sur sa table de travail, il voit la lettre qui occupe désormais le dessus de la pile. C'est une missive de *La Presse*, le grand quotidien populaire de Montréal.

Israël l'ouvre et la lit avec fébrilité. Le journal l'invite à passer un examen pour entrer à son service de traduction. Une bouffée de bonheur l'envahit soudainement. Il n'y croyait plus, à cet emploi dans un journal montréalais.

Il se jette sur son lit, oubliant subitement Mathilde. Il pense à la carrière de journaliste qui l'attend, ne doutant pas de pouvoir passer l'examen avec succès. En souriant intérieurement, il se rappelle les mots grandioses que Rastignac lance à la face de Paris: «À nous deux maintenant!» Sa naïveté est touchante.

CHAPITRE XII

Le prix

Un grand héron pêche dans le fleuve Saint-Laurent. Immobile, le cou tendu faisant un angle de quarante-cinq degrés avec la surface de l'eau, il surveille sa proie. Il ne bouge que les yeux et la tête. Au bout de quelques minutes, il replie son cou lentement et baisse doucement la tête vers l'eau pour finalement plonger son bec d'un coup sec et rapide sur le poisson et l'avaler.

– Bon appétit! dit Israël en observant l'échassier par la fenêtre ouverte de son cabinet de travail.

Il est assis à une grande table de bois, devant une machine à écrire Corona flanquée d'un cendrier, d'un paquet de cigarettes et d'un manuscrit en progression. «Est-ce cela le bonheur?» se demande-t-il en insérant une page blanche dans le rouleau.

Le soleil se lève sur Sorel, ville bâtie au confluent du Saint-Laurent et du Richelieu, à un peu moins de cent kilomètres à l'est de l'île de Montréal. Dans une vieille maison de style canadien ombragée par des ormes, Israël commence une journée d'écriture. En ce 24 juin, fête de la Saint-Jean-Baptiste, patron des Canadiens français, il n'ira pas travailler à *La Presse*. Jusqu'au milieu de l'après-midi, il pourra se consacrer à son roman.

Avant de se mettre à l'œuvre, Israël lève de nouveau les yeux sur le fleuve. Un fragment de la correspondance de Flaubert lui revient à la mémoire : « J'ai passé plusieurs années complètement seul à la campagne, n'ayant d'autre bruit l'hiver que le murmure du vent dans les arbres avec le craquement de la glace, que la Seine charriait sous mes fenêtres. »

Israël n'est pas complètement seul à la campagne. Mathilde dort avec la petite Françoise dans le lit conjugal. Néanmoins, il jouit pleinement de la vue du fleuve, des bateaux qui passent entre les îles de Sorel, de l'oiseau carnivore qui prend son petit-déjeuner.

L'eau calme se confond avec le ciel bleu. Le grand héron déploie ses ailes et s'envole dans l'azur. « Ça vaut bien la Seine en Normandie », se dit Israël, comparant le Saint-Laurent au fleuve qui passait sous les fenêtres de Flaubert, du temps où il écrivait *Madame Bovary*. Et il commence à taper.

Il va lentement : en quatre jours il peut faire cinq pages, mais il s'amuse. Il a l'impression d'avancer à l'aviron, comme ses ancêtres voguant sur les rivières et les fleuves d'Amérique. Il remonte un dur courant, celui de l'écriture. De temps en temps, il connaît la grâce des voyageurs. Il file dans son canot avec un bon vent arrière. Son style devient rythmé comme le vers, précis comme le langage des sciences, un style qui vous entre dans l'idée comme un coup de stylet.

~

— Tu veux un café?

Israël se retourne. Mathilde est dans l'encadrement de la porte, habillée d'une robe d'été blanche, ses cheveux auburn coiffés avec élégance, à huit heures du matin. Un sourire éclaire son visage lunaire, au milieu duquel brillent des yeux verts légèrement bridés.

— Volontiers, répond Israël en admirant sa femme, qui a retrouvé sa taille de jeune fille, un an après la naissance de Françoise.

Mathilde retourne aussitôt à la cuisine. «Elle est parfaite», se dit Israël, sans ironie, l'antithèse de madame Bovary qui prend des poses d'almée derrière les voiles opaques de sa province. Transplantée dans la vallée du Saint-Laurent, elle joue à la perfection son rôle de mère et d'épouse. Ce qu'elle a promis dans sa lettre, elle l'accomplit au jour le jour. «C'est peut-être cela, le bonheur», se dit Israël en reportant son regard sur le fleuve.

Il n'a pas hésité longtemps à l'épouser. En fait, en la voyant à sa descente du bateau, son cœur a craqué. Elle était si coquette avec sa robe printanière, si irrésistible avec son sourire timide, si touchante avec son unique valise.

— Tu aurais pu tomber plus mal, mon fils, a confié Gustave Pagé à Israël, qui avait fini par trouver le courage d'accompagner son père au port.

Peu après, la cérémonie de mariage a eu lieu à l'hôtel de ville de Montréal avec comme seul témoin Gustave Pagé. Malgré les prières de son mari, Émilie Pagé n'a pas voulu cautionner cette union par sa présence. Au contraire de sa femme, Israël ne s'en est pas formalisé.

Dès lors, il a perdu intérêt pour le rôle de Rastignac, s'installant avec sa jeune épouse dans cette maison de Sorel, louée pour une chanson. Il voulait s'isoler à la campagne pour écrire enfin son roman de guerre. Il désirait oublier les nuits de Montréal et la reine de ces nuits. Fidèle à son ambition artistique, Monique Butterfield avait suivi son frère Asa Philip à New York. Israël était parti aussi sec au pays du Survenant, ce Grand-Dieu-des-routes.

Ainsi, il n'aura fait l'amour à Monique qu'une seule fois, mais le souvenir de cette nuit persiste et suffit encore à l'exciter. Ses ébats sexuels avec Mathilde commencent et finissent parfois sur ce malentendu : il bande et jouit en se représentant l'artiste noire. Ne s'en doutant pas, Mathilde n'a aucune raison de se plaindre. Quant à Israël, il trouve la chose doublement jouissive, car elle lui permet d'infirmer une théorie de Freud sur les fantasmes sexuels.

– Voilà ! dit Mathilde en revenant avec deux tasses de café fumant.

– Merci, dit Israël en prenant la sienne.

Mathilde boit en regardant par la fenêtre, ce qui surprend Israël. D'habitude, après lui avoir servi le café ou le thé, elle disparaît, le laissant seul avec son travail.

– La petite dort encore ? demande Israël.

– Oui, réplique Mathilde.

Puis, après une pause, elle ajoute :

– Israël, j'ai une nouvelle à t'annoncer.

– Tu es enceinte !

– Oui.

Mathilde regarde Israël, un sourire hésitant au coin des lèvres.

– Mais c'est merveilleux ! dit Israël en bondissant de sa chaise, quelque peu surpris par l'enthousiasme de sa réaction.

Il enlace puis embrasse sa femme, qui doit se dresser légèrement sur le bout des pieds pour rejoindre les lèvres de son mari. Au bout d'un moment, Israël se rassoit, attirant Mathilde sur ses genoux. Les époux regardent tous les deux en direction du fleuve. Mathilde ne voit pas le nuage qui passe devant les yeux d'Israël.

— Tout de même, dit-il après un court laps de temps, c'est une surprise.

— Israël, fait-elle en s'esclaffant, comment peux-tu être surpris? Je te demande de t'abstenir, et tu fais à ta tête.

Israël ignore la remarque.

— J'aurais bien voulu finir mon roman avant d'avoir un autre bébé, dit-il.

— Comment? fait Mathilde. Tu n'auras pas fini avant l'accouchement? Tu travailles à ce livre depuis un an déjà!

— Tu sais que je n'écris pas vite. Et puis je ne fais pas que ça. Six jours par semaine, je suis à *La Presse*…

— En parlant de *La Presse*, quand donc iras-tu voir M. Major?

— Quand j'aurai fini mon roman, répond Israël en souriant.

Mathilde soupire. Puis, passant la main dans les cheveux de son mari, elle ajoute, d'une voix patiente:

— Israël, nous aurons bientôt un deuxième enfant. Nous n'irons pas très loin avec ton salaire de traducteur. De toute façon, à ton âge, tu devrais déjà t'être fait un nom comme journaliste.

Israël, qui aura bientôt vingt-neuf ans, reste silencieux, fixant le fleuve. Il ne veut rien changer à sa routine. Le travail de traducteur à *La Presse*, pour obscur et mal payé qu'il soit, lui permet de retourner à Sorel en fin d'après-midi. Sitôt arrivé chez lui, il s'enferme dans son cabinet de travail, son «ermitage», et écrit jusqu'à dix ou onze heures du soir, avec une seule pause pour le souper. S'il était journaliste, il devrait courir la nouvelle du matin au soir à Montréal. Et il devrait se soumettre à la censure du chef de nouvelles, cet Hervé Major de malheur, qui forme un tandem pitoyable avec le rédacteur en chef du journal, Eugène Lamarche.

— Promets-moi que tu iras voir M. Major, reprend Mathilde.

— J'irai le voir quand j'aurai fini mon roman, dit Israël en tournant son regard vers sa femme.

— Tu es têtu comme une mule.

— Je suis fait comme ça, je n'y peux rien.

— Il n'est jamais trop tard pour changer.

Israël hausse les épaules.

— En tout cas, dit-il sur un ton léger, mon père va être heureux lorsqu'il apprendra la nouvelle, ce soir.

— Et ta mère? fait Mathilde en se levant brusquement.

Israël baisse les yeux, ne voulant pas aborder ce sujet. Entre sa femme et sa mère, c'est la guerre froide.

— Je n'ai jamais entendu cette femme dire merci! se plaint Émilie Pagé à son fils dans des apartés rageurs. Et Dieu sait tout ce que nous avons fait pour elle!

De son côté, Mathilde fait grief à sa belle-mère de son attitude hautaine, qu'elle déplore souvent devant son mari.

— C'est comme si je n'étais pas digne de toi!

Israël reçoit les confidences de l'une et de l'autre, mais il ne tente rien pour rapprocher les deux femmes.

C'est peine perdue, depuis cette fameuse lettre dont personne n'ose parler.

Ce soir, cependant, il en sera de nouveau question entre la mère et le fils.

~

Avant de passer à la salle à manger, Émilie Pagé attire Israël vers la cuisine. Mathilde est dans le salon avec ses belles-sœurs et son beau-père, qui fait bondir la petite Françoise sur ses genoux.

— Tu ne le croiras pas! chuchote la mère à son fils.

— Je ne croirai pas quoi? fait Israël, curieux.

— Le père de Mathilde s'en vient vivre chez nous!

— Quoi?

— Oui, il nous a écrit pour nous demander si nous pourrions l'accueillir quelques semaines, le temps de trouver un emploi.

— Je ne te crois pas! dit Israël en portant la main à son front.

— Attends un peu, tu vas voir, dit Émilie Pagé en se dirigeant vers le comptoir de la cuisine, où elle ramasse une lettre.

En la remettant à Israël, elle dit:

— Ta femme a de qui tenir. La seule chose qui la sépare de son père, c'est sa vision du Canada.

— Sa vision du Canada?

— Si tu te souviens bien, ta femme considérait le Canada comme le pays de l'avenir. Eh bien, pour son père, c'est le pays du passé. Tu savais qu'il était venu ici en 1935?

– C'est la première chose que Mathilde m'a écrite lorsque nous avons commencé à correspondre.

– Tu aurais dû nous le dire.

– Je n'y ai pas pensé.

– Allez, lis.

Tenant la lettre du père de Mathilde entre ses mains, Israël se met à la parcourir. Malgré lui, il sourit en arrivant à ce passage : « J'ai conservé de votre joli Canada un souvenir ineffaçable et mon désir a toujours été d'y retourner aussitôt que cela me serait possible. Malheureusement, les événements ont contrarié mes projets sans m'y faire renoncer.

« Nous avons vécu des années terribles et sans espoir possible de voir revenir la belle époque que ma génération a connue.

« La seule France qui ressemble à l'ancienne c'est la vôtre si elle n'a pas changé depuis 1935. Aussi, je rêve d'y finir mes jours avec ma femme et ma fille. »

Rendu là, Israël hoche la tête de gauche à droite, incrédule. Plus loin, il lit ce qui suit :

« Je pense qu'il me serait possible de trouver un emploi chez un notaire, ayant exercé cette profession quinze ans et pouvant dactylographier même en anglais. Si vous aviez la générosité de me fournir le gîte, je vous le rendrais au centuple dès que j'aurais trouvé une position. »

Israël lève la tête.

– Et vous allez l'accueillir ?

– Ton père y tient. Il est aussi naïf que toi !

– Je suis désolé, maman.

– Tu n'as pas à être désolé, Israël. Au fait, Mathilde t'en avait-elle parlé ?

— Non.

— Ah! la bécasse!

— Maman!

Mais Émilie Pagé a déjà quitté la cuisine. Arrivée au salon, sans rien laisser paraître de sa colère, elle invite tout le monde à passer dans la salle à manger.

— Nous avons une merveilleuse nouvelle à vous annoncer, dit Israël en s'assoyant à la table. Mathilde est de nouveau enceinte.

— Bravo! dit Gustave Pagé, qui se découvre une troisième jeunesse depuis la naissance de la petite Françoise, qui est belle à croquer.

Israël et Mathilde attendent la réaction d'Émilie Pagé, mais celle-ci fait comme si elle n'avait rien entendu.

— Avez-vous pensé à des noms? demande Gustave Pagé pour meubler le silence.

Plus tard, dans le lit conjugal, Israël ne fermera pas l'œil de la nuit. Il sait que ses pires cauchemars surviennent lorsqu'il se couche dans un état agité. Cela ne manque jamais d'effrayer Mathilde, qui se réveille en sursaut et lui demande d'une voix inquiète :

— D'où viennent ces cris, ces bégaiements?

~

Dans le cliquetis des machines à écrire, le rythme d'Israël est facilement reconnaissable. On dirait le bruit d'une mitrailleuse qui ne s'enraye jamais. Si l'écrivain va lentement sur le bord du fleuve, le traducteur bat des records de vitesse dans la salle de rédaction du quotidien *La Presse*.

Penché au-dessus de sa machine, Israël termine la traduction d'une dépêche sur l'élection présidentielle aux États-Unis mettant aux prises le républicain Dwight Eisenhower et le démocrate Adlai Stevenson. D'un geste vif, il extirpe sa copie du rouleau, déplie son grand corps et se dirige à grands pas vers le bureau de son supérieur immédiat, Conrad Trudeau.

— Tenez-vous-le pour dit, le héros du jour J va être élu haut la main! lance Israël en déposant sa copie sur le bureau de Trudeau, un homme corpulent au visage entouré par un collier de barbe et éclairé par un regard bienveillant.

Trudeau prend la copie d'Israël, l'air impressionné.

— Y a pas à dire, Pagé, tu tapes vite! dit-il en souriant.

Israël hausse les épaules. Puis, comme il s'apprête à retourner à son bureau, Trudeau le retient d'un geste de la main.

— Pagé, dit-il, je n'ai jamais compris pourquoi tu refusais d'être journaliste.

— Je ne refuse pas de devenir journaliste, je veux finir mon roman, réplique Israël.

— Ah oui, ton roman, fait Trudeau sur un ton sceptique. C'est pour quand, au fait?

— C'est pour bientôt.

Trudeau fait la moue. Il reprend:

— Me semble que tu serais un sacré bon correspondant de guerre, avec tout ton bagage. T'aimerais pas ça, aller en Corée?

— C'est sûr que j'aimerais ça, dit Israël, mais *La Presse* n'enverra jamais un journaliste en Corée.

— Écoutes-tu les reportages de René Lévesque à la radio?

— Comme tout le monde.

— Qu'en penses-tu?

— C'est un gars bourré de talent.

— Savais-tu que lui et Judith Jasmin étaient des amants?

— Ah! vous savez, moi, les potins montréalais…

— Elle est quand même pas mal, cette fille-là. Tu l'as vue hier soir à la télévision?

— Je n'ai pas encore de téléviseur.

— Tu manques quelque chose, mon gars.

Israël sourit puis, après avoir pris congé de Trudeau, retourne à son bureau. Il passe à la tâche suivante, la traduction d'une légende de photo. Le cliché montre des soldats du Royal 22e devant leur campement coréen. Les hommes exhibent leur ferveur patriotique en posant fièrement sous le drapeau du Québec que leur a offert Paul Sauvé, ministre des Affaires sociales du Québec, lors d'un récent séjour en Corée.

En traduisant la légende, Israël se remémore une autre photo, prise avant le départ du Royal 22e pour la Corée. On y voyait quatre soldats appartenant au régiment canadien-français. Ils s'étaient fait faire une coupe de cheveux à l'indienne, imitant la coiffure des Hurons-Iroquois. Cette «hure de sanglier», comme disait la légende de la photo, était censée rappeler la férocité guerrière des «Sauvages» au temps de la Nouvelle-France. «En Corée, se dit Israël en tapant à la machine, les soldats du Royal 22e doivent pratiquer une tout autre sorte de guerre, la guerre de maquis, qui prend la forme de raids, de contre-attaques, de pièges et de patrouilles sans fin.»

Le vieux soldat en lui se passionne pour le sort des siens en Asie. Quant au journaliste, il se verrait bien un jour dans le rôle de correspondant de guerre. Après avoir fini son roman, cela s'entend.

～

Au volant de sa Chevy 48 coupé, Israël file vers Sorel en écoutant la radio. D'une voix éraillée, René Lévesque, correspondant de la CBC, décrit la misère dans laquelle la guerre a plongé le peuple coréen : « Le gros de la population s'est enfui au Sud, laissant derrière elle un nombre effarant d'enfants perdus ou orphelins, qui fouillent dans les décombres comme de petits chiens errants. Nous en avons adopté un, qui s'appelle Chung – comme tout le monde – et il est devenu notre *batman*. »

Israël adore ce René Lévesque, qu'il n'a jamais eu la chance de rencontrer. À la fin de son reportage, le journaliste transporte ses auditeurs dans l'intimité du soldat canadien-français en Corée. Dans un style imagé, il raconte : « Il est onze heures du soir. Il fait noir et les mille hommes du bataillon sont perdus au fond de ce black-out. Et, comme des mouches à feu, on voit seulement briller, s'éteindre, briller, s'éteindre la lueur des cigarettes. Quelques bouts de conversations fusent, çà et là, dans les ténèbres, étouffées le plus souvent par la grande clameur des grenouilles et des cigales qui monte des marécages. Sans qu'on me voie, j'approche mon micro d'une tente où quelques hommes sont en train de parler tranquillement. Écoutons-les un instant :

– Hé ! Si on pouvait être chez nous, baptême !
– Si on pouvait être chez nous, tabarnaque !
– Si on pouvait être chez nous, câlice ! »

«Oups!» fait Lévesque en s'excusant dans son micro.

«Il va se faire taper sur les doigts», se dit Israël en souriant. Après la conclusion du reportage de Lévesque, il songe à Judith Jasmin, qu'il a souvent croisée à la librairie Pony. Quand il aura fini son roman, il reviendra vivre à Montréal, où il rencontrera sans doute la journaliste et d'autres femmes jolies et intelligentes comme elle. «Oserai-je moi aussi me prendre une maîtresse?» se demande-t-il en fumant une cigarette dans la voiture.

La route longe le fleuve, sur lequel fondent des nuages menaçants. Soufflant du nord en bourrasques, le vent arrache leurs dernières feuilles aux arbres gris. Éteignant sa cigarette dans le cendrier, Israël pense à sa libido. Elle s'est passablement refroidie, comme le temps. Deux années et demie se sont écoulées depuis sa nuit d'amour avec Monique Butterfield. Au fil des mois, le souvenir de son corps a perdu de son acuité, alors que celui de Mathilde, enceinte de quatre mois, ne lui inspire plus aucune pulsion sexuelle. Il la croit satisfaite dans son rôle presque exclusif de mère. Il s'éloigne d'elle, petit à petit. Il a la nostalgie de la conquête sexuelle.

Mais, en arrivant dans son ermitage, il oublie tout cela – *La Presse*, la Corée, Lévesque, Jasmin, Mathilde et le sexe. Dès qu'il se trouve à sa table de travail, il est tout à son roman, tout au fleuve. Sous ses fenêtres, le Saint-Laurent a des allures d'océan. Et son tumulte emporte bientôt l'écriture du voyageur-écrivain. Il est loin des ondulations, des ronflements de violoncelle, des aigrettes de feu à la Flaubert. Il n'est pas en train de décrire la vie d'une névrosée provinciale, mais un bombardement type au milieu de la plaine allemande. Ses mots crépitent comme des balles, ses phrases ont la plénitude inouïe d'un tir de barrage. L'ennemi recule, le roman avance.

Il ne veut pas raconter sommairement une série de combats couvrant toute la campagne, comme l'a fait Jean-Jules Richard dans *Neuf jours de haine*. Il préfère décrire à fond deux grandes scènes capitales qui pourront, espère-t-il, demeurer des classiques du genre : le baptême du feu, et ce bombardement type sur lequel il peine depuis des mois. Aujourd'hui, cependant, son style emprunte à la colère du fleuve, qui l'aide à surmonter les difficultés de l'écriture.

Il s'est donné un rôle dans le roman, mais ce n'est pas celui du héros. Il n'a rien d'un Montherlant, qui a pratiqué l'égocentrisme jusque dans son livre de guerre. Il veut honorer ses compagnons d'armes, leur rendre toute leur humanité. Plus tard, un critique du *Devoir* comprendra parfaitement le sens de sa démarche. Au sujet de son roman, il écrira : « Cette virée dans l'enfer permet à l'auteur de décrire des destins humains aux prises avec l'habitude, la torpeur, la crainte des blessures et de la mort, l'appel enfin de ce que notre inhumanité nomme encore la bravoure. »

Israël décrit ses anciens compagnons avec une attention chaleureuse, préservant leur voix, leur accent, leurs jurons. Des gens éclairés lui avaient dit qu'écrire des dialogues naturels était la chose la plus difficile pour un romancier. Il constate que c'est une de ses plus grandes forces.

Il travaille son style avec acharnement, s'imposant de grandes exigences sans rien laisser au hasard. L'art d'écrire lui tient à cœur, mais il se méfie de la littérature.

Pour lui, écrire n'a rien d'un jeu. C'est un moyen de décrire la réalité.

～

L'élite littéraire et culturelle de Montréal au grand complet est réunie au 400, un chic restaurant situé boulevard De Maisonneuve. C'est le jour de la remise annuelle du « Goncourt canadien », surnom donné au prix du Cercle du livre de France. Accordée sur manuscrit avec promesse de publication, la récompense est devenue l'événement littéraire sinon culturel le plus couru en ville. En 1953, le jury a primé *Poussière sur la ville*, le deuxième roman d'André Langevin, consacrant un écrivain de grand talent. Cette année, Israël fait partie des finalistes.

Il est assis avec Mathilde à une table réservée par *La Presse*. Les accompagnent trois patrons du journal, qui jettent un regard neuf sur leur employé. En terminant son dessert, Eugène Lamarche, le rédacteur en chef, claironne :

– Comprends-moi bien, Israël. Que tu gagnes ou non le prix, je te veux comme journaliste. Tu vas commencer lundi prochain à soixante-quinze piastres par semaine !

Le ton d'Eugène Lamarche est celui du commandement, le seul qu'il connaisse. Rondouillard, l'œil moqueur et le verbe haut, il en impose avec son complet trois pièces, son nœud papillon et ses lunettes à monture noire perchées au sommet d'un nez en bec d'aigle. Dans la salle de rédaction de *La Presse*, où il règne depuis pas moins de vingt et un ans, il a la réputation d'un homme autoritaire, coléreux, voire violent. Quand un journaliste a le malheur d'arriver quelques minutes après l'heure réglementaire (sept heures du matin), il pique sa crise, assortie de jurons et de coups de poing sur les bureaux. En traversant la salle de rédaction, il grommelle souvent: «Les reporters, il faut mener ça à coups de pied dans le cul!»

Mais aujourd'hui, en présence du finaliste et de sa jolie femme, il est plus ou moins courtois.

– Tu ne dis rien? fait Lamarche en regardant Israël. Ça ne fait pas ton affaire?

– Vous ne m'avez pas dit ce que je vais faire comme journaliste, répond Israël.

Au même instant, sous la table, la main de Mathilde vient chercher celle de son mari. Le visage de l'épouse est rayonnant.

– Tu travailleras au service des arts et lettres, dit Hervé Major, répondant à la place de Lamarche.

Israël tourne son regard vers le chef des nouvelles de *La Presse*, qui occupe ce poste depuis vingt-six ans, un autre record de longévité! Physiquement, Major est le contraire de Lamarche. Habillé d'un habit rayé, il est grand et mince, avec d'épais cheveux gris, alors que l'autre est court, gros et à moitié chauve. «Au moins, je travaillerai pour LaRoche», se dit Israël.

Et ses yeux croisent ceux de Jacques LaRoche, responsable du service des arts et lettres, qui complète le trio de patrons attablés. De petite taille, LaRoche jouit d'une très bonne réputation comme journaliste. Il continue d'ailleurs à écrire des chroniques et critiques sur le théâtre montréalais, dont il est un des animateurs les plus dynamiques.

— Nous avons besoin d'un chroniqueur littéraire, dit LaRoche en regardant Israël à travers ses lunettes rondes. Tu seras également appelé à écrire sur la télévision et le théâtre. Ça te convient?

— Parfaitement, répond Israël.

— Et n'oublie pas d'arriver à l'heure! tonne Eugène Lamarche, élevant la voix pour se faire entendre au-dessus des conversations.

— Excusez-le, dit Major en faisant un clin d'œil à Israël, notre cher Lamarche confond sa fonction avec celle d'un garde-chiourme!

Lamarche foudroie Major du regard. Les deux hommes se détestent cordialement et le montrent ouvertement. Ils se rejoignent cependant dans leur respect de la consigne émise par le propriétaire du journal, Pamphile-Réal Du Tremblay: *La Presse* doit rester neutre en toutes circonstances, fuir les opinions et les idées comme la peste, histoire de ne froisser personne et surtout de ne pas nuire à la montée du tirage. À Montréal, le journal exerce un quasi-monopole sur la dissémination des nouvelles en milieu populaire. Selon ses détracteurs, il fait de son mieux pour abrutir l'opinion.

Soudain, le silence se fait dans le restaurant. Grand, élancé, suave, Pierre Tisseyre, fondateur du prix du Cercle du livre de France, s'approche d'un micro planté au milieu du restaurant.

Israël a les nerfs à vif. Il survole la salle à manger du regard. Il reconnaît plusieurs têtes célèbres, dont celle de Jacques Normand, Judith Jasmin et Roger Duhamel, le directeur du *Montréal-Matin*, qu'un méchant hasard a désigné cette année pour présider le jury du prix. «Je n'ai aucune chance de gagner», se dit Israël en se souvenant de sa prise de bec avec Duhamel à la librairie Pony.

Israël regrette maintenant d'avoir soumis son manuscrit au jury. Mais avait-il seulement le choix? Français d'origine, Pierre Tisseyre est aujourd'hui le seul éditeur laïque de Montréal. Les autres, Fides, Beauchemin et Garneau, ne publient que des œuvres très catholiques. Et le manuscrit d'Israël contient du sexe et des blasphèmes!

«Chers invités, dit Tisseyre au micro, je vous souhaite la bienvenue à la remise du prix du Cercle, qui en est déjà à sa sixième année. Sans plus tarder, il me fait grand plaisir de vous présenter notre maître de cérémonie, Monsieur Roger Duhamel, qui nous a fait l'honneur de présider notre jury cette année.»

Pendant que Duhamel se dirige vers le micro, Israël scrute les visages des autres finalistes, sur lesquels il lit une nervosité qu'il connaît trop bien. Le prix pourrait bien déterminer leur carrière d'écrivain dans ce pays qui publie encore les romans au compte-gouttes. Le gagnant jouira d'une publicité inespérée dans la presse écrite, à la radio et à la télévision. Éparpillés dans la salle à manger, les journalistes s'agitent d'ailleurs sur leur chaise en entendant la voix de Duhamel, qui n'a rien perdu de sa puissance.

«Mon ami Pierre Tisseyre me pardonnera ce bref rappel historique concernant son prix littéraire. La première année, le prix ne fut pas accordé…»

Les rires fusent de la salle.

Pince-sans-rire, Duhamel continue:

«En effet, une majorité du jury tenait que le retentissement donné au prix à l'étranger pourrait être nuisible aux lettres canadiennes si l'on couronnait une œuvre qui ne fût pas de qualité vraiment exceptionnelle. Eh bien, cette année, le jury que j'ai eu le plaisir de présider n'a éprouvé aucun mal à trouver cette œuvre exceptionnelle. Et j'ai l'insigne honneur de vous annoncer qu'Israël Pagé est le lauréat du prix du Cercle du livre de France pour l'année 1954. Son roman de guerre… »

Israël n'entend pas le reste. Il n'en croit pas ses oreilles. Son livre a été primé. Son talent a été reconnu. Son nom a franchi les lèvres de Roger Duhamel, devant ce bel aréopage. Il devine que son visage s'empourpre.

— Israël, lui glisse Mathilde à l'oreille, on te demande au micro.

— Mais je n'ai rien préparé! dit le lauréat en entendant le crépitement des applaudissements.

— Ça n'a aucune importance. Va chercher ton prix!

Israël se lève et se dirige nerveusement vers le micro. Quelques personnes se lèvent sur son passage, lui serrant la main ou lui tapant dans le dos. Quand il arrive devant le micro, sa nervosité s'en est allée. Et, d'une voix claire, il dit:

« J'ai dédié mon roman de guerre à ceux qui ne sont pas revenus, et aux autres. C'est en leur nom que j'accepte aujourd'hui ce prix. Merci. »

S'arrêtant sur ce mot, Israël recule d'un pas et attend que Duhamel lui remette le prix et, avec, un chèque de mille dollars.

— Tu l'as bien mérité, dit Duhamel en lui serrant la main. Félicitations!

— Merci encore, dit Israël.

Il tient le prix et le chèque dans ses mains. Son regard croise celui de Mathilde, qui brille d'un rare éclat. Puis il baisse la tête en souriant. Il pense à Ernest

Hemingway, dont l'œuvre vient tout juste d'être couronnée par le Nobel de la littérature. La coïncidence lui plaît bien. Son admiration se porte vers les écrivains américains de la lignée de Hemingway. Il aime leur précision, leur absence d'emphase.

～

— Monsieur mon père, dit Israël, légèrement ivre, cela fait six mois que mon roman est sorti, et vous ne m'avez toujours pas dit ce que vous en pensiez!

Longtemps ruminée, la remarque tombe à la fin d'un repas auquel Israël a convié son père, sa mère et ses deux sœurs cadettes. Il est chez lui, dans «sa» salle à manger, dans «son» appartement, situé au deuxième étage d'une belle maison de la rue Sainte-Famille, dans le quartier Milton Parc, qui jouxte le campus de l'Université McGill.

Bien adossé à sa chaise, il trône au bout de la table. Mathilde, qui lui fait face, fronce les sourcils. Assis à la droite de sa bru, Gustave Pagé essuie ses lèvres avec sa serviette et la dépose sur la table.

— Voyons, Israël, fait-il sur un ton conciliateur, je te l'ai souvent dit, et je suis prêt à le répéter ce soir. Ton roman est une belle réussite, et le prix du Cercle est venu le confirmer.

— Une belle réussite! Mais ça ne veut rien dire!

— Israël, tu devrais apprendre à accepter les compliments, dit Émilie Pagé, qui est assise à la gauche de son fils.

— Vous non plus, ma mère, vous ne m'avez pas dit le fond de votre pensée!

Assise à la droite d'Israël, Pauline, la poétesse, s'interpose.

— Moi, dit-elle, je l'ai adoré ton livre, Israël, sauf la fin, pour être parfaitement honnête avec toi. J'aurais préféré que le personnage de Richard tombe amoureux, à son retour, d'une vraie jeune fille canadienne-française de la province de Québec! Son histoire avec la putain m'a déçue.

— Bon! fait Israël en frappant des mains. Ça, c'est un commentaire digne des Pagé!

Puis, en s'adressant toujours à Pauline, il ajoute:

— Tu n'es pas la première femme à me faire ce commentaire, tu sais. La vérité, c'est que la vie m'a mis la mort dans l'âme à une époque où je n'étais pas assez vieux pour savoir la traiter comme une putain…

— Israël! coupe Émilie Pagé sur un ton indigné. Ne parle pas comme ça devant tes sœurs! Mon Dieu! Une chance que tes filles sont couchées.

À la mention de ses filles, Mathilde se lève d'un bond.

— Veuillez m'excuser, dit-elle, je dois aller donner le biberon à Jacinthe.

— Tu es excusée, ma chère, dit Israël.

Puis, tournant son regard vers son père, le fils reprend:

— Sérieusement, papa, vous savez bien que j'ai toujours eu votre opinion en haute estime, surtout en littérature! Ne me dites pas que vous n'avez aucune critique à me faire.

— Je ne vois pas l'intérêt d'ajouter aux critiques déjà formulées dans les journaux.

— Vous pensez qu'elles sont justes?

— Certaines le sont, comme celles de Gilles Marcotte.

— Ouais, je sais. D'après lui, le personnage de Richard n'est pas suffisamment le héros du roman, il n'en émerge que dans la dernière partie, qui est la plus faible. Je m'empresse de répondre : c'est tellement ce que j'ai voulu faire que je l'ai remercié de m'apprendre que j'avais réussi ! Un ancien soldat qui profiterait de son aptitude à écrire pour raconter la guerre en s'y donnant le beau rôle, voilà bien ce que je conçois de plus méprisable ! Alors, au lieu de dédier mon livre à mes anciens compagnons auxquels je le dois, je n'aurais eu qu'à me le dédier à moi-même !

Israël s'arrête sur ces mots, se verse une rasade de vin et vide son verre d'un trait. Son père le regarde en hochant la tête de droite à gauche. Il ouvre la bouche, puis la referme.

— Dites-le-moi donc, ce que vous pensez, fait Israël.

D'une voix lasse, Gustave Pagé finit par passer aux aveux :

— Si tu veux vraiment le savoir, ton livre m'a vexé. Le personnage de Richard, c'est bien toi, et pourtant tu en fais un orphelin.

— Et alors ?

— Et alors ?

La déception se lit sur le visage du père, qui semble avoir pris un coup de vieux soudainement.

— Mais papa, se défend Israël, c'est un roman que j'ai écrit, pas une autobiographie !

— Je le sais bien, réplique Gustave Pagé, mais l'élément le plus faible de ton livre est justement cette intrigue que tu t'es cru obligé d'inventer concernant le passé de Richard.

— D'accord, mais pourquoi en seriez-vous vexé ?

— Oh Israël !

CHAPITRE XIII

L'angoisse

La chanson de Félix Leclerc lui trotte dans la tête depuis un moment déjà.

> *Moi mes souliers ont beaucoup voyagé*
> *Ils m'ont porté de l'école à la guerre*
> *J'ai traversé sur mes souliers ferrés*
> *Le monde et sa misère.*

Il voudrait chasser cet air et ces paroles mièvres, mais Félix et sa voix de beu continuent à le torturer.

> *Sur mes souliers y'a de l'eau des rochers*
> *D'la boue des champs et des pleurs de femmes*
> *J'peux dire qu'ils ont respecté le curé*
> *L'pays, l'Bon Dieu et l'âme.*

«Ce qu'il est cucul! pense Israël en boitant légèrement. Et dire que c'est devant ça que Paris se pâme!»

Quelques pâtés de maisons seulement séparent l'immeuble de *La Presse* du Monument-National, où se dirige Israël en soufflant une buée blanche dans la froidure de l'hiver. Dans moins d'une demi-heure, il assistera à la première de *Sonnez les matines*, une pièce de théâtre signée par ce damné Félix Leclerc.

Avant de quitter le journal, il a supplié en vain LaRoche de choisir un autre journaliste pour écrire la critique de ce spectacle qui attirera toutes les bonnes âmes de Montréal.

– Tu me demandes l'impossible! a-t-il protesté.

– Je ne te demande pas l'impossible, a répliqué LaRoche, je te demande de faire le compte rendu d'une pièce de théâtre.

– Mais je déteste tout ce que fait Félix Leclerc!

– Tu sauras faire abstraction de tes opinions personnelles.

– Mais je suis un critique!

– Je ne te demande rien d'autre qu'une critique objective.

Sur ces mots, LaRoche lui a tourné le dos, le laissant seul dans le petit bureau du service des arts et lettres.

«Il va le regretter», se dit Israël en ouvrant l'énorme porte du Monument-National.

Le foyer du théâtre est déjà bondé. Parmi la foule endimanchée, Israël reconnaît tout de suite la tête reluisante du nouveau maire de Montréal, Jean Drapeau, un petit avocat chauve à moustache et à lunettes. Avec l'aide de son associé Pacifique Plante, Drapeau ferme les tripots et les bordels à tour de bras, mettant en péril les nuits de Montréal. Aux yeux d'Israël, il a au moins le mérite d'être un critique impitoyable de Maurice Le Noblet Duplessis, dont le règne délétère se prolonge au son des carillons.

En se frayant un chemin parmi la foule, Israël tombe sur Roger Duhamel, qui le salue de sa voix habituelle, bien haute et bien forte.

– *Ecce homo*! dit le directeur du *Montréal-Matin* avec emphase en empoignant vigoureusement la main d'Israël.

Et, sans transition, il ajoute, de sa voix de stentor:

– Dis donc, Israël, comment vont les ventes de ton roman?

Plusieurs têtes se tournent vers le lauréat du prix du Cercle, qui voudrait disparaître.

– Moins bien que celles de Félix Leclerc, réplique-t-il de sa voix la plus basse.

– Ah! fait Duhamel d'une voix forte, Félix Leclerc est un cas à part. Le tirage de ses livres atteint déjà les cent vingt mille exemplaires! Il est le seul au Canada français à pouvoir vivre de sa plume!

– Je sais, dit Israël en baissant les yeux.

Il est dépité du succès de Leclerc. Vêtu de sa chemise de *lumberjack*, Leclerc gratte sa guitare et chante le bonheur, les vraies valeurs, la terre, faisant naître à Paris des rêves de grands espaces et de cabanes au Canada, au moment précis où le pays s'urbanise et se dévergonde à Montréal, ville de jazz, ville de sexe! Israël se dit: «Les Français ont le droit à leur propre exotisme, mais qu'on fasse lire dans les écoles de la province les livres de Leclerc, c'est pitoyable! Que de niaiseries! Que de facilité! Et quel passéisme!»

Israël se souvient du mot assassin du critique Victor Barbeau: «Pour le bien du Canada, il est souhaitable que Félix Leclerc se coupe les deux bras.»

La voix de Duhamel le sort de sa réflexion.

– Es-tu en devoir ce soir ?

– Oui, répond Israël.

– J'ai hâte de lire ton compte rendu !

Sur ces mots de Duhamel, les trois grands coups se font entendre.

~

À chaque réplique, ou presque, les rires fusent dans l'immense salle du Monument-National. Certaines réparties parviennent même à arracher un sourire à Israël. Il doit reconnaître la supériorité de *Sonnez les matines* sur tout ce que Leclerc a pu écrire antérieurement. Certes, ce n'est qu'une comédie sentimentale, mais c'est bien fait, et les acteurs de la troupe du Rideau Vert sont excellents.

« Hélas, se dit Israël, Félix Leclerc refuse de sortir le Québec du presbytère. » C'est là que se déroule son histoire : à la fin des années 1940, un brave curé de campagne et son vicaire, n'écoutant que leur grand cœur, accueillent, pour quelques heures seulement, les quatre enfants d'un paroissien. Le curé, homme de lettres ayant beaucoup écrit sur la famille et l'éducation, a alors l'occasion de vérifier si ses théories concordent avec la réalité.

Tout en suivant les rebondissements de la pièce, Israël pense à son article. Il se dit : « Je pourrai vanter le jeu des acteurs, la structure de la pièce, et même la qualité de l'écriture. Mais oserai-je critiquer l'atavisme catholique de Leclerc ? Ne sait-il pas qu'il y a un combat à mener contre le clergé tout-puissant ? Non, sa gentillesse est vraiment excessive ! »

Un tonnerre d'applaudissements accueille la dernière réplique de la pièce.

En quittant son siège, Israël décide de ne pas attendre au lendemain matin pour écrire son compte rendu. Il sort du Monument-National et prend la direction de *La Presse*, voulant en finir avec Félix Leclerc.

Israël traîne sa mauvaise jambe sur le trottoir enneigé. En levant la tête, il voit l'immeuble de *La Presse*, qui se dresse à l'intersection du boulevard Saint-Laurent et de la rue Saint-Jacques. C'est une bâtisse de quatre étages de style victorien, qui reflète parfaitement le ton du journal, réservé, puritain et hypocrite au possible. *La Presse* est située à deux pas du « Red Light District », un quartier chaud où, six mois plus tôt, les prostituées exhibaient encore leurs seins dans les vitrines. Or, dans leurs articles, les reporters du service des arts et lettres ne peuvent pas employer les mots « sensuel » ou « dimanche ». Le premier de ces mots ne saurait être appliqué à la musique, car il évoque l'amour physique. Quant au deuxième, il ne peut davantage être mentionné, car c'est le jour où les catholiques doivent aller à l'église et non pas au théâtre ou au cinéma.

Ouvrant la porte qui donne sur la rue Saint-Jacques, Israël s'engouffre dans l'immeuble. Il salue le gardien de sécurité et monte dans l'ascenseur. Il en sort au troisième étage. Comme il s'y attendait, les bureaux sont déserts. Le journal publie sa troisième et dernière édition en fin d'après-midi. Après, tout le monde rentre à la maison.

Il se dirige vers le local exigu du service des arts et lettres, où quatre journalistes se partagent trois machines à écrire et un téléphone. Il s'assoit devant l'Underwood, sa machine préférée. Après avoir inséré une feuille blanche dans le rouleau, il s'appuie sur les coudes et prend sa tête à deux mains. « C'est comme à l'époque du collège, se dit-il. Si j'écris ce que je pense, à savoir que Félix Leclerc est fondamentalement attardé, je serai censuré à coup sûr. »

Aucun de ses articles n'est publié avant d'avoir été lu et approuvé par LaRoche et Hervé Major. Avec son crayon rouge, LaRoche corrige les fautes et souligne chaque mot lui paraissant suspect. Dans les textes d'Israël, c'est un mot sur cinq dont il doit justifier l'emploi, une épreuve aussi abrutissante qu'humiliante.

Ensuite, Major révise les épreuves, fixant son attention surtout sur la correction de la langue. Il n'a pas à se préoccuper du fond, les articles ayant déjà été vidés de toute idée et opinion. « C'est peine perdue », se dit Israël.

Cachant bien son mépris, il écrit en amorce : « Le bon fond canadien de Félix Leclerc et le naturel désarmant de quatorze acteurs, dont quatre enfants, ont trouvé facilement le cœur d'un public nombreux, hier soir, en la salle du Monument-National, où la troupe du Rideau Vert jouait *Sonnez les matines.* »

En finissant cette phrase, Israël fait une pause de quelques secondes. Une ombre voile son regard. Puis, le visage déformé par une grimace, il poursuit :

« Leclerc, le fait se passe depuis longtemps de démonstration, est le contraire d'un auteur compliqué. Ses écrits ont la même saveur insipide… »

Israël s'arrête de nouveau. Il ne peut employer ce ton et ce mot « insipide ». Il revient en arrière et barre de *x* la phrase commençant par « Ses écrits… ». Il reprend :

«Mais ses écrits ont la même saveur que ses chansons, et il est prophète en son pays, ce qui n'est pas commun parmi ceux qui ont plu ailleurs.»

Israël se sent nauséeux. Il se dépêche de finir son texte.

~

Plus tard, au cours de la même nuit, Israël entre dans sa belle maison de brique rouge, dont la façade est ornée d'un portail majestueux et d'un chérubin avec cornet et flûte de pan. «L'ironie sévit rue Sainte-Famille», se dit-il en montant au deuxième étage de l'immeuble construit à la fin du siècle précédent, où se trouve l'appartement de sa petite famille.

À l'intérieur, il s'arrête un instant dans le salon, lorgnant le divan placé sous un tableau de Dumouchel, don du peintre à son ancien élève. Fourbu, il a le goût de s'y étendre, mais une voix derrière lui se fait entendre.

— Tu viens te coucher? demande Mathilde.

Il se retourne. Habillée d'un peignoir, sa femme lui tend la main. Il la saisit, se laissant guider sans mot dire vers sa chambre.

— Comment était la pièce de théâtre? demande Mathilde en regardant Israël se déshabiller.

— Je préférerais ne pas en parler, répond son mari.

— Tu me sers toujours la même réponse.

— Mathilde, ce n'est pas le moment.

— Ce n'est jamais le moment avec toi!

Israël regrette amèrement son manque de courage. Il aurait dû coucher sur le divan du salon. Mais cette entorse à la routine conjugale aurait nécessité des explications dont il ne se sent pas la force. Et il se glisse dans le lit aux côtés de Mathilde.

– Bonne nuit, fait-il en lui tournant le dos.

– Bonne nuit, fait-elle en soupirant.

Elle se rendort peu après. Israël, lui, fixe le plafond, combattant le sommeil. Il devra lutter ainsi durant quatre heures. Quand le jour se lèvera, il quittera l'appartement et retournera à *La Presse*, où il fera semblant de travailler sur son compte rendu de *Sonnez les matines*. Le soir venu, il se sera calmé. Il retournera chez lui, embrassera ses filles et s'endormira plus ou moins en paix.

Mais la fatigue est plus forte que sa volonté et il sombre dans un profond sommeil. Deux heures plus tard, il en émerge en criant, ou plutôt en bégayant :

– N… n… non !

Assis au milieu du lit, les bras battants, il répète :

– N… n… non !

Il ouvre des yeux effarés, mais il ne voit ni la chambre, ni le lit, ni sa femme. Il voit le champ de bataille et le S.S. qui pointe son arme sur lui. Quand le nazi appuie sur la gâchette, il ressent la même souffrance intense au tibia. Grimaçant, il se tord alors de douleur dans le lit conjugal.

Mathilde ne dort plus depuis le premier bégaiement. Étendue sur le dos, elle dit à son mari :

– Israël, réveille-toi ! Israël, réveille-toi !

L'ancien soldat finit par sortir de son cauchemar. Il se tourne aussitôt vers sa femme.

– Je m'excuse, dit-il, la voix brisée, le corps couvert de sueur.

– Tu t'excuses de quoi ? demande Mathilde.

— Je m'excuse de t'avoir réveillée.

— Et pourquoi m'as-tu réveillée ?

— J'ai fait un cauchemar.

— Quel cauchemar ?

Israël se recouche sur le dos, ferme les yeux et reste coi. Il ne parle jamais de son expérience à la guerre avec sa femme (Françoise et Jacinthe sont encore trop jeunes pour s'intéresser à la chose). À l'extérieur de sa famille, il lui arrive parfois de raconter à quelques amis des souvenirs du front, mais il ne va jamais jusqu'à parler de son âme, de ses blessures intimes. Il n'a pas envie de discuter de ces choses avec qui que ce soit, et surtout pas de ce S.S. qui hante ses nuits.

— Ça ne peut plus continuer comme ça ! reprend Mathilde, le visage tendu, au bout d'un moment. Tu ne me parles plus, tu ne me touches plus, tu m'ignores comme si je n'étais bonne qu'à torcher tes enfants, à préparer tes repas et repasser tes chemises !

— Mathilde, je t'en prie, baisse la voix, tu vas réveiller les filles.

— Depuis quand te soucies-tu de tes filles ?

— Mathilde, s'il te plaît…

— Que se passe-t-il, Israël ? Aimes-tu une autre femme ? Veux-tu nous quitter ?

— Ce n'est pas ça, tu le sais bien.

— Mais alors, que se passe-t-il ?

Puis, après une pause, Mathilde ajoute :

— Tu devrais peut-être demander une aide professionnelle.

Israël serre les poings dans le noir. Il ne sait plus quel cauchemar l'angoisse le plus, celui de ses nuits ou celui de ses jours.

~

— Quel dynamisme! Y a pas à dire, *La Presse* pète toujours le feu!

Endormi sur sa machine à écrire, Israël se réveille en sursaut, entendant une voix vaguement familière. Clignant des yeux, il tourne la tête vers la porte du local des arts et lettres. Il sourit en reconnaissant Gaston Miron, qui fait la pluie et le beau temps dans la colonie montréalaise des poètes.

— Tout le monde est parti à la soupe, dit Israël en se levant. Je tiens le fort.

Les deux hommes se serrent la main, toujours heureux de se retrouver, même s'ils ne se fréquentent que par intermittence. Israël a fait la connaissance de Miron à l'époque qui a suivi son prix du Cercle. Depuis, il le croise ici et là en passant, dans les bureaux de *La Presse*, au coin d'une rue ou au Stella, le restaurant préféré du poète. Israël n'est pas un grand connaisseur en poésie, mais il admire Miron, l'homme d'action comme l'homme de lettres. Il lui envie aussi son entregent hors du commun.

— Serais-tu assez gentil pour remettre cette plaquette à Jacques LaRoche? demande Miron. Il m'a dit que vous en parleriez.

— Ah oui? fait Israël en prenant la plaquette. Je pensais que nous ne parlions que des poètes âgés de soixante-quinze ans et plus!

— Je pense avoir piqué la curiosité de LaRoche avec la préface. C'est René Char qui l'a signée.

Émettant un sifflement admiratif, Israël regarde la couverture et lit le titre du recueil, *Les cloîtres de l'été*, et le nom du poète, Jean-Guy Pilon. L'éditeur en est l'Hexagone, la maison d'édition fondée en 1953 par Miron et quelques-uns de ses compagnons de route : Gilles Carle, Jean-Claude Rinfret, Olivier Marchand (cousin lointain d'Israël), Mathilde Ganzini et Louis Portugais.

Israël ouvre le recueil au hasard et lit à haute voix ces vers :

Je te le dis pour l'avenir entre nous
Je te le dis pour le cœur battant du printemps
La lourde mémoire nous poursuit au-delà de nous-
mêmes
Il faut réapprendre les espoirs nécessaires.

— Oh! Oh! j'aime cette voix-là, dit Israël.

— Dans son bilan de l'année, glisse Miron, Radio-Canada a placé Pilon au tout premier rang de la jeune poésie canadienne, avec Roland Giguère.

— Et toi?

— Moi, je ne serai jamais qu'une bestiole de la pensée, et qu'un chicot de poésie!

Israël s'esclaffe.

— Sacré Gaston! fait-il.

Il reprend aussitôt :

— Sans blague, écris-tu un peu ces temps-ci?

Le visage de Miron s'assombrit.

— Tout commence et rien ne finit, répond-il. Aucune continuité dans la création.

Puis, prenant un air inspiré, le poète ajoute :

— Je ne suis pas grand-chose, je suis témoin de mon poème. Il me courbera.

Israël sourit en hochant la tête de gauche à droite. Miron, qui est de six ans son cadet, poursuit sur la même lancée :

— Si tu savais ce que je donnerais pour avoir une gueule comme la tienne au lieu de mon visage ingrat, de mon nez qui prend de l'embonpoint, de ma calvitie disgracieuse…

Israël l'interrompt :

— Parce que tu penses que je suis heureux avec la gueule que j'ai ?

— Mais tu as tout, réplique Miron, une belle gueule, une belle femme, un bon emploi, une carrière prometteuse d'écrivain !

Israël ne sourit plus. Le constatant, Miron fronce les sourcils. Dans sa fougueuse jeunesse, il considère Israël Pagé comme une sorte de héros, tout en sachant le mot galvaudé. Il l'a rencontré par l'entremise d'Olivier Marchand, avec lequel il a signé *Deux sangs*, le premier recueil de poèmes publié par l'Hexagone. Miron n'oubliera jamais les mots de Marchand à propos d'Israël : « Il est grand, il a fait la guerre du front, il est tout traversé de balles ! »

Miron a lu le livre d'Israël et y a collé à fond. Il s'identifie à cette œuvre tournée vers l'extérieur et où la notion de « Canadien » reçoit, à ses yeux, l'une de ses plus fortes affirmations. Il a aimé cette langue solide, la sincérité nette de la charge, l'expression mâle et juste.

— Au fait, reprend Miron en fixant Israël, as-tu commencé ton deuxième roman ?

— Pas encore, répond Israël. Mais ça mijote. Ce n'est pas facile entre une femme, des enfants et le travail.

— J'imagine. Tu veux en parler ?

– Parler de quoi?

– Du roman que tu veux écrire.

– Je crois bien que c'est du *roman de l'homme* que je veux faire.

– Qu'est-ce que tu veux dire?

– C'est Dostaler O'Leary qui parle du *roman de l'homme* dans son étude sur le roman canadien-français. J'aimerais prendre un homme, l'analyser, le disséquer, avec franchise et une conscience lucide.

– Cet homme sera-t-il canadien-français?

– Bien sûr! Mais il portera quand même en lui quelque chose d'universel.

Retrouvant son sourire, Israël ajoute:

– Cela dit, je ne sais pas encore si mon histoire finira sur une note optimiste ou pessimiste.

Miron hoche la tête de bas en haut.

– Être optimiste ou pessimiste, c'est la question, dit-il, l'air soucieux. Moi, je m'interroge beaucoup ces temps-ci sur l'avenir de l'esprit français au Canada. Déjà j'ai l'impression de me battre désespérément. Cet effondrement par l'intérieur auquel j'assiste chez un trop grand nombre ne cesse de m'inquiéter. Ce n'est plus le fait d'un individu par-ci, par-là, ça devient le fait de près de la moitié du peuple canadien-français. Nous devenons, nous, des déracinés de l'intérieur. Si rien n'intervient, nous devrons tout simplement rentrer en France ou opter pour l'américanisation. La partie va se jouer d'ici dix ans.

– C'est l'angoisse, fait Israël, sourire en coin.

– C'est l'angoisse de ceux qui ne veulent pas disparaître et qui rejoint l'angoisse de l'homme tout court atteint dans sa liberté la plus personnelle. Je gronde de fond en comble.

— Tu grondes de fond en comble?

— Oui!

— C'est pas vilain, ça. Tu devrais t'en servir dans un poème.

— Un jour, peut-être. En attendant, je dois filer. Mes amis socialistes m'ont convoqué à une réunion! À bientôt, Israël.

— À bientôt, Gaston.

Miron sort du local des arts et lettres puis y revient aussitôt.

— Au fait, dit-il, as-tu vu *On the Water Front*?

— Non, mais j'ai vu *Sonnez les matines*! fait Israël sur un ton ironique.

— C'est un film à ne pas manquer, assez extraordinaire.

— Mais tu ne comprends rien à l'*English*, comme tu le dis si souvent!

— Ça ne fait rien. L'image parle.

CHAPITRE XIV

L'anniversaire

Émilie Pagé dépose le gâteau d'anniversaire devant son mari.

— J'ai mis six chandelles, une par décennie, dit-elle en embrassant Gustave Pagé sur le front.

— Grand-papa, souffle les chandelles! lance Jacinthe, âgée de quatre ans.

— Mais avant, faites un vœu, dit Françoise, qui a six ans.

Gustave Pagé sourit en regardant ses deux petites-filles, assises entre leurs grands-parents maternels, Georges et Régine Ober. Elles sont habillées comme des petites princesses, dont elles ont le maintien.

Le grand-père prend une grande inspiration. À soixante ans, il a l'air prospère dans son complet trois pièces. Au fil des ans, il a gravi les échelons de la bureaucratie municipale, survivant à tous les changements de régime. Son salaire ayant augmenté en conséquence, il a fini par acheter la maison de la rue Adam, puis une deuxième voiture, puis un chalet dans les Laurentides et tout le tralala. Il se voit dans quelques années, menant une vie simple et paisible de patriarche, entouré d'une nombreuse famille.

Tandis que ses joues se gonflent, la figure du nouveau sexagénaire devient rouge. Il faut dire que Gustave Pagé a le souffle court. En excluant son voyage de chasse annuel, il ne pratique aucun sport. Or, comme il aime boire et manger, il prend du poids et peine de plus en plus à respirer.

Toutefois, en ce 28 juin 1958, l'air de ses poumons suffit à éteindre les six chandelles.

— Bravo! font Françoise et Jacinthe en frappant des mains. Bravo!

C'est alors que Georges Ober se lève, faisant signe à ses deux petites-filles de se taire. Aussi bien enveloppé que Gustave Pagé, le père de Mathilde respire la jovialité, au contraire de sa femme Régine, une femme maigre au visage sévère. Depuis bientôt trois ans, le couple vit à Montréal. Le mari travaille dans un bureau de notaire au centre-ville, sa femme tient maison, rue Sainte-Famille, à trois coins de rue de chez sa fille.

Levant son verre, Georges Ober dit :

— Permettez-moi de porter un toast en l'honneur d'un homme qui s'est avéré d'une générosité et d'une hospitalité exceptionnelles à notre égard. C'est un grand honneur pour nous d'être liés, comme nous le sommes, à une famille canadienne-française aussi riche de caractère que de fortes personnalités!

Sur ces mots, Georges Ober incline la tête en direction de Gustave Pagé, puis trempe ses lèvres dans le vin. Les autres convives l'imitent, y compris sa fille et son gendre, qui sont assis en face de lui, entre Pauline et

Madeleine. Jacqueline et Thérèse, les deux sœurs aînées de la famille Pagé, ratent cette fête d'anniversaire. Elles ont toutes les deux immigré en Italie, ayant, à tour de rôle, épousé un Romain.

Sous la table, Mathilde donne un coup de pied à Israël, qui comprend le message.

— Moi, dit-il en levant son verre, je veux porter un toast à la santé de mon père. Je sais combien sont importants à ses yeux ses petits-enfants. Qu'il puisse en jouir encore longtemps!

— J'appuie, dit Pauline.

— Moi aussi, fait Madeleine.

— J'en veux d'autres, des petits-enfants, dit Gustave Pagé en regardant ses filles, encore célibataires.

Puis, en embrassant la tablée des yeux, il ajoute:

— Merci à vous tous. Franchement, je ne pouvais pas souhaiter une plus belle fête. Maintenant, coupons ce gâteau.

Il se lève et, s'emparant d'un couteau, s'exécute. Pendant ce temps, Émilie Pagé se rend à la cuisine et en revient avec une cafetière.

— Qui veut du café? demande-t-elle.

Elle sert d'abord Georges Ober, qui ne sera resté que trois mois chez elle. Elle n'a jamais pu le détester, cet homme affable, alors qu'elle n'a jamais pu aimer sa fille Mathilde et sa femme Régine, honnies avant même de fouler le sol canadien. Comment fait-elle pour continuer à les recevoir, à les servir, à leur sourire même? Elle se dit qu'elle fait la volonté de Dieu, dont les voies sont impénétrables. La foi lui a servi de soutien durant la guerre. Elle s'y accroche, faisant fi des opinions anticléricales de son mari. «Seul Dieu peut venir en aide à mon fils », se dit-elle en lisant le malheur sur le visage d'Israël.

— Ce gâteau était délicieux, dit Georges Ober en avalant la dernière miette d'une portion généreuse.

— N'est-ce pas ? fait Gustave Pagé en faisant un clin d'œil au père de Mathilde, qui est devenu un de ses amis, tout notaire qu'il soit.

— Ça vous ennuie si je vous pose une question politique ?

— Bien sûr que non ! À quel sujet ?

— Au sujet de ce scandale dont *Le Devoir* fait ses choux gras depuis deux semaines.

— Ah ! le scandale du gaz naturel ! Que voulez-vous savoir ?

— En fait, je ne comprends pas…

Ne lui laissant pas le temps de finir sa phrase, Gustave Pagé dit :

— C'est très simple ! Des députés et des ministres de l'Union nationale, qui étaient chargés de l'administration d'un bien public, d'un bien appartenant à tous les citoyens de la province, ont vendu à une corporation ce bien public qu'ils étaient chargés d'administrer et en même temps ont acheté des unités de la compagnie à qui la vente était faite. Ils se sont donc vendus à eux-mêmes et à leur profit !

— Sauf votre respect, ce n'était pas la réponse que je recherchais. Ce que je ne comprends pas, c'est comment des vieux routiers de la politique sont arrivés à se laisser prendre aussi stupidement.

— Il n'y a qu'une explication, et Gérard Filion du *Devoir* l'a donnée dans son éditorial de ce matin. Pour eux, c'était une affaire normale. Sous le gouvernement de Maurice Duplessis, la concussion a été érigée en système. Pas vrai, Israël?

— C'est vrai, répond-il sur un ton poli.

Son père essaie toujours de l'entraîner dans ses conversations avec Georges Ober, mais Israël persiste à en dire le moins possible, se sentant désormais étranger dans sa propre famille. Il voudrait fuir les repas hebdomadaires et les fêtes annuelles, mais il n'ose pas décevoir son père, qui attend avec impatience chacune des visites de ses petites-filles.

Vers la fin du repas, Pauline, la poétesse, se tourne vers Françoise, la plus âgée de ses nièces.

— Sais-tu où tu iras à l'école en septembre prochain? demande-t-elle.

— Au lycée français! répond Françoise sur un ton enthousiaste.

— Au lycée français? fait Émilie Pagé, cachant mal son irritation.

Régine Ober s'éclaircit la gorge.

— Oui, répond-elle, l'air pincée, nous voulons que les petites conservent l'accent français.

Émilie Pagé n'en croit pas ses oreilles. Encaissant le coup, elle tourne le regard vers son mari, qui baisse aussitôt les yeux. Puis elle fixe son fils, dont le visage s'est empourpré. Israël n'a rien contre l'idée d'envoyer sa fille dans une école française de Montréal. Mais il rage intérieurement contre sa belle-mère, qui a toujours le mot pour blesser. Elle ne peut jamais passer une occasion de critiquer sa terre d'adoption.

Devinant la colère de sa mère, Israël finit par ouvrir la bouche.

– L'accent n'a pas d'importance, dit-il en contrôlant sa voix. L'important, c'est la qualité de l'enseignement.

– Justement, fait Régine Ober. Le lycée français offre un enseignement de qualité supérieure.

CHAPITRE XV

La grève

Grimpé sur une chaise, Roger Mathieu adresse la parole aux journalistes de *La Presse*, réunis au grand complet au troisième étage de l'édifice de la rue Saint-Jacques :

— Je viens tout juste d'apprendre que la direction de *La Presse* refuse de m'accorder un congé sans solde d'un an afin de me permettre d'assumer la présidence de la CTCC*.

— C'est inacceptable ! s'insurge Roger Champoux, chroniqueur de cinéma et ex-président du syndicat des journalistes de *La Presse*, fondé en 1944.

Plusieurs voix l'approuvent, vibrantes de défi.

— Que fait-on alors ? reprend Mathieu.

— La grève ! s'exclame Paul-Marie Lapointe, journaliste attaché au service général, âgé de vingt-neuf ans et originaire de Saint-Félicien, au Lac Saint-Jean.

En entendant le cri de Lapointe, Israël se met à scander avec d'autres collègues :

* Confédération des travailleurs catholiques du Canada.

– La grève! La grève!

Quand les voix se taisent, Roger Champoux élève de nouveau la sienne:

– L'enjeu est clair, dit-il. Nous avons des droits, faisons-les respecter! Monsieur le président, je propose qu'on tienne un vote de grève sur-le-champ.

– La proposition est appuyée, dit une voix.

Roger Mathieu demande aussitôt un vote à main levée. Le vote de grève est unanime.

– À la Bastille! s'écrie Lapointe en entraînant ses confrères dans la rue.

Dehors, sous un soleil resplendissant, les journalistes se répandent autour de l'édifice de *La Presse*, participant à la première grève de l'histoire du journal. Une atmosphère fraîche et joyeuse règne parmi eux. Le lendemain, le 2 octobre 1958, le «plus grand quotidien français d'Amérique» ne paraît pas pour la première fois un jour non férié.

Sur le trottoir de la rue Saint-Jacques, Israël brandit une affiche sous le soleil de midi. Il est un peu tôt pour parler de l'été des Indiens, mais l'automne montréalais ne peut guère être plus chaud.

– Tu crois que ça va durer longtemps? demande Israël à Paul-Marie Lapointe, qui se trouve à ses côtés.

– Ça dépend du pape, répond le beau grand ténébreux au regard de braise.

– Explique-moi donc ça? demande Israël en souriant.

– Tu verras, répond l'autre, l'air mystérieux.

Israël observe Lapointe à la dérobée. Une autorité naturelle émane de son jeune confrère, entré à *La Presse* en 1954. En 1948, l'année de *Refus global*, il a publié un premier livre, *Le vierge incendié*, qui marque une date dans l'histoire de la poésie canadienne-française. Son écriture est fille de la révolte, sœur du jazz, très proche du surréalisme. Mais il n'a rien publié depuis, sauf des articles de journaux.

— Hé! fait Israël en détournant les yeux, mais c'est Miron qui est là-bas!

— Ben oui! dit Lapointe en faisant de grands signes au poète.

Miron porte un sac rempli de sandwichs, les offrant aux grévistes de *La Presse*.

— Mes camarades socialistes se sont cotisés, dit-il en arrivant à la hauteur d'Israël et de Lapointe. Votre grève est suivie avec intérêt par tous ceux qui nourrissent l'espoir d'un changement dans notre pays figé. Avez-vous faim?

Paul-Marie Lapointe plonge une main dans le sac. Israël l'imite à son tour.

— Dis donc, Paul-Marie, fait Miron, c'est pour quand votre revue?

— Nous pensons sortir notre premier numéro en février prochain, répond Lapointe la bouche pleine.

— De quelle revue parlez-vous? demande Israël, curieux.

— D'une revue qui s'appellera *Liberté*, réplique Lapointe. C'est Jean-Guy Pilon qui a choisi le nom. Il est revenu de son séjour en France sur un bateau appelé *Liberté*. Il venait de trouver le nom de la revue qu'il a toujours voulu fonder.

— C'est un bien beau nom, dit Israël. Et les autres membres fondateurs?

— Outre Pilon, il y a dans le groupe original André Belleau, Fernand Ouellette, Jean Filiatrault, Jacques

Godbout et Gilles Carle. Je me suis joint à eux un peu plus tard, avec Gilles Hénault et Michel van Schendel.

– Quelle sera votre mission?

– Nous voulons faire une revue culturelle.

– C'est bien, mais quelle définition donnez-vous au mot «culturelle»?

– Ah! si tu savais toutes les discussions oiseuses que nous avons à ce sujet! Qu'importe, vous êtes tous les deux invités à soumettre des textes. Toi, Gaston, tu dois bien avoir quelques poèmes?

Miron sourit à belles dents.

– Oui, répond-il, mais ils ne sont pas publiables!

– Tu peux quand même nous en réciter un, dit Israël, qui connaît bien le penchant de Miron pour la déclamation.

– Je peux faire ça, répond le poète. Ça s'intitule *La marche d'amour*.

Et Miron de se mettre à réciter le poème inédit, attirant autour de lui un bon nombre de grévistes. Fermant les yeux, il termine en vibrant de tout son grand corps maigre:

je serai le premier tu m'entends le premier
quand tout sera retourné comme un jardin détruit
à glapir éperdu ton nom parmi les pluies de trèfles
mon amour cri de merle-chat la nuit
ô fou feu froid de la neige
beau sexe léger ô ma neige

Quand il rouvre les yeux, les applaudissements fusent. Miron s'incline comme un acteur au théâtre. Au bout d'un moment, les grévistes se dispersent, et il se retrouve de nouveau seul avec Israël et Lapointe. Il s'adresse alors au romancier :

– Tu sais qu'on attend ton deuxième roman avec impatience.

– Inquiète-toi pas, fait Israël en riant, je le sais depuis que j'ai reçu mon prix, il y a quatre ans.

– Ça avance ?

– Il ne me reste plus qu'à écrire la fin. Après, bien sûr, il me faudra tout réviser depuis le début. Mais, pour cela, j'ai besoin de quitter Montréal. J'ai besoin de me retrouver seul avec mon livre.

– Ton père n'a pas un chalet dans les Laurentides ?

– Non, je veux dire seul, vraiment seul. J'ai fait une demande de bourse au Conseil des Arts pour aller séjourner en France et en Espagne, où mon personnage principal est d'ailleurs censé mourir.

– Tu parles d'une coïncidence ! s'exclame Miron. Je viens tout juste de recevoir une bourse du Conseil des Arts pour aller étudier à Paris ! Au moment précis où j'avais décidé que je ne voulais plus rien savoir de la France !

– Tu pars quand ?

– L'année prochaine.

– À quelle date ?

– Je ne sais pas encore.

– Ça serait quand même bien si on se voyait à Paris.

– T'imagines ça ! Gaston Miron à Paris, lui le Canayen, le pas sortable, l'enraciné, le forestier, l'humusien, le continenteux !

Israël et Lapointe se regardent, chacun un sourire au coin des lèvres.

La grève se poursuit sur ce ton jusqu'au 9 octobre 1958. Ce jour-là, le pape Pie XII meurt, incitant la veuve de Pamphile Du Tremblay à céder aux demandes des grévistes. Elle ne peut concevoir que *La Presse* rate cette nouvelle retentissante en provenance de Rome.

Elle en profite pour faire le ménage au sein de la direction du journal, congédiant Eugène Lamarche et Hervé Major. Désireuse de moderniser *La Presse*, elle nomme un vrai journaliste à sa direction, Jean-Louis Gagnon, qui choisira comme adjoint Paul-Marie Lapointe. Dès lors, à Montréal, les idées se mettent à circuler plus vite.

CHAPITRE XVI

Le départ

Le 29 avril 1960, Yves Thériault, l'écrivain le plus prolifique du Québec, reçoit Israël chez lui. Il s'apprête à remettre un manuscrit de six cent quarante pages à son éditeur, se faisant fort d'en livrer deux par an, peut-être trois.

– Je rêve que mon œuvre entière apparaisse un jour comme une fresque du Canada aux horizons illimités, dit l'auteur d'*Agaguk*, le roman du Nord qui l'a rendu célèbre deux ans plus tôt.

Assis sur le bout d'un fauteuil, Thériault s'exprime avec force gestes. Il veut gagner le journaliste de *La Presse* à sa cause, et il y met toute sa chaleur d'homme, toute sa joie de vivre, tout son immense talent de conteur.

Calé dans un autre fauteuil, Israël prend des notes, frappé de croire aux histoires de Thériault. Depuis le début de l'entrevue, il va de surprise en surprise. D'abord, Thériault ne ressemble pas à ses photos, sur lesquelles il a toujours l'air sévère derrière ses lunettes sombres et sa grosse barbe. Pieds nus dans ses souliers, l'homme a l'air ouvert et enjoué.

Plus étonnant encore, Israël est tout requinqué au seul contact de l'écrivain. Il ressent la force physique de l'ancien tennisman qui s'est entêté à vouloir vivre de sa plume, après avoir été trappeur, pilote de brousse, boxeur, journaliste. Il craignait de sortir de l'entrevue tout déprimé, lui dont les promesses d'écrivain attendent toujours leur confirmation, six ans après la publication de son premier roman.

Or le voilà saisi tout à coup d'une nouvelle détermination. Il reprendra son roman, auquel il n'a pas touché depuis plus d'un an, et il le terminera, coûte que coûte. Comme Thériault, il finira bien par gagner sa liberté d'écrire. Vers la fin de l'entrevue, l'écrivain aborde d'ailleurs ce thème qui lui est cher.

— Gagner ta vie avec ta plume, cela veut dire travailler comme un chien, dit-il. Ce n'est pas une question de milliers mais de millions de mots! Et le temps que j'ai fait des petits romans à dix sous, j'ai appris mon métier. J'ai appris la vitesse d'écrire : douze pages à l'heure! Mais vraiment, si c'était à refaire, je referais absolument la même chose. Où est-ce que tu vas retrouver la liberté que te donne l'écriture? Liberté d'action, liberté de pouvoir travailler quand tu veux, où tu veux…

En entendant Thériault discourir ainsi, Israël se sent revivre. À la fin de l'entrevue, il remercie Thériault avec effusion et file à *La Presse*, où il s'installe derrière une machine à écrire pour taper son article. Désormais, il peut exprimer le fond de sa pensée, et il ne s'en prive pas. Après son amorce, il écrit : « Thériault, qui est un constructeur plus qu'un artiste — il m'en voudra peut-être de jeter un grain de critique dans le compte rendu d'une entrevue —, occupe, socialement, une situation exceptionnelle : il vit de sa plume et il vit bien. La galvaude-t-il ? Beaucoup moins qu'il le pourrait. S'il signe, à l'occasion, quelque scénario pour la radio ou la télévision (affaire de pain et de beurre), il n'a jamais accepté d'écrire une continuité. Il y a quinze ans qu'il a décidé d'être un écrivain, ce qui est banal, de vivre comme tel, ce qui l'est déjà moins, et il s'en est tenu à son plan de vie, ce qui est à peu près unique. Les débuts ont été plus que difficiles, périlleux. Non seulement le novice était-il forcé d'écrire trop vite, il devait s'endetter. Et il était déjà marié et père. Les livres qu'il a écrits dans ces conditions, il faudrait les réécrire. Yves Thériault, homme d'affaires ? Tous les écrivains devraient l'être, puisque les éditeurs le sont. »

L'article terminé, Israël rentre à la maison à pied, ne sentant aucune douleur à sa mauvaise jambe. « Ce doit être le printemps », se dit-il en jouissant de la douceur du temps, qui gonfle les bourgeons des arbres et ranime le cœur des passants, nombreux sur les trottoirs du boulevard en cette fin de journée.

Israël ne se souvient pas d'avoir été aussi heureux depuis l'obtention de son prix. Il aurait dû se méfier, ce jour-là. Par la suite, sa vie d'homme et d'écrivain s'est assombrie. Séducteur naturel, il n'a jamais osé prendre une maîtresse, malgré toutes les occasions, ne sachant pas s'il fallait être courageux ou lâche pour tromper sa femme. Le statu quo qui en a résulté ne le satisfait pas, pas plus qu'il ne contente sa femme. Aussi une sorte de paix froide règne-t-elle dans l'appartement de la rue Sainte-Famille, où la mère de Mathilde est devenue une présence presque quotidienne.

« Mais cette "paix" ne saurait durer », se dit Israël en arrivant à la rue Sherbrooke. Un jour, il trouvera bien le courage de quitter sa famille et de refaire sa vie avec une autre femme. «À moins qu'il ne s'agisse d'une affaire de lâcheté», se dit-il en traversant la chaussée à grands pas.

En tant qu'écrivain, il a fait des progrès lents, très lents, mais indéniables au cours des dernières années. Travaillant le plus souvent la nuit, il a tissé la trame d'un ample roman dans lequel le héros non récupérable meurt à la fin. Il espère qu'on voudra voir dans son livre plus qu'une histoire. Mais encore faut qu'il le finisse! Or, jusqu'à sa rencontre avec Yves Thériault, il ne se sentait plus la force d'y arriver. Incapable de donner un accent de vérité au suicide de son personnage principal, il a préféré laisser son manuscrit moisir dans un tiroir. Il l'en ressortira dès ce soir.

Arrivé devant la maison de la rue Sainte-Famille, il salue le chérubin de la façade, franchit le portail et monte à l'appartement, où Mathilde l'attend avec une lettre.

— Ça vient du Conseil des arts, dit-elle en tendant la missive à son mari.

Il s'en empare aussitôt et l'ouvre avec précipitation. Il lit la lettre en un instant, puis la remet à Mathilde, qui prend connaissance de son contenu à son tour. Au bout d'un moment, elle relève la tête et laisse tomber:

— C'est long, un an en Europe.

— Oui, je sais, dit Israël en réprimant sa joie, mais j'en ai besoin. Si je ne finis pas ce roman, je crois que je perdrai la raison.

— Tu n'as pourtant pas eu besoin de t'expatrier pour finir ton premier livre.

— Ce n'est pas comparable. Celui-ci est beaucoup plus ambitieux, beaucoup plus exigeant. Je ne sais pas comment t'expliquer cela, mais il me semble que je dois être ailleurs pour y voir plus clair, pour aller au fond des choses. Et puis, j'aimerais bien visiter les lieux où se déroule la fin du roman.

— C'est où, déjà?

— Málaga.

— Ah oui, là où Hemingway a écrit *L'été dangereux*.

— C'est ça.

L'air absorbé, Mathilde se met à faire les cent pas dans la cuisine. Après un certain laps de temps, elle s'arrête devant Israël et lui dit:

— Ce n'est quand même pas une fortune, cette bourse.

— Je tenterai d'envoyer quelques articles à *La Presse* depuis l'Europe, dit-il.

— Tu partirais quand?

— L'automne prochain. Je n'ai pas envie de voyager en France ou en Espagne avec les touristes estivaux.

Après un moment de silence, Mathilde dit:

— J'ai une idée. Pourquoi n'irions-nous pas te rejoindre quelque part en France, l'été prochain? Nous pourrions passer deux ou trois semaines ensemble. Les filles seraient ravies. Tu veux que nous leur en glissions un mot tout de suite?

— Pourquoi pas?

Israël accompagne Mathilde dans le salon, où Françoise et Jacinthe sont en train de regarder la télévision. Il est plutôt soulagé de la réaction de sa femme, qui a déjà combattu farouchement l'idée d'une séparation aussi prolongée.

— Tu veux me quitter, avoue-le donc! lui a-t-elle dit la première fois qu'il a abordé le sujet.

— Mathilde, lui a-t-il répondu (et répété à plusieurs reprises), je ne veux pas te quitter, je veux aller finir mon roman en Europe

— Mais tu seras absent pendant un an!

Israël sourit maintenant en voyant ses filles bondir de joie sur le divan. Elles viennent d'apprendre la nouvelle de la bouche de leur mère. Elles ne pensent pas à la longue absence de leur père qui demeure une énigme à leurs yeux. Elles songent plutôt à leur premier voyage transatlantique, à leurs premières vacances dans la mère patrie!

Israël aimerait s'approcher d'elles, les étreindre longuement, mais il reste à l'écart, spectateur de sa propre vie familiale. Éprouvant un serrement de cœur, il quitte alors la pièce et se dirige vers son bureau. Là, il reprend son manuscrit au fond d'un tiroir et le dépose au milieu de sa table de travail.

Il voudrait retrouver le sentiment de bonheur qui l'habitait en quittant *La Presse*, mais l'angoisse remonte en lui, sourde au début, de plus en plus vive par la suite. En recevant cette bourse, il a la nette impression d'atteindre le point de non-retour. Ce n'est pas comme le prix du Cercle, qui lui est presque tombé dessus. Il l'a recherchée, cette bourse, la croyant nécessaire à son accomplissement en tant qu'écrivain.

Et s'il n'était pas à la hauteur de son ambition?

~

Le 11 octobre 1960, sous un ciel couvert, Israël s'embarque sur l'*Homeric* qui assure la liaison directe Québec-Le Havre. Le bateau fait pâle figure à côté du

Queen Elizabeth, le navire qui l'a transporté sur les côtes de l'Angleterre, en juillet 1943. Il a pourtant un avantage évident pour les jeunes du Québec qui sont de plus en plus nombreux à aller poursuivre leurs études à Paris. Ses cabines ne sont pas trop chères!

Israël a fait ses adieux à sa famille à la gare Bonaventure de Montréal. Sa femme, ses filles et ses beaux-parents étaient tous là, mais il se souvient seulement des paroles de son père et de sa mère.

– Promets-moi d'aller à l'opéra de Naples si jamais tu visites cette ville, lui a dit Gustave Pagé.

Quant à Émilie Pagé, elle l'a complètement désarçonné en lui murmurant à l'oreille :

– J'espère que tu te trouveras une femme bien chaude en Espagne.

TROISIÈME PARTIE

Fin

Chapitre XVII

Naples

Israël pleure toutes les larmes de son corps, assis dans l'un des escaliers qui mènent aux hauteurs de Naples. Les épaules secouées par les sanglots, le visage enfoui dans les mains, il fait le deuil de ses dernières illusions.

– Tout est fichu ! se lamente-t-il à haute voix, ne s'adressant à nul autre que lui-même.

Mais une femme dans la vingtaine, vêtue d'une robe en vichy bleu, l'entend. Montant les marches de pierre, elle s'arrête devant lui.

– Pourquoi pleurez-vous ainsi ? demande-t-elle en français.

En entendant la voix féminine, Israël écarte d'abord les mains, puis relève la tête et écarquille les yeux. Jamais une femme ne lui a paru si belle. Mince et svelte, l'étrangère a de longs cheveux noirs, naturellement bouclés, qui encadrent un visage d'un ovale ferme et pur. Ses grands yeux violets le dévisagent sans aucune gêne. Il se dégage de sa personne bien plus que de la jeunesse et de la beauté. Elle irradie la mansuétude.

— Je me suis fait voler mon portefeuille, répond Israël, sortant du ravissement qui, un instant, a éclipsé sa tristesse.

— Ce n'est pas une raison pour pleurer comme ça, dit la jeune femme en s'assoyant à ses côtés.

Fermant les yeux, Israël hume un parfum de rose et de jasmin. Puis, d'une voix meurtrie, il répond :

— Mon père m'avait prié d'aller au théâtre San Carlo.

— Et alors ?

— Le billet que j'avais acheté pour l'opéra de ce soir se trouvait dans mon portefeuille.

— Mais ce n'est pas grave, on peut en acheter un autre !

Israël hausse les épaules, courbe la tête et replonge dans la contemplation de son malheur. Son père est mort. Il l'a appris quatre jours plus tôt en arrivant à Málaga. Perdu dans son roman comme dans sa vie, il voyageait depuis deux mois et demi à travers l'Espagne, retraçant les pas d'Ernest Hemingway, relisant le deuxième tome de *Don Quichotte*, désespérant de trouver l'amour ou l'inspiration.

Après avoir loué une chambre près du port, il s'était enfin décidé à appeler Mathilde, à qui il n'avait donné aucun signe de vie depuis deux semaines. À l'autre bout du fil, sa femme ne l'avait pas ménagé, lui annonçant de but en blanc le décès de Gustave Pagé, foudroyé par un infarctus à l'âge de soixante et un ans.

Sur un ton acerbe, elle avait ajouté :

— Tu n'auras pas à te déranger pour les funérailles. Ton père a été enterré il y dix jours.

Puis, d'une voix neutre :

— As-tu parlé à ta mère ?

— …

— Elle m'a dit, et je cite : « Si tu parles à mon fils, dis-lui que je lui pardonne son absence. » Personnellement, j'en serais incapable.

— …

— Tu rentres à Montréal ?

— …

Il avait raccroché, quelques minutes plus tard, en promettant à Mathilde de lui donner une réponse le lendemain matin. Mais, au lieu de prendre le chemin du retour, il s'était embarqué sur le premier bateau pour Naples. Dans la ville du grand Caruso, il se rachèterait un peu en réalisant un des rêves de son père : assister à un opéra au théâtre San Carlo. Le matin même, il avait acheté un billet pour *Don Giovanni*. Peu après, un voyou lui avait subtilisé son portefeuille, Piazza Dante.

— Tout est fichu ! répète Israël en émergeant de sa réflexion.

— Je vous en prie, dit l'étrangère, confiez-moi votre peine !

Israël tourne vivement les yeux vers la jeune femme, étonné par le ton passionné de sa voix. Remuée, celle-ci lève une main à la hauteur du visage d'Israël puis, après une seconde d'hésitation, se met à caresser doucement sa joue du bout des doigts. « Comme il est beau », se dit l'étrangère en admirant la tête d'Israël, qu'on dirait taillée au ciseau dans un marbre, ses yeux très bleus, sa chevelure blonde, capricieuse et massive, qui lui fait une auréole.

À son contact, Israël frémit tout entier.

— Vous avez des doigts de pianiste, dit-il à la jeune femme en plongeant son regard dans ses yeux de velours.

243

— Mais *je* suis pianiste, dit-elle en souriant. Pianiste de concert.

Le regard d'Israël s'éclaire soudainement.

— Vous aimez Beethoven ? demande-t-il.

— C'est mon héros, répond-elle.

— Je m'appelle Israël Pagé. Et vous ?

— Israël…

Quelques secondes s'écoulent.

— Vous, votre nom, c'est quoi ?

— Oh pardon ! Je m'appelle Isabelle Brossard.

— C'est un nom bien canadien, et pourtant vous parlez avec un accent français.

— Mais *je* suis Française, ou plutôt Bretonne !

— Et vous vivez à Naples ?

— Non, je suis en visite. Vous, par contre, vous êtes Canadien, cela s'entend.

— Oui, un Canadien errant.

Israël voit sur le visage d'Isabelle Brossard un air d'incompréhension. Comment lui expliquer son sentiment de dépossession ? Dans cet escalier de Naples, ce n'est pas un portefeuille qu'il pleure, mais sa vie entière. Il le réalise avec sa sensibilité d'écrivain, qui est aiguisée par la faim, la solitude et le deuil. Depuis sa jeunesse, il ne fait que répondre aux attentes et aux chimères des autres, celles de son père surtout. Et, malgré tous ses efforts, il sait qu'il n'a jamais vraiment été à la hauteur, ni comme fils, ni comme écrivain, et encore moins comme mari et père. Et voilà qu'il se retrouve à Naples, ville fétiche de son paternel, les poches, la tête et le cœur absolument vides.

— Pourquoi errez-vous ? demande Isabelle, cherchant à percer le mystère de ce Canadien beau comme un dieu.

– Tout est fichu, répète Israël.

– Qu'est-ce qui est fichu ?

– Tout, ma vie, mon roman…

– Vous écrivez un roman ?

– Oui, mais je n'arrive pas à l'achever. Si j'en avais la force, en fait, je le reprendrais depuis le début. Mais je suis à bout.

Isabelle se remet à caresser la joue d'Israël.

– Je connais un endroit où vous pourriez refaire vos forces, dit-elle.

– Où ça ? fait Israël, curieux.

– Chez nous, en Bretagne. Vous pourriez dormir dans la maison du meunier et écrire dans le moulin qui le jouxte.

– Un moulin ?

– Oui, un moulin. C'est notre fierté.

~

Ils montent les marches côte à côte, passant sous la lessive multicolore qui pend au-dessus de l'escalier. Des cris, des chants ou des pleurs sortent des fenêtres ouvertes.

Isabelle parle d'abondance, racontant en détail le « curieux hasard » (c'est son mot) qui lui a fait rencontrer un Canadien le jour même où elle rêvait d'un Américain. Israël ne l'interrompt pas, émerveillé par la musicalité de sa voix et la candeur de ses propos.

Le récit d'Isabelle commence deux semaines plus tôt à Parme, où la pianiste se produit avec l'orchestre symphonique « Arturo Toscanini ». Devant un public connaisseur, elle s'attaque à la seconde sonate de Rachmaninov, une œuvre touffue nécessitant des moyens pianistiques de premier ordre, une science du son, de l'agencement des plans sonores, une idée supérieure de la forme et un grand souffle pour tenir la distance.

À la fin du concert, les «brava!», les «bellissima!» et même les demandes en mariage fusent de l'auditoire. De retour à l'hôtel, flottant sur un nuage, Isabelle surprend sa chaperonne – sa tante Solange – en lui annonçant son intention de prolonger son séjour en Italie. Elle ne veut pas rentrer en Bretagne, comme prévu, elle veut poursuivre sa route, visiter Florence, Rome et Naples.

– Je t'accompagne, dit aussitôt Solange Du Breuil, une veuve dans la soixantaine qui vit avec Isabelle dans le manoir de la Palue, sur les hauteurs de Riaillé, en Bretagne.

– Si tu n'y vois pas d'objection, réplique Isabelle, je préférerais continuer seule.

– Mais tu n'y penses pas! Voyager seule en Italie! Et à Naples par surcroît!

– Tu n'as pas à t'inquiéter. Tu sais que j'ai toujours su me débrouiller.

La tante ne proteste pas davantage. Elle connaît bien sa nièce, qui a l'indépendance d'esprit et cette personnalité décidée des filles sans mère, obligées d'être femmes avant les autres.

Isabelle part ainsi avec Stendhal sous le bras, se berçant des mots de son guide préféré: «La musique seule vit en Italie, et il ne faut faire, en ce beau pays, que l'amour.» Elle visite peu de musées et d'églises, préférant participer au spectacle de la rue. Elle affronte avec aplomb les regards des hommes, prenant même un certain plaisir à parer leurs propositions. Pour se faire comprendre, elle utilise un mélange désarmant d'italien et de français.

À Rome, un dandy à la D'Annunzio, smoking blanc et écharpe de cachemire, l'aborde devant le palais Farnese, dont elle admire la façade, à la fin d'une belle journée d'avril. Isabelle trouve l'homme très beau, mince, élancé. De longs cils recourbés sur le pourtour d'yeux noirs et inquiétants lui donnent «un je ne sais quoi de féminin», pense-t-elle.

La détaillant d'un regard admiratif, l'homme lui dit:

— J'allais de ce pas à une réception à l'ambassade française, mais je vois que j'ai mieux à faire. Mademoiselle, me feriez-vous le plaisir de venir prendre un verre avec moi?

— À qui ai-je l'honneur, monsieur? demande Isabelle en souriant.

— Pardonnez-moi, dit l'homme en s'inclinant, votre beauté me confond. Je suis le comte Giorgio Gherardi, fils du roi des hélicoptères.

— Le roi des hélicoptères?

— Ma famille fournit l'armée italienne.

— Je n'aime pas les armées.

— Vous n'avez rien à craindre de l'armée italienne! Pour ce qui concerne ma proposition, c'est oui, n'est-ce pas?

— Oui.

Sans autre formalité, elle suit le comte sur le toit de sa villa romaine, où elle boit une coupe de champagne en sa compagnie, tout en regardant le soleil disparaître derrière le dôme de Saint-Pierre. Enivrée par la vue et le vin capiteux, Isabelle décide dès lors de perdre sa virginité avec le comte Gherardi, Casanova frôlant la quarantaine. Âgée de vingt-deux ans, elle aura attendu la perle rare assez longtemps!

Au bout d'une demi-heure, ils descendent à la cuisine, où le comte offre à Isabelle une autre coupe de champagne.

— Volontiers, répond-elle d'une voix caressante en lui confiant son verre vide.

Pendant que le comte lui verse une rasade, Isabelle sort un livre de son sac. Il s'agit de *La peau*, le roman de Malaparte, à propos duquel la pianiste veut poser une question à son hôte.

— Voilà! dit celui-ci en remettant une coupe pleine à son invitée.

Puis, en voyant le livre de Malaparte, le comte fronce les sourcils.

— Vous savez que l'Italie maudit cet écrivain, dit-il.

— C'est pour cela que je le lis! réplique Isabelle sur un ton rieur.

— Sachez que Malaparte est un faux jeton, un opportuniste, un fabuliste!

— Vous trouvez? Moi, je le trouve plutôt courageux. N'avait-il pas seize ans lorsqu'il s'est engagé dans la Légion étrangère? N'a-t-il pas été blessé en Champagne, puis décoré?

— Ça ne l'autorise pas à éclabousser Naples et l'Italie en écrivant des romans putrides!

Isabelle s'étonne de la véhémence du comte. Elle remet son livre dans son sac puis, en toisant le noble italien, elle demande:

— Que pensez-vous des années fascistes de Malaparte?

— Elles ne peuvent le sauver, répond le comte sur un ton sérieux.

Isabelle le dévisage, cachant mal sa déception.

– Seriez-vous communiste, par hasard ? demande le comte en voyant la moue de la jeune Française.

– Ce n'est pas la question ! s'indigne Isabelle, renonçant dès lors au projet qu'elle avait ébauché sur le toit de la villa.

Et vivement Naples, fiévreuse, volubile, bouillonnante, désespérée ! Dès son arrivée, Isabelle se perd dans les méandres baroques de la ville, s'arrêtant ici et là pour relire tel ou tel passage de *La peau* dont elle cherche à établir l'authenticité. Dans son roman, Malaparte évoque les mois de 1943-1944 au cours desquels il a assuré la liaison entre les maquis antifascistes et le commandement américain. Faisant fi des susceptibilités italiennes, il voit la misère obscène de Naples avec les yeux de ses interlocuteurs américains, en particulier ceux du colonel H. Cumming, rebaptisé Hamilton dans son roman.

Isabelle aime bien cet Hamilton, universitaire de Virginie, épris de culture gréco-latine, affichant à la fois un complexe d'infériorité et une foi dans le bon droit des vainqueurs. «C'est peut-être d'un Américain dont j'ai besoin», se dit-elle en pénétrant dans le quartier des Espagnols, au milieu d'une chaude journée de printemps. Peu après s'être fait cette réflexion, elle aperçoit, dans les marches d'un escalier, un homme aux cheveux blonds qui pleure à chaudes larmes.

≈

Ils arrivent au sommet de la colline de Posillipo, au moment où Isabelle met fin à son récit.

– Comme c'est beau ! fait-elle en découvrant la vue grandiose sur le golfe de Naples et le fameux Vésuve.

Israël admire le panorama en silence. La montée des escaliers ne l'a aucunement fatigué. Au contraire, elle l'a rasséréné. Qui plus est, sa mauvaise jambe ne lui fait même pas mal!

— J'espère que vous ne m'en voulez pas de vous avoir pris pour un Américain, reprend Isabelle au bout d'un moment. Croyez-moi, je sais très bien faire la différence entre un Canadien et un Américain. À Riaillé…

Sourire en coin, Israël l'interrompt pour la première fois:

— C'est drôle que vous disiez cela. J'ai un ami poète qui se définit désormais comme un Américain, tout Canadien soit-il!

— Vous me parlez bien d'un Canadien de langue française?

— Oui, et…

— Comment s'appelle-t-il, ce poète?

— Gaston Miron.

— C'est un poète connu?

— Assez. J'ai passé avec lui ma dernière journée de bonheur. C'était à Paris, au début de l'hiver.

— Racontez-moi.

Israël dévisage Isabelle. Il a l'impression de l'avoir toujours connue, ou du moins toujours désirée. Et il se lance à son tour dans un monologue, reconstituant cette journée lumineuse à Paris. Par la magie des mots, la pianiste se retrouve avec Israël et ce Gaston Miron, poète «américain».

∿

— Enfin ! s'exclame Israël en écartant les bras, alors qu'il déambule avec Miron dans les rues du VIᵉ arrondissement, sous un soleil hivernal d'un éclat étonnant.

Il respire le bonheur, embrassant d'un regard enthousiaste le spectacle de la rive gauche. En cette fin de l'an 1960, il découvre la Ville lumière, d'où rayonne une culture qui le fascine depuis son enfance.

— Tu sais que nous pensions libérer Paris ? lance-t-il en traversant une rue à grandes enjambées.

— Je crois avoir déjà entendu cette histoire quelque part, répond Miron en souriant.

— Ça ne fait rien ! dit Israël en se mettant aussitôt à évoquer son débarquement, dont il a gardé un souvenir ensoleillé, malgré toutes les misères qu'il a connues.

Sa voix s'étrangle un instant lorsqu'il parle d'un boulanger de Caen, nommé Lefrançois comme tant de Canadiens, qui lui avait présenté ses trois filles en leur disant :

— Embrassez-le, c'est notre frère.

Israël ajoute, à l'intention de Miron :

— Cela seul valait d'avoir fait la guerre.

Puis il change aussitôt de sujet.

— Tu m'emmènes où ? demande-t-il sur un ton enjoué.

— Aux Charpentiers, répond Miron. C'est bourré d'intellectuels.

— C'est bien ton genre, fait Israël sur un ton moqueur.

Ils arrivent bientôt au bistrot de Saint-Germain-des-Prés, échauffés par une conversation qui n'a pas ralenti depuis leurs premiers pas ensemble, à l'Étoile, où ils s'étaient donné rendez-vous.

Le restaurant n'est pas encore une destination touristique. Des artistes et des intellectuels s'y retrouvent, forgeant au jour le jour le mythe de la maison, qui a jadis été le siège des compagnons charpentiers. Lui-même descendant d'une lignée de charpentiers, Miron adore la salle à manger, petite chapelle décorée de nombreuses maquettes, odes à la perfection et à la noblesse du travail manuel. Il raffole également de la cuisine, qui a retenu cette marque de fabrique et témoigne du goût de l'ouvrage bien fait.

Suivi d'Israël, le poète fait une entrée remarquée dans le bistrot bondé.

– Hé! le Canadien! s'époumone quelqu'un du fond de la salle.

Toutes les têtes se tournent vers le poète et l'écrivain du Canada.

– Mais c'est notre ami Gaston Miron! fait une autre voix, venant du même endroit.

Miron reconnaît aussitôt deux amis français, un poète et un peintre renommés. Il va à leur rencontre, entraînant Israël par la manche. Cheminant entre les tables, il salue brièvement d'autres connaissances, tandis qu'Israël s'accroche les pieds dans la chaise d'une jolie Parisienne qui le fait rougir avec un sourire enjôleur.

Israël est ravi de faire la connaissance des amis de Miron. Un peu plus tard, il lance au poète, qui se trouve depuis déjà dix mois dans la Ville lumière:

– Tu connais tout ça, hein? Tous ces gens, et si bien Paris…

Ils sont attablés devant le plat du jour, un aïoli de morue. Entre deux bouchées, Israël prend des notes dans un petit carnet de cinq sous. Voulant arrondir ses revenus, il a proposé à *La Presse* d'écrire une série d'articles sur l'activité des Canadiens résidant à Paris. Comme il en connaît peu, et que Miron est là, il a décidé de commencer par lui!

— Quelle a été ta plus grande découverte en France? demande Israël au milieu du repas.

— Je suis Américain, répond Miron du tac au tac, c'est ma plus grande découverte, et je n'ai plus rien à faire avec l'Europe!

Cessant de prendre des notes, Israël fixe sur Miron un regard sceptique. Voyant le doute de son compagnon, le poète ajoute:

— En tout cas, on n'est pas Français. La France, pour nous, est un pays étranger comme tout autre. Ce phénomène, je l'ai appréhendé tout de suite, et pour moi il a joué dans le sens de la fierté plutôt que de la nostalgie.

— D'accord, fait Israël, on n'est pas Français. Mais Américains?

— Oui, Américains. Au début, j'en étais consterné. Maintenant, je sais que Fitzgerald, Hemingway et Miller sont nos frères, des autres nous-mêmes, et que j'ai trouvé là, en rompant définitivement avec la vieille culture, représentée par l'Europe, le plain-pied avec moi-même. Tant que les Canadiens d'expression française ne s'américaniseront pas, ils ne produiront rien de rien, ils seront les bâtards d'une culture qu'ils ne peuvent assumer, d'une langue qu'ils ne peuvent contrôler ou même utiliser...

— Mais qu'advient-il de ta canadienneté? demande Israël en coupant la parole au poète intarissable.

— Si tu y tiens, je suis Canuck, comme Jack Kerouac. La seule différence entre Ti-Jean et moi, c'est que je pense et j'écris l'Amérique en français. Enfin, j'essaie. Et toi?

Israël fait la moue.

— Moi, depuis ma plus tendre enfance, je baigne dans cette vieille culture avec laquelle tu es prêt à rompre. Chez mon père, l'Europe est une religion. Je dois presque tout à ses écrivains.

— N'empêche, dit Miron en souriant. Quand je te vois, quand je te lis, je ne pense pas à Flaubert mais à Hemingway.

Rougissant légèrement, Israël baisse les yeux. Il n'a jamais caché à personne son affection pour l'auteur de *L'adieu aux armes*. Mais cette sympathie va bien au-delà des procédés littéraires de l'écrivain. Elle s'étend au soldat Hemingway, blessé pendant la Première Guerre mondiale, au journaliste et romancier, témoin de la guerre civile espagnole, à l'aventurier, au mythe vivant.

— Admets-le, reprend Miron sur un ton badin, tu suis les traces d'Hemingway, de la guerre au roman en passant par le journalisme!

Israël se rembrunit.

— En t'écoutant, dit-il, j'ai l'impression de n'être qu'un pauvre imitateur.

— Tu ne l'imites pas, tu lui ressembles! Vous êtes des frères, admets-le donc.

Israël hoche la tête, comme s'il concédait le point.

— À *La Presse*, dit-il, j'en connais qui se moquent de la comparaison. On dit que j'ambitionne de vouloir écrire LE grand roman.

— Y a-t-il une autre ambition? fait Miron en riant.

Peu à peu, le bistrot se vide de sa clientèle du midi. Bientôt, il ne reste plus qu'Israël et Miron dans la salle à manger. L'interview se poursuit, touchant à la poésie, à la politique et enfin aux Françaises.

— Comment les trouves-tu? demande le journaliste au poète sur un ton innocent.

Israël regrette tout de suite d'avoir posé la question, voyant dans le regard de Miron une grande déception.

— Si tu savais comme j'en ai marre d'être seul, avoue le poète sans ambages. J'ai beau m'efforcer de me faire une amie de fille, ça ne marche pas, je suis évincé aussitôt par un beau Brummel ou je ne les intéresse pas. Les Françaises, femmes d'amour, c'est un mythe, je n'ai jamais vu des femmes aussi cupides, aussi intéressées par les attributs physiques ou par des considérations matérielles, de sécurité, de société…

Israël dépose sa plume sur la table. Il regarde Miron avec un drôle de sourire. Le poète réalise aussitôt son impair et tente de le réparer sur-le-champ.

— Bien sûr, dit-il, ta femme est l'exception qui confirme la règle!

— Tu penses? fait Israël, avec ce même sourire énigmatique.

— Je connais plusieurs hommes qui aimeraient être à ta place, moi le premier!

Israël hausse les épaules et tourne son regard vers l'extérieur. Le jour tombe. Des ombres défilent devant les fenêtres du bistrot.

— Comment vont tes filles? demande Miron, cherchant à dissiper le malaise naissant.

— Elles vont bien, répond Israël.

Puis, après une pause, il ajoute, d'une voix étranglée par l'émotion:

— J'adore mes enfants au point de craindre de les serrer dans mes bras.

— Et l'écriture, ça va? demande Miron, tentant de ramener la conversation sur un terrain moins douloureux.

Israël retrouve aussitôt le sourire. D'une voix vibrante, il répond :

— Je me réalise enfin, selon mes propres termes, en écrivant!

— As-tu décidé si ton roman allait finir sur une note optimiste ou pessimiste?

— Ne te l'ai-je pas déjà dit?

— Tu m'excuseras, mais je ne m'en souviens plus.

— Si c'est comme ça, je ne gâcherai pas ton plaisir de le découvrir à la fin! Tout ce que je te dirai pour le moment, c'est que j'y crois de tout mon être à ce roman.

— Dans ce cas-là, il faut absolument que tu me confies ton manuscrit lorsqu'il sera terminé. Je te trouverai un éditeur parisien! Je me suis fait de bons contacts, tu sais!

— Je pensais que tu voulais rompre avec l'Europe.

— Je n'ai jamais dit qu'il fallait rompre avec les lecteurs français! Alors, ce manuscrit, tu me le confieras?

— Je te le promets, répond Israël en scellant le pacte avec une poignée de main.

Le journaliste de *La Presse* insiste ensuite pour régler l'addition.

— Voyons, dit Miron, tu touches dix dollars pour faire cette interview et tu veux régler ces six dollars? Chacun sa part!

Israël proteste, avec toute sa générosité, puis il finit par se rendre aux arguments du poète.

— Alors, dit-il, la prochaine fois, c'est pour moi seul.

— D'accord, dit Miron.

Ils quittent les Charpentiers et marchent dans Paris, tous deux émerveillés.

~

— Je ne comprends pas, dit Isabelle après le récit d'Israël. Comment avez-vous pu passer de cette journée de bonheur à Paris à cette journée de malheur à Naples?

Israël soupire.

— Je me suis vite lassé de Paris, dit-il, de ce Paris gris et pluvieux d'hiver. Je me réjouissais à la pensée de descendre vers le sud, vers les Pyrénées et jusqu'en Espagne, où je comptais finir mon roman. Mais je dois me rendre à l'évidence. Tout ce dépaysement n'a rien changé. Je suis bloqué.

— Mais alors, pourquoi êtes-vous venu à Naples?

— Je suis venu pour mon père, qui était un grand amateur d'art lyrique. J'ai appris sa mort à Málaga, il y a quatre jours.

— Comme c'est triste, dit-elle en s'approchant d'Israël.

Puis, en le serrant dans ses bras, elle ajoute:

— Vous avez toute ma sympathie.

Israël reste coi, enfouissant son nez dans les boucles d'Isabelle. Au bout d'un moment, la pianiste desserre son étreinte.

— Vous tient-il toujours à cœur, ce roman? demande-t-elle en regardant l'écrivain dans les yeux.

— J'y ai tout mis, répond Israël.

— Et vous n'arrivez pas à le terminer?

— Et je n'arrive pas à le terminer.

— Alors vous devez me suivre en Bretagne.

— …

CHAPITRE XVIII

Riaillé

Les faisceaux des phares balaient une route étroite et sinueuse, bordée d'arbres et de murets en pierres sèches. Derrière le volant d'une Traction Citroën, Solange Du Breuil conduit avec assurance, tout en conversant familièrement avec son passager canadien.

— Bien sûr que vous pourrez inviter votre famille à Riaillé! lance-t-elle d'une voix chaude. La maison du meunier compte trois chambres à coucher! Au fait, savez-vous quand votre femme et vos filles arriveront?

— Dans deux mois et demi, réplique Israël d'une voix sourde.

— Comment? Je ne vous ai pas bien entendu.

Israël, en haussant le ton:

— Elles arriveront à la mi-juillet.

— Parfait! D'ici là, vous pourrez finir votre roman en paix! Vous verrez, l'inspiration vous reviendra en Bretagne, pays de vos ancêtres! Vous avez lu le plus illustre de nos écrivains, n'est-ce pas?

— Parlez-vous de Chateaubriand?

— Mais bien sûr!

— Je l'ai lu au collège. Sauf votre respect, je lui ai préféré, comme écrivain breton, Jules Verne.

— Et depuis ?

— Depuis, je n'ai relu ni l'un ni l'autre.

— Eh bien, relisez Chateaubriand !

Solange Du Breuil ponctue sa recommandation d'un rire sonore. Assis dans le siège du passager, Israël observe du coin de l'œil la tante d'Isabelle. Son profil se découpe sur la vitre de la portière, offrant au regard une image de bonté et de distinction. Ses cheveux lisses et argentés tombent sur ses épaules, jetant comme un éclat dans la pénombre de la voiture.

Israël se retourne vers l'arrière. Calée dans un coin, Isabelle ne sourit plus. À mi-chemin entre la gare de Nantes et le manoir de la Palue, elle vient de renouer avec la réalité : son prince charmant a une femme et des enfants au Canada ! De l'Italie à la France, elle a choisi d'occulter ce fait, toute à son plaisir d'être seule avec lui.

Israël esquisse un sourire, mais rien ne déride Isabelle. Puis, en reportant son attention sur Solange Du Breuil, il dit :

— Je vous remercie de votre hospitalité.

— Ce n'est pas moi que vous devez remercier, c'est ma nièce !

— C'est déjà fait.

Sur la banquette arrière, Isabelle pousse un soupir de résignation. Elle a mis trois jours pour convaincre Israël de la suivre de Naples à Riaillé. Au lendemain de leur première rencontre, l'écrivain a décliné l'offre, invoquant son statut d'homme marié.

— J'aurais bien aimé visiter votre moulin, a-t-il dit en marchant sur le bord de mer, mais je ne suis pas libre. J'ai une femme et des enfants.

— Rassurez-vous, a-t-elle répliqué sur un ton mutin, mes intentions sont honorables! Tout ce que je vous offre, c'est la possibilité de finir votre roman dans un moulin. Si j'étais à votre place, je sauterais sur l'occasion.

— Je ne vois pas comment je pourrais expliquer cela à ma femme.

— Expliquer quoi?

— Expliquer qu'une jeune pianiste, rencontrée dans un escalier de Naples, m'invite à finir mon roman chez elle, en Bretagne!

— C'est facile. Dites à votre femme que l'invitation vient de ma tante Solange, une veuve de soixante-cinq ans! D'ailleurs, ce n'est pas faux, puisque la maison du meunier lui appartient.

Le lendemain, Israël a suivi la suggestion d'Isabelle à la lettre, mentant pour la toute première fois à sa femme. Au téléphone, Mathilde ne s'est doutée de rien.

— Tout ce que je souhaite, a-t-elle dit, c'est que tu finisses ce fichu roman!

Puis, sur un ton plus conciliant, elle a ajouté:

— Pourquoi n'irions-nous pas te rejoindre en Bretagne en juillet? Après tout, tu as promis aux filles de passer quelques semaines avec elles en France cet été.

— ...

— Qu'en penses-tu?

Ne recevant toujours pas de réponse, Mathilde s'est adressée à Israël sur un ton plus ferme:

— Demande donc à ta veuve si nous pouvons passer… je ne sais pas, moi, deux ou trois semaines avec toi,
dans cette maison de meunier.

— …

— M'entends-tu ?

— Oui, je t'entends bien.

— Tu lui demanderas ?

— Je vais lui demander.

— C'est ça, demande-lui et rappelle-moi. Les filles
seront folles de joie !

Le troisième jour, Israël a rapporté à Isabelle sa conversation avec Mathilde.

— Pourquoi pas ? a fait la pianiste en réprimant une
moue de déception. Je suis sûre que ma tante n'y verra
pas d'objection.

— Et vous ?

— Je pense que vos filles méritent bien de passer
quelque temps avec leur père.

Israël s'est arrêté sur le trottoir, retenant Isabelle par
la main.

— Je vous remercie, a-t-il dit en la regardant dans les
yeux. Entendons-nous bien, cependant : je vous rem-
bourserai tous mes frais de voyage.

— Cela n'a pas d'importance, a-t-elle répondu. Si
vous finissez votre roman, je me considérerai satisfaite.

— Vous êtes vraiment un ange.

— Et si on se tutoyait ?

Tout en posant cette question, Isabelle a fait un
mouvement vers Israël, mais celui-ci s'est remis en marche au même moment.

— Alors, suis-moi, a-t-il dit en l'entraînant vers l'église
de l'Incoronata, dont il voulait voir les fresques de Giotto.

~

La Citroën quitte la route communale et s'engage dans un chemin de gravier qui grimpe le flanc d'une colline très arrondie. Arrivée au sommet, la voiture s'arrête devant une maison de pierres épaulée par un moulin dont les ailes sont intactes. Sous le ciel étoilé, le refuge d'Israël a l'air sorti d'un conte de fées.

Solange Du Breuil descend de la Citroën et se dirige vers l'arrière de la voiture. Israël l'y rejoint.

— Le meunier et sa femme couchaient dans la chambre du fond, dit la tante d'Isabelle en ouvrant le coffre. Nous y avons mis un lit très moelleux. Vous aimez les lits moelleux, n'est-ce pas?

— Oui, répond Israël en s'emparant de sa valise et de sa machine à écrire.

Les bras ainsi chargés, il se tourne vers Solange Du Breuil pour la remercier et lui souhaiter une bonne nuit. Au même instant, celle-ci s'approche de lui.

— Bienvenue à la Palue, dit-elle en déposant un baiser sur la joue rugueuse d'Israël. Mon mari aurait été honoré d'accueillir au manoir un vétéran et un écrivain canadien. Soyez assuré que nous le sommes à sa place. Et maintenant, allez vous coucher! Vous devez être crevé!

Du regard, Israël suit Solange Du Breuil qui remonte dans la Citroën, où Isabelle dort, la tête appuyée contre la vitre de la portière gauche. La voiture s'ébranle en direction d'un petit château qui se profile à environ soixante mètres, derrière une rangée d'ormes, seuls arbres de la colline.

Israël tourne les talons et se retrouve devant la maison du meunier.

– 1772, dit-il à haute voix, en voyant la date qui apparaît sur le linteau de la porte.

Après avoir déposé sa valise sur le gravier, il soulève de sa main libre la clenche et pousse l'huis. Puis, reprenant son bagage, il franchit le seuil et referme la porte derrière lui en la poussant du talon. Plongé dans le noir, il avance ensuite à petits pas, guidé seulement par son odorat, qui le mène à une grande table où repose, dans un vase, un bouquet de lilas. À côté des fleurs, il distingue les contours d'une lampe à huile, mais il continue à marcher en s'orientant avec son nez.

La maison est bâtie en long. Arrivé au bout, Israël découvre la chambre du meunier, qui embaume la bonne et chaude odeur du froment. Dans un coin, il repère une grande armoire, où il va ranger sa valise et sa machine à écrire. Puis, sans se dévêtir, il se dirige vers le lit et s'y étend avec un bonheur et une volupté qui l'étonnent.

Du coup, Israël se souvient de sa dernière conversation téléphonique avec Gaston Miron. Tout juste avant de décamper de Paris, il a dit au poète :

– Je dois être délivré des servitudes matérielles pour pouvoir créer.

– Je te comprends, a répliqué le poète.

« Ici, se dit Israël, je pourrai enfin écrire sans plus me soucier de rien. » Pendant trois mois au moins, il entend en effet s'abandonner à la chance qui lui a fait rencontrer Isabelle. Séduit par la promesse des jours à venir, il se sent revivre, comme homme et comme écrivain. Il sauvera son œuvre du naufrage, et peut-être même sa vie.

Il ferme les yeux mais ne parvient pas à trouver le sommeil, malgré la fatigue du voyage. Les images défilent dans sa tête en accéléré. Il se revoit à bord du

Boeing 707 qui l'a transporté, aux côtés d'Isabelle, de Rome à Paris. Il ne s'agissait pas de son baptême de l'air proprement dit, mais c'était tout comme! En survolant les nuages, il a eu l'impression de retourner au paradis de son enfance, celui du Bon Dieu, auquel il ne croit plus. Puis il a éprouvé un sentiment de liberté intense, venu de nulle part, qui ne l'a pas quitté depuis.

Oui, malgré le deuil et la tristesse, il se sent libéré, et pas seulement de son père. Avec Isabelle, il ne veut rien brusquer, mais il sait déjà que leurs affinités sentimentales sont innombrables. N'a-t-il pas toujours rêvé de tomber amoureux d'une pianiste? Il a peine à croire à sa bonne fortune.

«Et après?» se demande-t-il en pensant à Mathilde. «Après, on verra», se dit-il en se laissant emporter par les premières vagues du sommeil.

~

Dans l'éclat du soleil matinal, Israël découvre un panorama magnifique: en contrebas, la commune de Riaillé s'étale d'est en ouest, au cœur d'une vallée large et fertile, baignée par l'Erdre. Une église médiévale se dresse au milieu du paysage, aussi immobile qu'une peinture. Et, dans le lointain, les forêts du canton étendent leur manteau vert à perte de vue.

Un bruit de pas dans l'allée de gravier sort Israël de sa contemplation. Il tourne la tête: Isabelle s'approche, vêtue d'une robe blanche dont les manches étroites sont fermées jusqu'aux poignets où elles s'ouvrent et de là descendent jusqu'à terre. Un voile de la même couleur recouvre ses boucles noires jusqu'au milieu de son dos.

À deux pas d'Israël, elle s'arrête. Ses yeux pervenche pétillent de joie, mais le ton de sa voix se veut triste.

— Je m'en vais rejoindre ma tante à l'église, annonce-t-elle d'emblée. On enterre aujourd'hui l'abbé Trochu, un vieil ami de la famille, qui a rendu l'âme en mon absence. Tu veux m'accompagner jusqu'au bourg? Tu pourras te familiariser un peu avec les lieux. Après, tu viendras déjeuner avec nous au manoir.

— Avec plaisir, dit Israël en offrant son bras à Isabelle, qui s'en empare aussitôt.

Heureux de se retrouver ensemble en Bretagne, ils se mettent en marche, descendant le chemin de la colline d'un pas souple. À la fois incrédule et ravi, Israël admire Isabelle, qui s'habille en blanc plutôt qu'en noir pour assister à l'enterrement du curé. Il brûle de la questionner sur son choix vestimentaire, mais la jeune femme engage la conversation sur un tout autre sujet. Elle dit :

— Tu seras sans doute intéressé de savoir que deux aviateurs canadiens sont enterrés dans le cimetière de Riaillé.

— Des gars de la guerre 39-45 ?

— Oui.

— Des Canadiens anglais ?

— Oui. L'un venait de l'Ontario, l'autre de la Saskatchewan.

— Sait-on comment ils sont morts ?

— Mais bien sûr qu'on le sait! Leur *Mosquito* fut abattu après un combat de quelques minutes contre deux chasseurs allemands. L'avion s'écrasa près du champ où moissonnait la famille Huard, tout juste en bas de la colline.

– Ils étaient catholiques ?

– Qui ça, les Huard ?

– Non, les aviateurs.

– Tous les deux étaient protestants.

– Mais alors, comment ont-ils pu être enterrés dans un cimetière catholique ?

– Il faut remercier mon oncle, Jacques Du Breuil, qui était alors maire de Riaillé. Ce ne fut que grâce à son opiniâtreté que le curé accepta de bénir les corps.

– Parles-tu de l'abbé Trochu ?

– Non, de son prédécesseur. Dans un premier temps, celui-ci refusa le service religieux, prétextant justement que les aviateurs étaient protestants. Mon oncle était rouge d'indignation, au dire de ma tante Solange. Il répétait au curé : « Ils sont morts pour la France ! Ils sont morts pour la France ! »

Sur ces mots, Isabelle éclate de rire. Puis, d'une voix où perce la fierté, elle ajoute :

– M. le curé finit par s'incliner devant M. le maire. Le cortège mortuaire comprenait plus de trois cents personnes, qui défilèrent devant des soldats allemands moroses. Dix-sept ans plus tard, Mme Brunet fleurit encore la tombe des aviateurs canadiens.

– Mme Brunet ?

– Oui, Mme Brunet. Tu peux la rencontrer facilement, elle tient l'hôtel Parisien, sur la place de l'église.

Ils arrivent ainsi au bas de la colline. Israël s'arrête un instant pour contempler Isabelle une fois de plus. Puis, sourire aux lèvres, il lui demande enfin :

– Dis-moi, Isabelle, pourquoi portes-tu cette robe blanche pour aller à un enterrement ?

– Mais par tradition, voyons! répond Isabelle d'une voix vive.

– Quelle tradition?

– Une tradition familiale remontant à mon ancêtre préférée, Marie Adélaïde Du Breuil, née Cléder, morte presque centenaire en 1842!

Et Isabelle de raconter l'histoire de cette Marie, fille d'un armateur nantais, qui perdit son époux bien-aimé à l'âge de quarante-huit ans. Elle ne se remaria jamais et adopta le blanc comme couleur de deuil.

– Si je ne mets pas au monde une fille, cette tradition familiale s'éteindra avec moi, dit Isabelle sur un ton grave.

– Cette tradition doit survivre, dit Israël.

– Je suis du même avis.

L'écrivain et la pianiste rougissent légèrement. Puis, sans rien ajouter, ils se remettent en marche, suivant cette fois-ci la route communale, qui se déroule entre deux rangées d'arbres jusqu'au bourg, dont ils aperçoivent le beffroi. Bientôt ils reprennent leur dialogue, mêlant leurs voix aux chants des oiseaux.

– Que pensait-on, à Riaillé, de ton ancêtre? demande Israël.

– Les habitants l'adoraient, répond Isabelle. Ils l'appelaient « la dame blanche ». Marie était d'une grande noblesse, une femme de principes et de cœur, très proche de ses fermiers et des petites gens, fort charitable et visitant les pauvres plus que les bourgeois du pays.

– Et quelle était l'opinion des bourgeois à son sujet?

– Ils ne lui pardonnaient pas ses originalités. Ils se moquaient de ses manières de jouer à la grande dame du temps jadis. Mais *c'était* une grande dame, très proche de la famille de Sophie Trébuchet, la mère de Victor Hugo.

Sur le chemin de Riaillé, Israël va de surprise en surprise. Avec entrain, Isabelle poursuit :

— Chaque dimanche, Marie se faisait transporter à l'église dans une charrette attelée de quatre bœufs blancs conduits à l'aiguillon. L'office ne commençait qu'à son arrivée !

— Pieuse comme elle l'était, ton ancêtre dut prendre le parti des Blancs.

— Tu connais la chouannerie ?

— Un peu.

— J'imagine que tu as lu *Les Chouans* de Balzac ?

— Honnêtement, le livre m'est tombé des mains.

— Tant mieux !

Isabelle éclate de rire. Puis, sur un ton sérieux, elle fait un résumé succinct de la vie de messire Henry François Du Breuil, époux de son ancêtre préférée. Héritier d'une riche et noble famille de Nantes, aussi bon cavalier que bon danseur, parlant anglais et allemand, ne comptant pas ses succès féminins, Henry François se consacra, selon l'usage, au métier des armes. Comme toute la jeunesse éclairée de son époque, il s'enivra du vent de liberté s'élevant de l'armée révolutionnaire de George Washington. Aussi, dès 1777, il s'embarqua pour l'Amérique, où il combattit sous les ordres du marquis de La Fayette.

Il se montra brave et fut l'un des derniers à revenir en France, en 1783. Couvert de décorations, il voulut réintégrer l'armée du roi, mais les officiers, trouvant suspectes ses idées républicaines, refusèrent de reconnaître ses services américains. Déçu, il se retira en Bretagne et épousa sa Marie, qui lui donna un garçon et une fille.

Ils vécurent assez largement de leurs revenus, partageant leur temps entre un hôtel particulier à Nantes et le manoir de la Palue, où ils accueillaient parents, amis et voisins, surtout à la période de la chasse. Car les messieurs de la Palue avaient depuis longtemps une réputation de chasseurs – et en particulier de chasseurs de loups qui passaient d'une forêt à l'autre.

Lors de la fameuse nuit du 9 août 1789, ils perdirent les privilèges de la noblesse et les insignes de ces privilèges. Ils ne s'en formalisèrent pas, ayant accepté les premières réformes nées de la Révolution. Mais la répression des prêtres et la conscription de 1794 finirent par les retourner contre les Bleus. Ainsi, un beau matin, Henry François Du Breuil disparut dans la forêt pour aller se joindre aux jeunes de Riaillé et des environs engagés dans la chouannerie. Marie ne le revit jamais.

– Et elle ne se remaria jamais, ajoute Israël à la fin du récit d'Isabelle.

– Et elle ne se remaria jamais, répète Isabelle.

Pendant un moment, ils marchent en silence, pensant tous les deux au long veuvage de Marie. Puis ils arrivent au pied du beffroi, qui marque l'entrée du bourg. Israël lève les yeux jusqu'au sommet de l'ancien poste de guet, qui a traversé le temps sans trop en souffrir. En baissant les yeux, il découvre, au-delà du beffroi, la place de l'église qui grouille de gens habillés de noir. Sur le parvis, il repère facilement Solange Du Breuil, tout de blanc vêtue, qui s'entretient avec un jeune prêtre.

– Ta tante est-elle aussi pieuse que ton ancêtre ? demande-t-il à Isabelle en s'approchant de l'église.

— Disons qu'elle maintient la tradition, répond-elle.

— Que veux-tu dire?

— Comme tu vois, elle porte le blanc comme couleur de deuil. Et quand elle va à la messe, elle s'assoit toujours sur notre banc seigneurial.

— Votre banc seigneurial?

— Oui, répond Isabelle en souriant. Avant la Révolution, nos ancêtres avaient leur banc seigneurial dans l'église de Riaillé dont ils étaient bienfaiteurs. Après la Révolution, ils acceptèrent de perdre tous leurs privilèges, sauf ce banc. Pour en retrouver l'usage, ils firent même un procès à la municipalité, et le gagnèrent! Le tribunal d'Ancenis leur reconnut la propriété du banc, non pas à cause du privilège, mais comme bien familial!

— Et toi, fait Israël en fronçant les sourcils, tu t'assois aussi sur ce banc seigneurial?

— Mais bien sûr!

— Es-tu croyante au moins?

— Et comment! Pas toi?

— Non, je ne crois plus en Dieu depuis mes quinze ans.

— Dommage.

— Pourquoi?

— Je t'aurais invité à t'asseoir à mes côtés!

— Je ne t'imaginais pas en bigote.

— Mais je ne le suis pas du tout!

Isabelle rit de bon cœur puis, se souvenant des circonstances, fait mine de se rembrunir.

— Allez! dit-elle à Israël en s'éloignant à reculons, je te laisse découvrir les charmes de notre bourg.

Et elle lui tourne le dos, se dirigeant vers sa tante qui lui fait signe de la main depuis le parvis.

~

Malgré le temps doux et ensoleillé, la terrasse du bar est déserte. «Personne ne veut être vu en train de picoler durant l'enterrement du curé», pense Israël en poussant la porte de l'hôtel Parisien.

Il balaie du regard le rez-de-chaussée, composé du bar, d'un restaurant d'environ trente couverts et d'une partie tabac-journaux vers laquelle il se dirige. Une femme dans la soixantaine, cheveux gris, visage ouvert, se tient derrière le comptoir.

— *Degemer mat!* fait-elle en voyant Israël s'approcher.

— Pardon?

— Cher monsieur, répond la femme l'œil coquin, je vous souhaite la bienvenue en breton.

— Je vous remercie, madame... Brunet?

— Oui, c'est bien moi. Mais... vous êtes Canadien, n'est-ce pas? Êtes-vous venu pour vous recueillir sur la tombe des aviateurs?

— Non, répond Israël, je suis venu acheter des cigarettes. Je m'appelle Israël Pagé.

Cécile Brunet tend la main au-dessus du comptoir.

— Enchanté, monsieur Pagé, dit-elle en serrant la main d'Israël. Mais comment savez-vous mon nom?

— Mlle Isabelle Brossard m'a parlé de vous.

— Vous connaissez notre belle pianiste?

— Je loue une maison sur le domaine de sa tante.

— La maison du meunier?

– Oui.

– Avez-vous visité le moulin?

– Pas encore.

Cécile Brunet regarde Israël en souriant.

– Dans ce cas-là, j'ai un petit livre pour vous, dit-elle en contournant le comptoir.

Elle se dirige vers un rayon sur lequel sont présentés journaux, revues et livres. Elle en revient avec un ouvrage d'environ cinquante pages intitulé *Au temps des moulins*.

– Voilà! dit-elle en donnant le livre à Israël.

Puis, en retournant derrière le comptoir:

– Vous me le rendrez quand vous voudrez.

– En fait, dit Israël, je le commencerai tout de suite. Pouvez-vous me servir un café à la terrasse?

– Allez-y, je vous apporte votre café dans un instant.

– Je prendrais aussi un paquet de gitanes.

– Et un paquet de gitanes!

Israël prend les cigarettes que lui tend la commerçante et sort ensuite sur la terrasse. Il s'assoit à la première table, qui donne sur la place. De l'autre côté, il voit l'église, dont les portes se referment sur quelques retardataires.

Il allume une cigarette puis ouvre son livre. Au même moment, Cécile Brunet arrive avec son café, suivie d'un chat noir.

– Bonne lecture! fait-elle en repartant.

– Merci, dit Israël, auprès duquel le chat s'allonge.

Ne faisant aucun cas de l'animal, l'écrivain se plonge aussitôt dans la lecture du petit livre, qui s'ouvre sur ce paragraphe: «L'histoire classique a, depuis longtemps, étudié le temps des cathédrales et le temps des châteaux en oubliant le temps des moulins et des meuniers sans le travail desquels châteaux et cathédrales, villes et campagnes de France et d'Europe n'auraient été ni aussi riches ni aussi beaux. »

Le moulin et le meunier avaient été au cœur de la révolution industrielle médiévale, rappelait l'auteur. Le moulin avait libéré la main-d'œuvre nécessaire au défrichement et à la construction de villages, de châteaux, d'églises, de maisons… et de moulins.

Il y avait des «façons meunières de naître, de vivre et de mourir», précisait l'auteur. «Ni noble, ni clerc, le meunier est roturier par son travail, mais sa connaissance de la nature, ses prévisions météorologiques, sa maîtrise de la technique en font un personnage peu commun. Ne serait-il pas un peu magicien, ou sorcier? Les paysans peuvent dire de lui qu'il ne fait rien et pourtant il produit la vie. »

Israël sourit en lisant ces lignes, qui lui font penser à son métier d'écrivain. Il poursuit sa lecture en se délectant notamment d'un passage où l'auteur assimilait le moulin à «un être vivant et sexué, portant un nom, attaché à une lignée, parfois à un blason». Il ajoutait: «Les paysannes arrivaient avec le grain et repartaient parfois avec une autre semence entre les cuisses. Dans la chanson grivoise, le meunier avait une réputation de trousseur de filles. Bien nourrie, de bonne santé, la jolie meunière n'était pas plus chaste. »

Ailleurs, l'auteur du *Temps des moulins* s'amusait en évoquant les proverbes généralement lapidaires et au double sens dont le meunier était l'inspirateur. «Qu'est-ce qui prend chaque matin un voleur au col? La chemise du meunier! » Voleur, trompeur, exploiteur, le *farineux* mélangeait le grain de deux clients, histoire de les occuper à s'y retrouver et d'en prélever tranquillement une partie. On lui reprochait aussi d'enfoncer son pouce dans le minot de grain ou le sac de moulu pour fausser la quantité.

« Les meuniers de la Palue contribuèrent-ils à nourrir cette réputation ? » se demande Israël en allumant une autre cigarette.

« On a tout dit et son contraire du meunier, écrivait encore l'auteur. Jalousé par les uns, il était admiré par les autres, qui prisaient son esprit. Il était d'ailleurs l'invité de toutes les festivités pour y conter ses histoires. »

Israël lève les yeux. Il préfère croire que les meuniers de la Palue étaient de cette race de conteurs. Il aurait au moins cela de commun avec eux.

Chapitre XIX

Le moulin

Construit au XVIᵉ siècle, le manoir de la Palue témoigne de l'architecture bretonne de l'époque classique, caractérisée par de solides murs de granit et une toiture d'ardoise. De belles lucarnes en pierre ornées de frontons en demi-cintre percent le toit, donnant à la façade un air rieur. « Sous le soleil de midi, le charme du petit château est indéniable », pense Israël en s'en approchant.

Pied dansant, voix rieuse, Isabelle le précède de quelques pas. En ouvrant une grande porte, elle lance bien haut :

— Bienvenue au manoir de la Palue !

Israël entre dans le vestibule. Sur le coup, une odeur de vieux bois le saisit. Son regard se porte ensuite sur les portraits des ancêtres, qui veillent en enfilade sur l'ancienne seigneurie.

— Laquelle est Marie ? demande Israël.

— La troisième à partir de la gauche, répond Isabelle.

Israël s'approche du tableau.

— Mais c'est ta tante tout craché ! s'exclame-t-il.

– C'est vrai qu'elles sont très ressemblantes, réplique Isabelle, l'air absent.

Puis, comme sortant d'une rêverie, elle ajoute, d'une voix animée :

– Allez, je t'offre une visite guidée ! Le déjeuner ne sera servi qu'à deux heures !

Acceptant de bon gré, Israël suit Isabelle à travers les pièces du rez-de-chaussée. Arrivée au manoir une demi-heure plus tôt, Solange Du Breuil se repose à l'étage.

– Voici le fumoir, dit Isabelle en précédant Israël dans un salon habillé de boiseries XVIIIe siècle. C'est ma pièce préférée.

– Je n'en doute pas, dit Israël en voyant, au centre du fumoir, un piano à queue, autour duquel les ancêtres se réunissaient pour écouter de la musique ou jouer au trictrac.

– Chaque matin, dit Isabelle, je me mets à ce piano et…

La pianiste laisse sa phrase en suspens. Contournant l'instrument, elle ouvre largement les deux battants vitrés d'une porte-fenêtre.

– … et, par beau temps, je sème mes notes au vent, ajoute-t-elle, baignée soudainement par un flot de lumière.

Puis, faisant un signe à Israël, elle dit :
– Approche.

Israël obéit, ébloui par la robe blanche d'Isabelle, devenue translucide.

– L'as-tu exploré ? demande Isabelle en pointant du doigt le moulin, visible entre deux arbres.

Israël ne répond pas tout de suite, sa pensée entière s'étant fixée sur l'image d'un corps parfaitement exquis.

— L'as-tu exploré? répète-t-elle.

— Pas encore, répond Israël, éprouvant au bas-ventre un désir douloureux.

— Il y a une table de travail au rez-de-chaussée. Le matin, si tu ouvres la porte, tu pourras écrire au rythme du piano.

— Je n'y manquerai point, réplique Israël en vacillant sur ses jambes.

Isabelle le pousse gentiment à l'intérieur.

— Allons! dit-elle sur un ton gai. Il fait trop chaud au soleil!

Isabelle referme la porte-fenêtre et entraîne Israël dans une seconde pièce. Le rez-de-chaussée en compte cinq. Après le fumoir, Israël découvre le grand salon, resplendissant sous un lustre magistral, la salle de billard, avec une superbe table franco-anglaise, et la bibliothèque, restée inchangée depuis le XIXe siècle.

— Mon oncle Jacques travaillait ici, dit Isabelle en désignant une grande table ronde au centre de la pièce. La bibliothèque demeure la pièce préférée de ma tante Solange.

Israël ouvre grand les yeux. Les quatre murs sont tapissés de livres précieux, collections originales, encyclopédies, dictionnaires, atlas, romans et récits de voyage reliés en maroquin rouge et brun, ou en basane. Enivré par l'odeur du cuir ciré, du vieux papier et de l'encre séchée, Israël tourne sur lui-même, entrevoyant le paradis pour la deuxième fois en quelques jours. Il se passionne depuis toujours pour les livres anciens, enthousiasme que lui a légué son père collectionneur. Pendant la guerre, en permission à Londres ou à Bruxelles, il dépensait le plus gros de son argent à l'achat de volumes rares, laissant à ses camarades le soin d'enrichir les tenancières de bordel. Et le voilà qui se retrouve dans une bibliothèque privée dont chacun des livres ferait le bonheur des collectionneurs.

Isabelle sourit en lisant l'émerveillement sur le visage d'Israël.

— La bibliothèque est entièrement classée par matières et par auteurs, dit-elle.

Israël s'approche d'un mur. Ses yeux parcourent une rangée et s'arrêtent sur le premier volume des *Mémoires d'outre-tombe* de Chateaubriand.

— C'est l'édition de Biré, dit-il d'une voix rêveuse en prenant le volume entre ses mains.

Isabelle se tient à ses côtés, mais le bibliophile l'ignore. Il se parle à lui-même, compulse le livre et sourit en se rappelant les paroles de Solange Du Breuil.

« Relisez Chateaubriand ! » Il se souvient d'avoir lu à sa sœur Jacqueline l'avant-propos des *Mémoires*. Et il se surprend bientôt à en lire un extrait à Isabelle, adoptant un ton emphatique :

« Comme il m'est impossible de prévoir le moment de ma fin, comme à mon âge les jours accordés à l'homme ne sont que des jours de grâce ou plutôt de rigueur, je vais m'expliquer. Le 4 septembre prochain, j'aurai atteint ma soixante-dix-huitième année : il est bien temps que je quitte un monde qui me quitte et que je ne regrette pas. »

Israël jette un coup d'œil rapide vers Isabelle. Elle est suspendue à ses lèvres. Il poursuit sa lecture :

« La triste nécessité qui m'a toujours tenu le pied sur la gorge, m'a forcé de vendre mes *Mémoires*. Personne ne peut savoir ce que j'ai souffert d'avoir été obligé d'hypothéquer ma tombe. »

Israël interrompt sa lecture sur ces mots et, se tournant vers Isabelle, demande :

— Je peux apporter ce volume au moulin ?

— Mais oui. Va, continue à lire.

Israël obéit, mais s'arrête un peu plus loin et pour de bon, en récitant ce passage :

«Mon dessein était de laisser mes *Mémoires* à Mme de Chateaubriand ; elle les eût fait connaître à sa volonté, ou les aurait supprimés, ce que je désirerais plus que jamais aujourd'hui.»

Israël devint muet, songeant à sa propre femme, à son propre roman, à sa propre mort. Son regard s'assombrit. Le coup de deux heures retentit dans le manoir.

— C'est l'heure du déjeuner, dit Isabelle, qui a remarqué le trouble d'Israël. Passons à la salle à manger.

L'écrivain la suit dans cette autre pièce, où Solange Du Breuil les attend déjà, assise au bout d'une longue table. À sa gauche se tient une femme en uniforme de domestique, dans la soixantaine.

En voyant arriver Isabelle et Israël, la maîtresse de céans se lève et dit :

— Monsieur Pagé, je vous présente madame Geneviève Leroux, un amour de femme qui nous honore de sa présence depuis bientôt quarante ans.

— Madame Du Breuil est trop aimable, dit la domestique en inclinant la tête. C'est moi qui suis honorée.

— Je suis enchanté de faire votre connaissance, madame Leroux, dit Israël en s'inclinant à son tour.

— Et moi de même, monsieur Pagé. Et maintenant, je vous prierais de m'excuser, je dois retourner à la cuisine.

– Je vous en prie, dit Israël.

Et la bonne s'éclipse aussitôt.

– Approchez-vous, lance Solange Du Breuil, invitant Israël à s'asseoir à sa droite et Isabelle à sa gauche.

Tout en contournant la table, Israël promène son regard autour de la pièce. L'hôtesse fait dos à une cheminée surmontée d'un grand miroir encadré par des panneaux de fleurs. Des tableaux d'inspiration bretonne couvrent les autres murs. Tous les meubles de la pièce sont en bois sculpté et torsadé, y compris les chaises sur lesquelles Isabelle et Israël prennent bientôt place.

Dès qu'ils sont assis, Solange Du Breuil s'empare d'une clochette et l'agite. La bonne réapparaît aussitôt avec deux plateaux de coquillages et de crustacés, artistiquement présentés sur un lit de goémon.

– Auriez-vous la gentillesse de nous servir? demande Solange Du Breuil à Israël en pointant du doigt une bouteille de vin dont le col émerge d'un seau à glace.

Pendant que son invité verse le vin, l'hôtesse fait son éducation.

– C'est un muscadet, dit-elle, le cépage nantais par excellence. La légende nous dit qu'au Moyen Âge, il fut apporté d'Orient par un moine. En vérité, c'est un cépage du melon de Bourgogne.

Quand Israël remet la bouteille dans le seau, Solange Du Breuil lève son verre et dit:

– *Yec'hed mat!*

– À la vôtre! traduit Isabelle.

– À la vôtre! fait Israël à son tour.

Et ils avalent en même temps une gorgée de vin sec.

— Maintenant, mangeons! dit Solange Du Breuil en déposant son verre sur la table.

Généreuse, l'entrée se compose de langoustines, d'araignées de mer, d'étrilles, de crevettes roses, de praires, de palourdes et de bigorneaux. Affamés, Isabelle et Israël remplissent leur assiette, sous le regard bienveillant de Solange Du Breuil.

— Je constate que vous n'avez pas oublié ma recommandation, dit l'hôtesse en voyant les *Mémoires* sur la table, à la droite de son invité canadien.

— Je compte m'y mettre dès ce soir, dit Israël en zieutant le livre.

— Très bien!

Solange Du Breuil se sert à son tour. Et, tout en extirpant un bigorneau à l'aide d'une épingle, elle dit:

— Vous apprendrai-je quelque chose, Israël, si je vous dis que tout dépend de Chateaubriand: l'imagination, le style, l'éloquence? Notre cher René a formé Victor Hugo aussi bien que Flaubert…

À la mention de Flaubert, Israël redresse la tête.

— Êtes-vous allée sur l'îlot du Grand-Bé? demande-t-il, interrompant Solange Du Breuil en plein vol.

— Bien sûr! fait l'hôtesse. Tout comme Flaubert, j'ai cueilli une fleur sur la tombe de Chateaubriand, sauf que…

De nouveau, Israël coupe son hôtesse, se mettant à réciter de mémoire un passage du *Voyage en Bretagne* de Flaubert, où l'écrivain évoque la future demeure de Chateaubriand, sur cette île au large de Saint-Malo, ville natale de l'auteur des *Mémoires*:

« Nous avons tourné autour du tombeau, nous l'avons regardé comme s'il eut contenu son hôte, nous

nous sommes assis à ses côtés... Son immortalité sera comme fut sa vie, déserte des autres et tout entourée d'orages...»

S'arrêtant là, Israël dit à Solange Du Breuil :

— Pardonnez-moi de vous interrompre sans cesse. Le fait est que j'ai toujours trouvé quelque chose d'émouvant à cette visite de Flaubert au tombeau vide de Chateaubriand.

— Vous êtes tout pardonné, réplique l'hôtesse en souriant.

Puis, après un bref silence, elle reprend :

— Vous aimez Flaubert ?

— Il fut mon premier maître, répond Israël.

— Alors, je m'étonne que vous n'ayez pas relu Chateaubriand.

— Pourquoi ?

— Il me semble que Flaubert nous donne le goût de relire Chateaubriand. Vous citez le *Voyage en Bretagne*. Avez-vous oublié comment le livre se termine ?

— Non, je n'ai pas oublié, répond Israël. Flaubert et son ami Maxime Du Camp vont finir leur périple à Combourg, devant le château.

— Et que font les deux hommes de lettres ?

Israël répond en citant l'hommage fervent de Flaubert à Chateaubriand : «Assis sur l'herbe, au pied d'un chêne, nous lisions René. »

— Voilà ! fait Solange Du Breuil. Ça ne vous a pas donné envie de le relire à travers les yeux de Flaubert ?

— Non, réplique Israël, j'ai préféré relire Flaubert à travers les yeux d'Ernest Hemingway !

— Vous êtes un admirateur d'Hemingway ?

– Je ne sais plus. Je me souviens qu'il se méfiait de ses admirateurs. Il disait : « Si ton livre marche, ce n'est pas pour les bonnes raisons. Si tu deviens connu, c'est toujours pour les travers de ton œuvre. On fait toujours l'éloge de ton œuvre pour ce qu'elle a de pire. Ça ne rate jamais. »

Israël s'arrête en voyant revenir la domestique, qui repart aussitôt avec les plats dégarnis.

– Isabelle m'a dit que votre premier roman avait été primé, reprend Solange Du Breuil au bout d'un moment. Croyez-vous que ce soit pour les bonnes raisons ?

– J'en doute, répond Israël en souriant. Mais ne craignez rien : mon roman n'a pas marché !

– Bah ! fait Solange Du Breuil. L'important est que votre roman dure.

Geneviève Leroux revient avec le plat principal, une lotte braisée servie dans sa sauce et accompagnée de riz et de pommes sautées. La cuisine est simple et sincère, à l'image de l'hôtesse, qui poursuit avec Israël un dialogue littéraire dont Isabelle est la spectatrice enchantée.

Parfois, elle perd le fil de la conversation, concentrant toute son attention sur le mouvement des lèvres d'Israël. Le vin aidant, elle imagine ces mêmes lèvres sur son cou et éprouve un frisson de désir. Se sentant rougir, elle baisse la tête. Elle vient de voir l'endroit précis où elle veut perdre sa virginité.

Un gâteau breton, doré et fondant, succède au plat principal. Israël en redemande, oubliant que son ventre est déjà plein.

– Je ne pense pas avoir mangé avec autant de gourmandise depuis mes quinze ans, dit-il.

— Je vous l'avais dit que l'air de la Bretagne vous ferait du bien, dit Solange Du Breuil. Vous verrez, l'inspiration vous reviendra aussi.

Avec le sourire, il réplique :

— Puisque je vais travailler au moulin, j'aimerais que vous me parliez un peu des meuniers qui s'y sont succédé.

— Il n'en est pas question ! fait Solange Du Breuil en éclatant de rire. Ça, je vous laisse le découvrir !

— Mais comment y parviendrai-je sans votre aide ?

— Vous êtes écrivain, utilisez donc votre imagination !

~

Le ventre noué, Israël pousse la porte du moulin. Dans l'encadrement intérieur, il découvre aussitôt la date de 1623, suivie d'un nom, Pierre Le Bec, profondément gravés dans la pierre.

Israël fait le calcul : entre la construction du moulin et celle de la maison du meunier, il s'était écoulé un siècle et demi. Il déduit que ce Pierre Le Bec fut le premier d'une longue lignée d'exploitants ou de propriétaires. «Quel genre d'homme était-ce ?» se demande-t-il en franchissant le seuil.

À l'intérieur du moulin, Israël retrouve l'odeur de la chambre du meunier, mais en beaucoup plus concentré. Il dépose le volume de Chateaubriand sur une table de bois rectangulaire, dressée au milieu de la pièce. Puis, fébrile, il emprunte un vieil escalier de bois, qui épouse la courbe de la muraille en moellons calcaires.

Le moulin compte trois étages, éclairés par plusieurs petites ouvertures de formes et de dimensions différentes, placées dans un désordre qui témoigne de plusieurs modifications. Sur les pierres de taille, Israël remarque de mystérieux graffitis, des signes, des lettres, des chiffres, en partie effacés par les frottements dus aux passages continuels des sacs de grains ou de farine.

Au premier étage, sur l'encadrement d'une petite fenêtre, une amusante gravure attire son attention. C'est l'image de son propre moulin que le meunier a voulu représenter, y mettant beaucoup de soin et d'adresse. Israël s'étonne de reconnaître tous les détails des ailes et du mécanisme.

Sur l'encadrement d'une autre fenêtre, il distingue une figuration de vaisseau à trois ponts avec sa proue recourbée, ses rangées de canons et sa haute mâture. Sur d'autres pierres encore, il peut confirmer l'intérêt que Pierre Le Bec ou ses successeurs portaient aux navires. Il se souvient alors des propos de Solange Du Breuil sur les grands capitaines de Riaillé, qui naviguaient autrefois sur les mers lointaines. Ainsi, vers la même époque, un meunier de Riaillé concrétisait ses rêves d'évasion et de départ pour les îles en gravant des vaisseaux sur la pierre de son moulin. Séduit par cette image, Israël descend lentement l'escalier, attribuant à Pierre Le Bec des traits qui lui ressemblent.

Le premier meunier est un conteur-né, un voyageur frustré et un amoureux passionné. Certes, la muraille ne dit rien de ses amours, mais l'imagination d'Israël prend le relais. «Dans ce même escalier qui craque, pense-t-il, plusieurs femmes durent gémir sous les baisers ardents de Pierre Le Bec.»

Arrivé en bas, Israël reprend son livre sur la table de travail, referme la porte du moulin et en ouvre une autre, qui communique avec la maison. L'après-midi s'achève. Encore alourdi par le déjeuner, Israël décide d'aller lire dans le grand lit du meunier. Là, il plonge dans les *Mémoires* et s'endort en pensant à un autre Malouin.

∿

Le lendemain matin, aussi excité que la veille, Israël met à l'essai sa nouvelle table de travail. Son manuscrit, raturé, barbouillé, est à gauche de la machine à écrire, sous une pile de pages blanches. Son cendrier est à droite, avec ses cigarettes, son briquet et une tasse de café fumant.

Le cœur battant, Israël place une page blanche dans le rouleau. Pour la première fois depuis des mois, l'idée d'écrire ne le rend pas malade mais joyeux. La veille, avant de s'endormir, il a songé à écrire un article pour *La Presse*, histoire de se remettre en forme avant d'entreprendre la conclusion de son roman.

Il se met à taper, en vrac, quelques notes : « Deux Malouins : Jacques Cartier et François René de Chateaubriand. L'un découvre le Canada au XVIe siècle, l'autre invente l'Amérique au XIXe. Les Canadiens connaissent bien l'histoire du premier, moins celle du deuxième. En avril 1791, Chateaubriand, déjà mythomane à vingt-trois ans, s'embarque à Saint-Malo pour aller découvrir le fameux passage du Nord-Ouest. Il se croit de la trempe des grands explorateurs. Il ne passe que cinq mois en Amérique, visitant Baltimore, Philadelphie, New York et les chutes du Niagara. Transformé par son génie, ce voyage de touriste nourrit le premier tome des *Mémoires d'outre-tombe*. Voilà Chateaubriand qui badine avec

George Washington, traverse les forêts du Nouveau Monde, descend le Mississippi comme Cavelier de La Salle, s'éprend en Floride d'Indiennes issues d'un sang-mêlé de Cheroki et de Castillan. Il met en scène sa vie comme on écrit un roman. Avant Malraux, il pratique l'art de truquer le récit de sa vie. »

Israël s'interrompt sur ces mots. Il lève les yeux et regarde par la porte du moulin, qui est ouverte. Entre deux arbres, il voit la porte-fenêtre du fumoir, qui demeure fermée. L'herbe est encore humide de rosée.

« Faut-il être un monument de vanité pour produire une grande œuvre ? » se demande l'écrivain, guettant l'apparition de la pianiste. « Faut-il mythifier sa vie ? » Israël baisse les yeux, prend une gorgée de café et allume une cigarette. Dans son premier roman, il avait refusé de se donner le beau rôle, ou simplement le premier rôle, voulant d'abord et avant tout rendre à ses compagnons l'hommage qui leur était dû. Or il ne devra son deuxième roman qu'à lui-même. Et si la vérité qu'il souhaite exprimer passe par une fiction autobiographique, eh bien soit ! « Moi aussi, j'ai le droit de truquer le récit de ma vie », se dit-il en se levant de la table de travail.

Il se rend dans la chambre du meunier et retourne dans le moulin avec sa copie écornée du deuxième tome de *Don Quichotte*. À la fin du livre, il retrouve la note qu'il cherchait, écrite de sa main, le 8 mars 1961, à Madrid : « Son essence se définit par la perte, l'impossibilité, une quête ardente d'identité, une mauvaise conscience de tout ce qui aurait pu être et n'a pas été. Et, en réaction à ce manque, l'affirmation d'une réalité créée par l'imagination, où tout ce qui n'a pas été, finalement, advient. »

Comme il lit ces lignes, Israël entend le piano pour la première fois. Il lève la tête et voit que la porte-fenêtre a été ouverte. Il image Isabelle, assise bien droite sur le banc. Durant un quart d'heure, la pianiste fait des gammes. Puis, d'un style puissant et libre à la fois, elle se met à jouer l'*Appassionata* de Beethoven.

Entre le manoir et le moulin, sous les rayons du soleil matinal, chaque brin d'herbe semble porter une goutte d'or.

Chapitre XX

Brésil

Dès lors, Israël s'abandonne à une routine délicieuse. Aux premières lueurs du jour, il s'installe à sa table de travail, la porte ouverte au bon soleil, profitant d'un printemps idyllique en Bretagne.

Pour ne pas gâcher ses sensations auditives, il écrit désormais à la plume. Car Isabelle est toujours au rendez-vous, semant ses notes au vent. D'instinct, elle choisit les morceaux qui conviendront au style ou au propos de l'écrivain dont elle devine l'humeur. Lorsqu'il cherche à produire une impression de puissance et d'emportement sans violence, elle joue la sonate *Hammerklavier*. Quand il veut donner à son récit un ton doux et méditatif, elle interprète *Clair de lune*.

Dans le moulin, Israël rit et pleure à la fois. Il se souvient des derniers mots de Beethoven : « Au Ciel, j'entendrai. » Il y est déjà : jamais il n'a écrit avec autant de facilité et de plaisir. Ses mots et ses idées ont la fluidité d'une coulée sonore. Suivant un cours inexorable, ils révèlent les secrets intimes d'un homme qui s'apprête à se donner la mort. C'est la fatalité du héros, mais ce n'est plus la sienne. «Cet homme-là, le suicidaire, je l'ai laissé à Málaga», se dit Israël en noircissant des pages.

En début d'après-midi, toujours à la même heure, Isabelle fait son apparition dans le moulin, les bras chargés d'un plateau.

— Le déjeuner de monsieur l'écrivain! annonce-t-elle avec une pointe d'ironie dans la voix.

Elle passe en coup de vent dans le moulin et va déposer le plateau dans la cuisine. Assis à sa table de travail, Israël ferme alors les yeux, se laissant pénétrer par le parfum d'Isabelle. Puis, les jambes flageolantes, il se lève et va rejoindre la pianiste dans la maison du meunier.

Ils mangent face à face. Isabelle lance toujours la conversation, interrogeant Israël sur sa jeunesse, sur la guerre, l'après-guerre, le présent, l'avenir. Et l'écrivain redevient l'adolescent bavard qu'il était à l'époque où il monologuait devant sa sœur Jacqueline. Il déploie ses talents de conteur pour évoquer la rue Adam, le collège, le Témiscamingue, Londres, Bruxelles, Montréal, Dumouchel, Borduas, Duhamel, Leclerc et tous les autres. Son récit envoûte Isabelle, qui découvre en Israël un homme entré de plain-pied dans l'histoire, à la guerre comme à la paix, en Europe comme en Amérique.

Tout en parlant et en mangeant, ils se regardent dans les yeux et voient le même ravissement, le même désir. Mais la pianiste tient l'écrivain à distance. À la fin du repas, elle met les assiettes vides dans le plateau et retourne au manoir.

— À demain! lance-t-elle en quittant Israël. Et bonne écriture!

Israël lui envoie la main en se mordant les lèvres. Il voudrait crier :

— Reviens!

Mais il n'ose pas, reconnaissant à la pianiste le droit de résister à son désir. Le rebute en outre l'idée de dévoyer la nièce de sa logeuse, Solange Du Breuil, qui ressemble tant à l'ancêtre pieuse.

Aiguillonné par un désir lancinant, Israël retourne vite à sa table de travail, où il écrit fiévreusement jusqu'à la fin du jour. Il n'y a alors plus de musique, sauf celle du vent entre les arbres et celle de la plume sur le papier.

En deux semaines de ce rituel, Israël accomplit l'équivalent de deux mois de travail. «Mais cela ne peut plus durer», se dit-il en finissant sa dix-septième journée d'écriture en Bretagne.

∼

Le lendemain, journée magnifique entre toutes, la pianiste comble l'écrivain en rompant leur routine.

— Monsieur l'écrivain mérite une récompense, annonce-t-elle en apparaissant dans l'embrasure de la porte avec un panier de victuailles et une nappe à carreaux. Aujourd'hui, nous allons faire un pique-nique dans la forêt.

— Quelle forêt? demande Israël en bondissant de surprise.

— La forêt de la Poitevinière, celle qui s'étend derrière le manoir, répond Isabelle.

Israël sort du moulin et rattrape Isabelle, qui s'est déjà mise en marche. Il lui prend le panier et la nappe.

— Laisse-moi porter ça! dit-il en jetant vers elle un regard admiratif.

Elle porte une robe fleurie qui ramène l'ancien soldat au printemps de 1944. Il revoit la belle Margie, qui l'avait éconduit en Angleterre. À elle aussi, les robes fleuries allaient à ravir.

Au bas de la colline, ils pénètrent dans la forêt fragrante, empruntant un sentier sablonneux. Filtrés par le couvert des arbres, les rayons du soleil répandent partout une lumière verdâtre.

— Nous pique-niquerons sur le bord d'un étang, dit Isabelle, buvant des yeux l'élixir de la forêt. Toute une légende s'attache à cet endroit.

— C'est loin d'ici?

— Non, c'est tout près.

— Et la légende, elle dit quoi?

— Patience. Tu l'apprécieras davantage lorsque tu auras le décor sous les yeux.

À un détour du sentier, Israël aperçoit l'étang, dont les eaux scintillent au soleil. Il voit aussi une petite île, qui flotte au milieu.

— C'est là que la jeune Viviane se réfugiait, dit Isabelle en pointant l'île.

— Viviane?

— Viviane était une sorte de druidesse de la forêt.

Quelques instants plus tard, ils atteignent le bord de l'étang.

— Par ici, dit Isabelle, en entraînant Israël vers un gros chêne creux.

Arrivée au pied de l'arbre, elle se penche pour ramasser une branche morte.

— Étends la nappe ici, dit-elle à son compagnon, qui lorgne son derrière.

«Elle ne porte pas de petite culotte», se dit Israël en déployant la nappe. Après l'avoir étalée sur le sol, il y dépose le panier.

— Écoute maintenant la légende, dit Isabelle en s'étendant sur le dos.

Israël s'assoit en tailleur à côté d'elle.

— Il y avait une fois un seigneur jeune et beau, le chevalier Symon de Vouvantes, raconte-t-elle, les yeux fermés et les mains jointes sous la poitrine.

Israël ne se gêne pas pour admirer le corps de la pianiste, mis en valeur par sa robe courte et légère. Il suit des yeux la courbe de ses mollets, le galbe de ses hanches, imaginant la douceur et la fermeté de ses cuisses.

— Un jour, poursuit Isabelle, Symon remarqua et admira une jeune fille, qui se baignait régulièrement dans l'étang.

Israël lève les yeux sur les flots chatoyants. Isabelle continue :

— Il tenta de s'en approcher, mais elle fila comme une anguille vers l'île. Il revint aux mêmes heures plusieurs fois, mais toujours la sirène regagnait son refuge boisé. C'est alors que le chevalier invoqua saint Laurent son patron, le priant d'intervenir en sa faveur auprès de la fugace Viviane. Comme il avait besoin d'un endroit pour se recueillir, il construisit de ses mains un oratoire, au pied de ce gros chêne creux que voici.

Isabelle rouvre les yeux, se lève et caresse le vieil arbre de la main.

— On le surnommait le chêne aux sangliers, dit-elle, car ceux-ci étaient très friands de ses glands parfumés.

Sourire aux lèvres, elle se rassoit. Puis, l'air rêveur, elle continue à tisser sa légende :

— De temps à autre, Symon apercevait dans l'île mystérieuse la silhouette de son rêve. Il l'appelait, mais toujours en vain. Heureusement pour lui, saint Laurent finit par amadouer Viviane. Depuis son île, celle-ci commença à répondre aux saluts du chevalier, dont la joie s'exprima par des chants d'espoir renouvelé. Symon ne se doutait pas que sa bien-aimée pouvait entendre tous les battements de son cœur.

— Tous les battements de son cœur? coupe Israël.

— Tous les battements de son cœur, répète Isabelle. Les ancêtres avaient creusé un souterrain reliant le chêne creux à l'île. Ils s'en servaient pour la chasse aux sangliers. Et, un jour, Viviane l'emprunta et surgit devant Symon, au pied de ce chêne creux. Après de douces étreintes, les amoureux s'en allèrent habiter le vieux manoir des Vouvantes, où ils vécurent des jours heureux.

À la fin de la légende, Isabelle s'approche d'Israël et lui souffle à l'oreille:

— Tu vas me trouver fleur bleue, mais je voudrais que tu sois mon Symon de Vouvantes.

Israël la dévore des yeux.

— Chère Isabelle, dit-il, tu sais bien que je ne peux pas te promettre des jours heureux au manoir de la Palue ou ailleurs.

— Israël, s'il te plaît, prends-moi, dit la pianiste en s'étendant sur la nappe.

Après un moment d'hésitation, Israël se penche vers elle et l'embrasse sur la bouche, d'abord timidement, puis langoureusement et enfin passionnément. Isabelle reçoit ses baisers avec un ravissement qui croît avec son excitation. Frissonnante de plaisir, elle cherche fébrilement à glisser ses mains sous les vêtements de son Symon de Vouvantes, qui, dans le même temps, emploie les siennes à caresser les seins ronds aux pointes fermes, les hanches et les cuisses de sa Viviane.

Ils se retrouvent bientôt l'un contre l'autre, joue contre joue. Elle gémit de douleur lorsqu'il la pénètre, puis elle s'abandonne au flot de sensations nouvelles qui la submergent.

Comment la sent-il ? Fraîche. Neuve. Lisse. Jeune. Adorable.

~

Assis sur la nappe, ils contemplent l'étang, à la surface duquel s'allongent les ombres.

— Quand as-tu commencé le piano ? demande Israël, sortant d'un long silence.

— À huit ans, répond Isabelle en appuyant la tête contre l'épaule de son premier amant.

— Et quel âge avais-tu à la mort de tes parents ?

— Sept ans.

— Que leur est-il arrivé ?

— Mon père est mort dans un accident de chasse.

— C'est affreux.

— En effet.

— Et ta mère, comment est-elle morte ?

— Je ne sais même pas si elle est morte.

— Que veux-tu dire ?

— Quelque temps après la mort de mon père, elle m'a confiée à sa sœur, ma tante Solange, le temps d'aller à Paris pour régler les affaires de la famille. Elle n'est jamais revenue.

— A-t-on lancé des recherches ?

– Oui, mais elle est demeurée introuvable. Elle est disparue sans laisser de traces.

– Tu étais enfant unique?

– Oui.

– Pauvre Isabelle! Tu as dû avoir une enfance bien malheureuse.

– Je vais peut-être te scandaliser, mais je n'aimais pas ma mère.

– Tu n'aimais pas ta mère?

– Je pense qu'elle ne m'a jamais serrée dans ses bras.

– Et ton père?

– Il était toujours parti en voyage d'affaires ou d'agrément. Honnêtement, c'est ici, auprès de ma tante et de mon oncle, que j'ai découvert l'amour, la littérature et la musique, précisément dans cet ordre.

– Tu as découvert la littérature avant la musique?

– Oui, mon oncle ne voulait pas que je me mette au piano. Il craignait que je m'isole encore davantage des autres enfants. Comme je passais déjà des heures à lire, il tenait à ce que je fasse du sport, tennis, équitation, natation…

– Que lisais-tu?

– Je pouvais lire deux livres en même temps, dévorant l'un et dégustant l'autre. Je me perdais en Dumas et me retrouvais en Cosette, Cendrillon et autres orphelines de la littérature. Plus tard, j'ai découvert les Russes, Tolstoï et surtout Dostoïevski.

– T'intéresses-tu aux auteurs contemporains?

– Je m'intéresse à Israël Pagé!

Sur cette saillie, la pianiste embrasse l'écrivain dans le cou. Son baiser en entraîne d'autres, toujours plus ardents. Ils s'enlacent et se retrouvent de nouveau étendus sur la nappe à carreaux. Ils font l'amour pour la troisième fois de la journée. D'une fois à l'autre, leurs ébats gagnent en profondeur ce qu'ils perdent en vivacité.

Au sortir d'une dernière caresse, Israël reprend le fil de leur conversation.

— Sérieusement, à quels auteurs contemporains t'intéresses-tu?

— Avant de partir pour l'Italie, je me suis intéressée à Blaise Cendrars, qui vient de nous quitter, comme tu le sais sans doute.

— Tiens, tiens! C'est bien étrange.

— Quoi?

— Rien.

— Dis-moi ce que tu trouves étrange.

— Plus tard, dit Israël en caressant la joue d'Isabelle. D'abord, je veux savoir comment tu as fini par convaincre ton oncle de t'inscrire à un cours de musique.

— Ce n'est pas moi qui l'ai convaincu, c'est ma tante! s'exclame Isabelle en jouant dans les cheveux d'Israël. Au bout d'un an, elle a fini par lui faire entendre raison. Et elle m'a aussitôt trouvé un excellent professeur, qui venait au manoir une fois par semaine. C'est ainsi que j'ai commencé le piano et je ne me suis jamais arrêtée par la suite.

— Que représente la musique pour toi?

— Tout. Depuis ma première leçon de piano, elle m'habite complètement. Elle me procure un plaisir tactile, charnel, spirituel. Quand je plaque mes accords, je fais corps avec l'instrument, il devient le prolongement de ma personne. Et en même temps, il me libère, il me permet de planer, d'exprimer toutes les émotions, y compris celles dont je ne soupçonnais même pas l'existence !

Isabelle s'arrête sur ces mots, rougissant légèrement.

— Ton piano et ta musique agissent de la même manière sur moi, dit Israël. Tu sais, ce matin, lorsque tu as joué le *Deuxième Concerto* de Chopin, je t'ai senti exaltée, et mon écriture l'est devenue tout autant.

— J'en suis ravie. Le *Deuxième Concerto* a une place spéciale dans mon cœur. J'ai donné cette grande œuvre lors de mon tout premier concert public.

— Quel âge avais-tu ?

— Quatorze ans. Je n'étais plus une petite fille.

— Et tu as choisi cette pièce avant de faire l'amour pour la première fois.

— Oui, et tu sais quoi ?

— Non.

— L'amour s'harmonise à moi comme la musique. Que je sois au piano ou dans tes bras, je me sens puissante. Cela décuple mon plaisir.

≈

La chambre du meunier est plongée dans l'obscurité. L'odeur du sexe s'y mêle à celle du froment.

— Si tu avais le choix, où irais-tu vivre ? demande Isabelle.

— Au Brésil, répond Israël.

— Pourquoi le Brésil ?

— Pourquoi le Brésil ?

Israël pouffe de rire, ferme les yeux et enfouit son nez dans les boucles noires d'Isabelle, dont la tête repose au creux de son épaule. Ils sont enfoncés dans le lit moelleux.

L'écrivain finit par répondre :

— Parce que je suis violemment indiscipliné, le sertão brésilien, la sauvagerie, brousse et bled me conviendraient.

— Mais… mais tu cites Cendrars !

— Oui, et tu es un ange.

Israël mordille l'oreille d'Isabelle. Leur routine a changé depuis leur pique-nique dans la forêt de la Poitevinière, il y a bientôt deux mois. Ayant complété la dernière partie de son roman, Israël s'est mis en tête de réécrire les deux premières à la main. Il donne ainsi une fraîcheur nouvelle à son manuscrit dactylographié, raturé, barbouillé. De son côté, Isabelle continue à offrir un accompagnement musical à son écriture. Mais elle ne fuit plus l'écrivain après le déjeuner. Elle le suit plutôt dans le lit du meunier.

— Sois sérieux, Israël, reprend la pianiste. Pourquoi le Brésil ?

Israël, sur un ton sérieux :

— Parce que Cendrars, justement, parce que Pelé, aussi, parce que Brasília, malgré tout, mais surtout, parce que…

Israël laisse sa phrase en suspens.

— Parce que quoi ? demande Isabelle pour l'encourager à finir sa pensée.

Israël veut parler de son père, qui a longtemps cru au message contenu dans le livre *Brésil, terre d'avenir*. Mais il choisit de finir sa phrase autrement.

— Parce que j'ai besoin d'un choc, dit-il.

— Besoin d'un choc ? fait Isabelle.

— Oui, j'ai besoin d'un choc pour écrire. Je commence à me connaître. Je sais comment je suis fait à l'intérieur. Lorsque je retournerai à Montréal, je m'enliserai de nouveau dans mon petit confort et je m'étiolerai.

— C'est curieux, je pensais que Cendrars ne croyait plus au Brésil. N'a-t-il pas reproché à ce pays de toujours courir derrière le bluff du modernisme?

— C'est vrai, mais c'est quand même là que Cendrars est devenu romancier.

— Tu veux dire fabulateur.

— C'est la même chose. Tu sais que Cendrars avait mon âge lorsqu'il s'est embarqué pour la première fois pour le Brésil, en 1924?

— Non, je ne savais pas. Au fait, quel âge as-tu?

— J'ai trente-sept ans. Et toi?

— J'en ai vingt-deux. Tu disais donc que Cendrars est devenu romancier au Brésil…

— Oui, le Brésil l'a beaucoup inspiré. Au début, il considérait ce pays comme la terre de la grande chance, le laboratoire de l'homme nouveau, le pays de la folie, mettons de la folie des grandeurs, le rêve des vagabonds, des aventuriers, des découvreurs…

— Ne pourrait-on pas dire la même chose du Canada?

— Ah non! Le Canada a été découvert, conquis et oublié! La preuve, c'est qu'il ne compte pour rien dans l'Amérique de Chateaubriand! Le Brésil, lui, a été découvert, certes, mais il n'a jamais été conquis. C'est une invention, en fait.

— Tu crois au mythe du pays neuf encore à conquérir?

— Non, je veux juste me rendre à Brasília dans une vieille Ford décapotable. Je veux traverser le sertão en conduisant d'une main et à fond la caisse. Je veux visiter São Paulo et Rio. Je veux voir Pelé. Je veux entendre la bossa-nova.

— Et danser avec les Sud-Américaines ?

Israël rougit.

— Elles n'ont pas peur d'aimer, dit-il en citant Cendrars de mémoire, elles ne craignent pas de prendre…

— … elles savent tout aussi bien donner, complète Isabelle en caressant la poitrine d'Israël.

Puis, après un moment de silence, elle ajoute :

— C'est drôle, je ne t'imaginais pas en amateur de football.

— Tu parles à un ancien athlète, dit Israël en bombant le torse. Jesse Owens fut ma première idole sportive. Pelé est la dernière en lice. Imagine : à dix-sept ans, il a fait gagner le Brésil en Coupe du monde. Il incarne à lui seul l'élan de son pays.

— Mais que penses-tu de Brasília ?

— C'est un cauchemar. Les paysans du Nordeste ont cru bâtir une ville qui serait la leur et ils en sont chassés comme des malpropres.

— On est loin de la capitale de l'espoir dont parlait Malraux il y a deux ans.

— Lui, c'est un vrai fabulateur.

— Et toi ?

Israël regarde le plafond sans répondre. Il pense au mythomane par excellence de la littérature, le Don Quichotte de Cervantes, qui finit par rentrer dans son village, où il récupère la raison. Pour lui, c'est le comble de la folie : c'est le suicide.

– Et toi ? répète Isabelle.

Israël émerge de sa réflexion.

– Romancier, fabulateur, c'est la même chose, répond-il avec un brin d'impatience dans la voix.

Isabelle se redresse et se met à califourchon sur le bas-ventre d'Israël.

– J'aurais voulu que tu me parles de la Bretagne plutôt que du Brésil, dit-elle en toisant l'écrivain.

Sans crier gare, elle lève la main et la fait claquer sur la joue d'Israël, qui grimace de douleur. Puis elle se met à lui marteler la poitrine à coups de poing. Le mois de juillet étant arrivé, leurs ébats amoureux deviennent de plus en plus intenses et violents.

CHAPITRE XXI

Le destin

– Voici mon manuscrit, dit Israël en remettant à Solange Du Breuil une enveloppe fermée. Je le reprendrai le jour de notre départ.

La tante d'Isabelle s'empare du document.

– Me donnez-vous la permission de le lire? demande-t-elle en le palpant.

– Si vous voulez, répond Israël en haussant les épaules.

Après une brève pause, il ajoute, d'une voix monocorde:

– Vous comprendrez pourquoi je ne tiens pas à ce que ma femme le lise ici.

– Isabelle l'a-t-elle lu?

– Non.

Un ange passe dans le vestibule du manoir. Israël baisse les yeux, souffrant en silence. La veille, Isabelle est partie sans lui faire ses adieux. À trois jours de l'arrivée de Mathilde et des enfants, elle a quitté Riaillé pour une destination inconnue, ne laissant derrière elle ni note ni message. Ce départ, jumelé avec cette arrivée, dévaste l'écrivain, qui ne trouve aucune consolation à l'idée de revoir ses filles Françoise et Jacinthe. Bien au contraire, il s'en effraie.

Relevant la tête, il met fin au silence :

— Vous trouverez à l'intérieur de l'enveloppe le nom et le numéro de téléphone d'un ami canadien à Paris. Il s'appelle Gaston Miron. Il est poète et éditeur. S'il m'arrivait malheur, je vous saurais gré de le contacter. Je voudrais que mon manuscrit lui soit confié.

Solange Du Breuil fronce les sourcils.

— Pourquoi vous arriverait-il malheur ? demande-t-elle vivement.

— Ce matin, un lapin est entré dans la maison du meunier, répond Israël.

— Et alors ?

— C'est un signe de malheur.

— Je ne vous savais pas superstitieux.

— Moi non plus.

Un autre ange passe. Au bout d'un moment, Israël reprend :

— Honnêtement, ce lapin m'a donné la frousse. Après avoir réussi à le chasser par la porte du moulin, je me suis dit : « S'il m'arrivait malheur, je ne voudrais pas que mon manuscrit devienne la responsabilité de ma femme. » Voilà tout.

Solange Du Breuil examine l'enveloppe.

— Je ne comprends toujours pas, dit-elle

— Vous ne comprenez pas quoi ? demande Israël.

— Soyons sérieux : selon toute probabilité, il ne vous arrivera aucun malheur. Votre roman sera publié à Montréal…

— … ou à Paris.

– Votre roman sera publié à Montréal ou à Paris et votre femme finira bien par le lire, non? Vous la connaissez. Quelle sera sa réaction?

– Elle se sentira trahie.

Solange Du Breuil se mord les lèvres. Au lieu de livrer le fond de sa pensée, elle scrute le regard d'Israël, cherchant à atteindre les profondeurs de son être. Bientôt elle voit des larmes gonfler ses yeux bleus.

– C'est le seul roman que je pouvais écrire, reprend Israël en soutenant le regard de la Bretonne.

– Peut-être bien, mais Mathilde n'est pas la seule femme avec...

– Taisez-vous, interrompt Israël, le regard affolé, vous blasphémez!

– Ça alors! fait Solange Du Breuil en éclatant de rire. Elle est bien bonne, celle-là! Je pensais que vous ne vous sentiez aucunement concerné par la religion!

– C'est vrai, mais vous... N'êtes-vous pas aussi pieuse que votre ancêtre Marie?

En formulant cette question, Israël lève les yeux sur le portrait de «La dame blanche». Solange du Breuil suit le regard de l'écrivain. Puis elle répond:

– Marie avait ses excentricités, j'ai les miennes. Mais, dites-moi, n'avez-vous jamais parlé de Mathilde avec Isabelle?

– Jamais, dit Israël en baissant la tête.

– C'est dommage.

Puis, après une pause, elle ajoute:

– Allez, je vous garde à déjeuner.

– Je vous remercie, dit Israël, mais je dois aller au bourg. Je n'ai plus de cigarettes.

– Vous ne fumiez presque plus.

– L'envie m'a repris.

– Prenez la Citroën, vous serez de retour à temps pour le déjeuner.

– J'ai besoin de marcher.

– Mais il va bientôt se mettre à pleuvoir!

– Je sais.

– Bon. Je n'insiste pas plus. Au fait, vous pourrez prendre la voiture pour aller cueillir votre famille à la gare.

– Merci.

– Je vous en prie.

– Au revoir.

– Au revoir, Israël.

~

«Quel sale temps!» grommelle-t-il en traversant la place de l'église. Une pluie froide s'abat sur Riaillé, fouettée par un vent traître. Le mois de juillet est arrivé neuf jours plus tôt, mais l'été semble s'être absenté de la Bretagne.

Frissonnant, Israël remonte le collet de sa veste détrempée. Il se dirige à grandes enjambées vers l'hôtel Parisien. Depuis son arrivée à Riaillé, il s'y rend une fois par semaine pour acheter cigarettes, journaux et revues. Il profite toujours de l'occasion pour causer guerre ou littérature avec Cécile Brunet, qui se passionne pour les deux sujets. Un jour, la tenancière lui a dit:

– Si les Canadiens français écrivent comme ils se battent, leurs romans doivent être rudement bons!

Il lui a répondu en souriant:

— Hélas, ceux qui savent écrire ne savent pas se battre, et vice-versa.

— Il doit bien y avoir quelques exceptions.

— Il doit bien y en avoir.

Les deux ont rigolé.

Aujourd'hui, cependant, Israël ne s'éternisera pas. Il achètera ses cigarettes et repartira le plus rapidement possible. Et il ne ramènera avec lui ni journaux ni revues, n'ayant pas plus le cœur à la lecture qu'à la conversation. Plus rien ne l'intéresse, à part la fumée bleue des gitanes.

Or, comme il ouvre la porte de l'hôtel, le chat noir de Mme Brunet lui passe entre les jambes. Il sursaute et râle :

— Maudite guigne !

En le voyant arriver dans la partie tabac-journaux, Cécile Brunet tressaille, puis s'écrie :

— Monsieur Pagé, vous voilà enfin ! Savez-vous la nouvelle ?

— Quoi donc ?

— Vous n'avez rien su à propos de…

— À propos de qui ?

— À propos de votre écrivain préféré…

Israël pâlit.

— Que lui est-il donc arrivé ? demande-t-il en s'approchant du comptoir.

— Il est mort.

— Mort ? Quand ?

— Il y a une semaine, jour pour jour.

— Comment est-il mort ?

— Il s'est suicidé. C'est affreux, monsieur Pagé. Je vous ai gardé tous les journaux, toutes les revues. Mais je vois que la nouvelle vous bouleverse. Vous êtes blanc comme un drap. Voulez-vous un café, une bière, ou quelque chose de plus fort?

— Donnez-moi une Coreff, s'il vous plaît.

— Bien, allez vous asseoir dans la salle à manger. Vous allez être tranquille, il n'y a encore personne.

— N'oubliez pas mes cigarettes… et les journaux aussi.

— Je vous apporte tout ça dans un instant.

Hébété de stupeur, Israël tourne sur lui-même et se dirige d'un pas lent vers la salle à manger. Il se laisse choir sur la première chaise, met ses coudes sur la table et se prend la tête à deux mains.

— Christ! jure-t-il. Il s'est tué, le tabarnaque! Il s'est tué!

Il se sent descendre dans un gouffre sans fond. Mais il revient vite à la surface en entendant la voix de Cécile Brunet.

— Votre Coreff, dit-elle en arrivant avec un verre rempli d'une bière ambrée.

Elle repart aussitôt et revient avec cigarettes, journaux et revues.

— Voilà! dit-elle en déposant le tout sur la table.

— Je vous remercie, dit Israël, les yeux rivés sur la manchette qui barre la une du premier journal sur la pile: «Mort à l'aube».

— Appelez-moi si vous avez besoin de quoi que ce soit, dit la tenancière avant de s'éclipser.

Soudain seul, Israël allume une gitane brune, avalant goulûment la fumée avant de l'exhaler rageusement. Puis il vide son verre d'un trait, cherchant à s'engourdir. Quelque peu assoupi par la bière et la cigarette, il se plonge alors dans la lecture des journaux et revues, entraîné par une fascination morbide. Il accumule les détails pour se faire une idée la plus précise possible des circonstances entourant le suicide de son modèle. Il parvient ainsi à reconstituer le film des événements.

Au moment même où lui arrive à Riaillé, Ernest Hemingway est hospitalisé à la clinique Mayo, dans le Minnesota. Placé dans l'aile des candidats au suicide, l'auteur du *Vieil homme et la mer* se croit traqué par les inspecteurs du FBI. Il souffre de paranoïa, d'insomnie, d'hypertension, de dépression. Son cerveau est usé par l'alcool – sans parler de son corps. Au début de l'année, il a échoué à réviser le manuscrit de *Paris est une fête*, son récit autobiographique sur ses années de faim, d'amour et de bonheur dans la Ville lumière. Depuis, le lion de la littérature américaine dépérit, et les électrochocs n'y peuvent rien.

Or, malgré tous les symptômes de sa déroute mentale et physique, Hemingway obtient son congé de l'hôpital. Au dire de sa femme, Mary, le romancier a réussi à séduire et abuser son psychiatre pour le mener à la conclusion qu'il était sain. Ainsi, le 26 juin, il regagne son chalet, à Ketchum, dans l'Idaho. Six jours plus tard, il se lève à l'aube en prenant soin de ne pas réveiller sa femme. Il descend au rez-de-chaussée et choisit dans le râtelier un fusil de chasse Boss à deux coups acheté chez Abercrombie and Fitch à New York. Après l'avoir chargé de deux cartouches, il se rend dans la salle de séjour, au milieu de laquelle il s'assoit en tailleur. Puis, en pointant les canons vers sa tête, il cale l'arme contre le sol et presse sur les deux détentes à la fois. La déflagration fait éclater l'ensemble de sa boîte crânienne.

Israël ferme les yeux, tentant de chasser cette image d'une violence extrême. Il réfléchit à une déclaration de Gertrude Stein, celle qui avait accueilli, à Paris, Hemingway et les autres écrivains américains de la « génération perdue » : « Quel livre ce serait que la véritable histoire d'Hemingway, non pas ce qu'il a écrit mais la confession du véritable Ernest Hemingway. »

« Tout au long de sa vie, se dit Israël, Hemingway aura tissé sa propre légende, accumulant les rôles virils et forts : soldat, correspondant de guerre, chasseur et pêcheur intrépide, aficionado, boxeur, champion littéraire, buveur héroïque. Il aura fini par croire à son propre mythe », pense-t-il en relisant dans une des revues une citation d'Hemingway : « Tout le monde est sur le ring. On ne survit que si on rend les coups. Je me battrai jusqu'au dernier jour et, ce jour-là, je me battrai contre moi-même, pour accepter la mort, comme quelque chose de beau. La même beauté qu'on voit dimanche après dimanche dans les arènes. »

Jusqu'à la fin, Hemingway aura été fidèle à son œuvre, marquée par l'obsession de la mort. « Mais où est la beauté dans son dernier geste ? » se demande Israël. Il songe au grand styliste, qui avait hérité de Flaubert le culte du mot juste, qui voulait dépouiller le langage pour le mettre à nu jusqu'à l'os, qui cherchait à écrire une phrase vraie. Le 2 juillet 1961, ce même homme a mis un point final à sa vie en se flambant la cervelle.

Israël n'a pas oublié ces vers d'Hugo :

L'homme est viril et fort qui se décide
À changer sa fin triste en un fier suicide

Il n'en croit plus un mot. Bien au contraire, il a cette intuition, qui le frappe avec la force d'un obus: toute sa vie, Ernest Hemingway a dû lutter contre sa lâcheté et la tentation du suicide. Son paysage intérieur devait être un cauchemar. Et ses nuits devaient se passer à combattre ses démons.

« Quel livre ce serait que la véritable histoire d'Hemingway, se dit Israël en se levant sur des jambes chancelantes. Mais ce n'est pas moi qui l'écrirai. »

❧

Israël n'en croit pas ses yeux. Sa belle-mère est là, au bout du quai, avec Mathilde et ses filles. Il n'a pourtant jamais été question qu'elle vienne à Riaillé. Elle devait rester à Paris, chez des parents. « J'aurais dû me méfier », se dit-il en marchant comme un automate en direction de sa famille. Ne dit-on pas que le passé est garant de l'avenir?

Régine Ober tient Françoise et Jacinthe par la main. Elle regarde son gendre avec un sourire pincé. Israël baisse les yeux et observe ses filles, auréolées de boucles blondes. « Comme elles ont grandi, se dit-il. Comme elles sont mignonnes dans leurs robes et leurs souliers d'été. » Il éprouve un bref regret, celui de ne pas les voir courir à sa rencontre.

Mais ce regret se transforme aussitôt en colère. Mathilde se met à marcher vers lui, plus souriante que jamais. De toute évidence, elle étrenne une robe achetée à Paris. « Je l'étranglerais », se dit Israël en fixant son regard sur son beau décolleté. Mais sa colère ne dure pas plus longtemps que son regret. Arrivé à deux pas de sa femme, il ne ressent plus que de l'abattement.

— Pourquoi est-elle venue? demande Israël en s'arrêtant devant Mathilde.

— Tu ne m'embrasses pas?

— Je te pose une question.

— Moi aussi.

Du coin de l'œil, Israël voit sa belle-mère et ses filles, restées en retrait. Puis il reporte toute son attention sur Mathilde. Il voit dans ses yeux verts une lueur qu'il ne connaît pas. Il s'approche d'elle et la prend dans ses bras. Au contact de son corps, il pense à Isabelle.

— Pourquoi ta mère est-elle venue? murmure-t-il à l'oreille de sa femme. Tu m'avais dit qu'elle nous attendrait à Paris.

— Elle a changé d'idée, répond Mathilde.

— Et tu ne m'en as pas parlé?

— Je me doutais que la chose ne te plairait pas.

— La chose me tue, si tu veux le savoir.

Mathilde s'arrache à l'étreinte de son mari.

— Israël, s'exclame-t-elle, nous sommes ta famille!

— Je sais, réplique le mari en prenant le bras de sa femme.

Il la guide vers le reste de sa famille. Il se penche pour embrasser Françoise et Jacinthe.

— Comment vont mes deux amours? leur demande-t-il avec un sourire forcé.

— Bien, papa, et toi? font-elles à l'unisson.

— Je vais bien, merci.

Sa grimace le trahit. Il se relève et se tourne vers Régine Ober.

— Quelle surprise! dit-il en l'embrassant sur les deux joues.

— J'espère que la surprise n'est pas désagréable.

— Rassurez-vous.

Là-dessus, il prend les valises de sa belle-mère et de sa femme.

— Suivez-moi! dit-il en menant sa famille du quai à la Citroën, garée près de la sortie.

En arrivant à la voiture, il dit à ses filles:

— Asseyez-vous sur la banquette avant.

Une fois derrière le volant, Israël se transforme. Tout au long de la route vers Riaillé, il conduit en parlant avec chaleur et enthousiasme, une main sur le volant, l'autre en l'air, pour ponctuer son récit. Il s'adresse uniquement à Françoise et à Jacinthe. Mathilde et sa mère sont assises à l'arrière, étonnées par la ferveur d'Israël.

Le père raconte à ses filles des histoires bretonnes, celle de «la dame blanche», celle du meunier Pierre Le Bec, celle du chevalier Symon de Vouvantes. Il omet l'histoire qui lui tient le plus à cœur, celle d'Isabelle, mais ses mots vibrants et ses images lumineuses empruntent à son amour pour la pianiste.

Françoise et Jacinthe sont suspendues aux lèvres de leur père, qui leur apparaît sous un jour tout neuf. «Qui donc est cet homme jaseur et captivant?» se demandent-elles. Elles se souviennent d'un père distant, perdu dans ses pensées, accaparé par son travail. Elles découvrent avec ravissement un conteur génial, sur lequel elles jettent des regards brillants.

Mais Israël ne les voit pas. Il parle en fixant son attention sur la route sinueuse. Sur la banquette arrière, Mathilde et sa mère l'écoutent en échangeant des regards déconcertés. Elles s'interrogent sur sa loquacité, son romantisme, sa passion. Elles ont l'intuition de quelque chose.

Non loin de Riaillé, Régine Ober réussit à s'interposer entre Israël et ses filles.

— Au fait, dit-elle à son gendre, avez-vous fini votre roman ?

— Oui, répond Israël.

— En es-tu satisfait ? demande Mathilde.

— Très.

Israël jette un coup d'œil rapide à ses filles, qui ne le regardent plus. Il leur dit quand même :

— N'oubliez pas mes histoires, c'est peut-être la seule chose que je vous laisserai.

— J'aime bien l'histoire de «la dame blanche», dit Françoise. Tu dis que Mme Du Breuil lui ressemble ?

— Beaucoup.

— J'ai hâte de la voir.

— Moi aussi, fait Jacinthe.

À ces mots, Israël se met à pleurer. Il n'y peut rien. Il est submergé par une tristesse infinie. Sa fille aînée s'aperçoit de son émotion.

— Pourquoi pleures-tu, papa ? demande-t-elle.

— Parce que la vie va nous séparer, répond son père à voix basse.

— Quand ? fait Jacinthe en écarquillant les yeux.

— Un jour.

Régine Ober tend l'oreille, mais n'entend pas l'échange. Elle s'interpose néanmoins dans la conversation. D'une voix qui irrite Israël, elle lui demande :

— Pensez-vous que votre deuxième roman obtiendra un plus grand succès commercial que le premier ?

— C'est difficile à dire, répond Israël. Tout ce que je sais, c'est que je n'écris pas dans une optique commerciale.

— Autrement dit, vous n'êtes pas près de quitter *La Presse*.

— Au contraire.

~

Il fume des gitanes à la chaîne, assis à la table de la cuisine. Malgré la chaleur extérieure, toutes les portes et toutes les fenêtres de la maison du meunier sont fermées. Peu à peu, l'odeur du gaz se répand, prenant vite le dessus sur celle des cigarettes.

Israël Pagé ne pense déjà plus aux femmes de sa famille. Trois heures plus tôt, elles sont parties à Saint-Malo en compagnie de Solange Du Breuil. Il a prétexté la fatigue pour se retrouver enfin seul.

La tête hallucinée, il revit chaque épisode de sa jeunesse, revenant sans cesse à son baptême du feu, sur la plaine normande.

— J'étais encore un enfant ! répète-t-il à haute voix en réentendant les quatre notes d'introduction de la *Cinquième*. J'étais encore un enfant !

Il se souvient d'avoir su ce jour-là comment il mourrait. Pom, pom, pom, po-o-m ! Il sourit malgré lui en pensant au mot de Beethoven pour expliquer l'entrée en matière de sa fameuse symphonie : « Ainsi frappe le destin à la porte. » Pom, pom, pom, po-o-m !

Il ne pense pas à son pays, mais au Brésil, où il ira rejoindre Isabelle. Il dodeline de la tête et, à travers le brouillard de son esprit, il aperçoit l'image de son père. Son dernier instant de lucidité le ramène à la mauvaise conscience de son héros romanesque, qui est devenue la sienne, après tout. Il songe une dernière fois à tout ce qui aurait pu être et n'a pas été, puis il tombe à la renverse sur le plancher de la cuisine.

Chapitre XXII

L'enterrement

Une voix française au téléphone :
— Monsieur Gaston Miron ?

— Lui-même.

— Solange Du Breuil à l'appareil. Je vous appelle de Bretagne pour vous annoncer une bien triste nouvelle. Votre ami Israël Pagé est décédé dans la journée d'hier. Il m'avait prié de vous avertir s'il lui arrivait malheur. Il voulait vous confier quelque chose.

Un silence interminable. Miron n'arrive pas à le croire. Israël Pagé, qu'il a rencontré quelques mois plus tôt à Paris, plein de force, de talent et d'ambition, mort ? Les murs de la Maison canadienne se referment sur lui. Le plancher valse sous ses pieds. Dans la canicule de ce 18 juillet 1961, il suffoque. Israël Pagé est mort ?

— C'est affreux, dit-il au bout d'une éternité. Que s'est-il passé ?

— Il est mort d'une embolie, répond Solange Du Breuil.

— Une embolie ?

— C'est ce que la veuve et sa mère disent. L'embolie aurait été causée par une vieille blessure de guerre.

— Elles étaient avec lui?

— Oui, elles étaient toutes là, sa femme, sa belle-mère et ses filles, deux enfants adorables qui grandiront sans leur père. Quelle tristesse, monsieur Miron! Quelle tristesse!

Solange Du Breuil sanglote au bout du fil. Miron ne trouve aucune parole consolante. Après un certain laps de temps, la Bretonne domine son émotion et reprend:

— Votre ami sera mis en terre demain, au cimetière de Riaillé.

— Son corps ne sera pas rapatrié au Canada? demande Miron.

— Non. La mère d'Israël en a décidé ainsi.

— Sera-t-elle à l'enterrement?

— Non. Elle a fait dire qu'elle viendra plus tard avec ses filles fleurir la tombe d'Israël.

Miron décide aussitôt de se rendre à Riaillé. Tant qu'il n'aura pas vu la tombe d'Israël Pagé, il ne pourra pas croire à sa mort. Et si ce que lui dit son interlocutrice est bel et bien vrai, il sera là pour rendre hommage à l'un des plus grands écrivains du Canada français. Pense-t-il alors au manuscrit d'Israël? Pas en ce moment de douleur.

Miron fait part à Solange Du Breuil de son intention d'aller à Riaillé. Elle l'invite aussitôt à rester chez elle.

— Il y a sur notre propriété une maison de meunier, dit-elle. M. Pagé l'a habitée durant les derniers mois de sa vie. Quelques jours avant sa mort, ses proches l'y ont rejoint. Depuis, elles ont déménagé au manoir. Vous pourrez donc vous y installer à votre aise.

Après une brève pause, Solange Du Breuil ajoute :

— Rappelez-moi quand vous saurez l'heure de votre arrivée. J'irai vous cueillir à la gare de Nantes.

Miron prend en note le numéro de téléphone de Solange Du Breuil et la remercie de son hospitalité. Elle raccroche sans rien ajouter.

Après avoir vérifié l'horaire des trains, Miron monte à sa chambre et fait sa valise. Son séjour parisien tire à sa fin. Il doit rentrer au Canada dans une huitaine. Après un an et demi en France, il a hâte de renouer avec les siens, de replonger dans la vie littéraire de Montréal et la lutte politique du Québec. Et voilà qu'il apprend la mort d'un autre compatriote en sol français. Au début de l'année, l'ambassade canadienne à Paris lui a demandé d'aller identifier à la morgue la dépouille du peintre Paul Émile Borduas, l'âme exilée de *Refus global*. Quelque part en Bretagne, Israël Pagé vient de disparaître à son tour.

« Maudite guerre ! se dit Miron. Elle aura fini par le tuer. »

∼

La Citroën file dans la nuit. Derrière le volant, Solange Du Breuil parle d'une voix brisée par l'émotion :

— Je suis incapable de vous cacher la vérité, dit-elle à Gaston Miron. Votre ami a été hospitalisé après avoir attenté à sa vie.

— Quoi ? fait le poète. Israël a tenté de se suicider ?

— Oui. Il a allumé le gaz de la cuisinière. Au retour d'une visite à Saint-Malo, sa femme, sa belle-mère et ses filles l'ont découvert, inerte, sur le plancher de la cuisine.

Miron reçoit le choc en silence. Le dernier geste d'Israël Pagé, à la fois inattendu et incompréhensible, le reporte au mois de juin 1960. Il est seul à Paris. Sans le sou et sans amour, il a renoncé à la poésie, la croyant morte en lui. Et, dans sa petite chambre de la Maison canadienne, il écrit ces mots à son ami Claude Haeffely : « Toujours pareil à Paris, les putains, le cinéma, tout ce qu'il y a pour oublier. Le suicide me hante depuis un mois comme jamais. À quoi sert de continuer si on n'a pas même une raison de vivre, ne fût-ce que de coucher avec une femme. Il y a bien les putains, mais c'est mécanique, avec ma gueule, elles ne veulent jamais jouir. Je suis fatigué d'avoir un visage dégueulasse. »

Sa foi en l'action l'aura sauvé. Au fil des mois, il est devenu « le plus militant des Canadiens français en France », comme devait l'écrire Israël dans *La Presse* après son interview avec lui. Retrouvant son entregent légendaire, il a organisé à Paris plusieurs manifestations culturelles, dont une exposition de livres de poésie parus au Québec depuis dix ans avec la collaboration de Roland Giguère. « Je ne suis pas venu en France pour m'intégrer, mais pour me confronter », devait-il confier à Israël. Comment pouvait-il savoir qu'il avait devant lui un écrivain suicidaire ?

Après un long silence, Solange Du Breuil tire Miron de ses réflexions.

— Il se peut que M. Pagé soit mort d'une embolie, dit-elle. Mais il reste qu'il a bel et bien voulu en finir avec la vie. Au fait, à quand remonte votre dernière rencontre avec lui ?

— Nous nous sommes vus pour la dernière fois à la mi-décembre, répond Miron.

– Comment vous avait-il paru?

– Il était heureux, je pense. Il disait qu'il se réalisait enfin, selon ses propres termes. Et je le croyais. Savez-vous s'il a écrit pendant son séjour en Bretagne?

– Tous les jours! J'avais fait mettre une table de travail dans le moulin. C'est là qu'il écrivait, la porte ouverte au soleil.

– Il écrivait dans un moulin?

– Oui, comme Alphonse Daudet. Vous verrez, le moulin est rattaché à la maison du meunier.

– Et il vous a remis son manuscrit?

– Oui.

– L'avez-vous lu?

– Oui.

– Et puis?

– Et puis le héros, qui lui ressemble étrangement, se donne la mort à la fin.

– Je m'en souviens maintenant...

– Vous vous souvenez de quoi?

– Lors d'une de nos dernières rencontres, à Montréal, il m'avait confié que son héros non récupérable mourait à la fin. Je l'avais oublié, mais je m'en souviens maintenant. Se peut-il que...

– Ne vous torturez pas l'esprit, monsieur Miron, il n'y a rien à comprendre.

~

La famille endeuillée est assise sur l'ancien banc seigneurial, aux côtés de Solange Du Breuil et d'Isabelle Brossard. Gaston Miron a pris place derrière elles avec Cécile Brunet, la tenancière de l'hôtel Parisien.

Le poète ne voit rien d'autre que le voile blanc d'Isabelle, dont il vient tout juste de faire la connaissance. Étant croyant, il adresse une prière au Seigneur pour que la pianiste tourne la tête vers lui. Il souhaite revoir son visage, dont la beauté est de nature à inspirer le plus stérile des poètes. Il cherche aussi à comprendre la couleur de son deuil, qui est celle de sa tante. Mais rien ne distrait Isabelle du jeune célébrant, qui offre «cette sainte messe pour l'âme du défunt, soldat, journaliste, écrivain, mari et père».

D'une voix qui résonne aux quatre coins de l'église presque vide, le prêtre poursuit: «Face à la mort humaine, la nôtre et celle de nos proches, chacun de nous se tient d'un cœur bouleversé, l'intelligence étonnée et l'œil triste, mais Dieu a le droit de rappeler de ce monde à Lui, dans la patrie éternelle, qui Il veut, quand Il veut, d'où Il veut et de la manière qu'Il veut. Il ne consulte personne au sujet de notre mort ni n'amnistie personne de la mort. Il est le Créateur de notre corps et de notre âme, le maître absolu du temps et de l'éternité, de ces espaces matériels et des sphères spirituelles, et c'est pourquoi nous nous tenons devant Dieu dans l'attitude d'humilité et de foi…»

Pendant que le prêtre prononce ces derniers mots pieux, Miron parvient à s'arracher de la vue du voile blanc. Il tourne son regard vers le cercueil, qui est ouvert dans la nef. D'où il est assis, il peut voir le corps d'Israël et son beau visage, figé dans une attitude de recueillement. Il guette le moment où, en guise de protestation, l'écrivain athée se dressera tout raide pour lancer un de ses jurons préférés. Il se souvient de ses imitations truculentes, comme celle où il prenait l'accent d'un de ses anciens compagnons d'armes, «un p'tit colon du Lac Saint-Jean, pas d'instruction, pas joli», qui, au retour du front, s'insurge devant « des p'tits vieux dans leu' chaises berçantes » :

Vous me remerciez d'être allé à la guerre, d'avoir sauvé la Chrétienté. La Chrétienté, j'm'en câlice. Mais toé, vieux sacrement, es-tu jamais allé plus loin que le bout de ton jardin ? As-tu vu les vieux pays ? As-tu été en Angleterre, en Écosse, as-tu vu le blitz de Londres, toé ? As-tu vu la Normandie, la Belgique, as-tu vu Paris ? As-tu paradé dans les rues de Dieppe en te faisant crier « bravo ! » par dix mille personnes ? As-tu des amis en n'Hollande, as-tu reviré des brosses à Bruquecelles, t'es-tu battu en Allemaigne ? As-tu fourré des Allemandes, vieux câlice ?

Miron ne peut s'empêcher de sourire au souvenir de cette envolée pittoresque. Pendant un bon moment encore, il dérive ainsi dans la nostalgie, jusqu'à ce que la voix du jeune célébrant finisse par le ramener au temps présent.

« Et maintenant, dit le prêtre, j'invite Mme Solange Du Breuil à venir prononcer une homélie à sa façon. »

Étonné, Miron suit des yeux la tante d'Isabelle, qui se dirige vers le chœur. Il sait que la dame à la chevelure argentée a organisé les obsèques d'Israël, à la demande de la veuve. Connaissant l'athéisme d'Israël, il ne comprend pas pourquoi Solange Du Breuil a voulu leur donner ce caractère religieux. Mais, dès que la Bretonne ouvre la bouche, la cérémonie prend une tournure inattendue. Du haut de la chaire, Solange Du Breuil s'adresse à la petite assemblée en ces termes profanes :

«Léon Bloy, grand penseur et écrivain français, un converti, un fervent catholique, a exprimé une merveilleuse pensée, pensée reconsidérée par Marguerite Yourcenar, auteur des *Mémoires d'Hadrien*, comme l'une des plus belles phrases de la littérature française : "Il n'y a qu'un seul malheur : ne pas être un saint." Cette pensée nous fait peur, mais nous ne devons pas la redouter. »

Solange Du Breuil s'exprime avec l'assurance d'une prédicatrice. Mais son prêche n'a rien de religieux. Au lieu de se référer à un passage de l'Évangile, elle se met à réciter le poème d'Hadrien que Yourcenar a placé en exergue de son roman déjà célèbre :

> *Petite âme, âme tendre et flottante,*
> *compagne de mon corps, qui fut ton hôte,*
> *tu vas descendre dans ces lieux pâles, durs et nus,*
> *où tu devras renoncer aux jeux d'autrefois...*
> *Un instant encore, regardons les rivières familières,*
> *les objets que sans doute nous ne reverrons plus...*
> *Tâchons d'entrer dans la mort les yeux ouverts.*

En entendant ces vers, Isabelle se met à sangloter. Mathilde coule vers elle un regard blessé. Témoin de la scène, Miron entrevoit la vérité dans un éclair : Israël et la nièce de Solange Du Breuil ont été amants. Mais que s'est-il passé pour que l'écrivain veuille mettre fin à sa vie ?

Miron voudrait bien connaître la réponse à cette question, mais l'étrange homélie de Solange Du Breuil prend fin sans lui apporter satisfaction.

«L'homme est saint dans la mesure où il veut l'être, dit la tante d'Isabelle en guise de conclusion. Il dépend de nous d'être davantage saints, meilleurs que nous le sommes. »

Assis sur une chaise en bois, au milieu du chœur, le jeune prêtre hoche silencieusement la tête de haut en bas.

~

Suivant les directives de Solange du Breuil, Israël est conduit au cimetière sur un chariot traîné par quatre bœufs blancs. Marchant derrière le cercueil fermé, Miron entend la belle-mère du défunt dire vivement à sa fille :

— Vraiment, elle exagère avec ses bœufs blancs !

En détachant ses mots, Mathilde enchaîne, sur le même ton excédé :

— Je ne sais pas quelle tradition bretonne autorise une fidèle à prononcer l'homélie !

— Maman, papa était-il un saint ? demande alors Françoise.

— Oui, maman, papa était-il un saint ? répète Jacinthe.

— Chut ! fait Mathilde en se tournant vers ses filles avec un doigt sur la bouche. Je ne veux plus vous entendre. Est-ce bien compris ?

— Oui, maman, répondent les fillettes.

Accompagnées du jeune célébrant, Solange Du Breuil, Isabelle Brossard et Cécile Brunet suivent la famille d'Israël, à une distance respectueuse.

Le modeste cortège funèbre arrive bientôt devant la fosse, où attendent quatre hommes. Le prêtre prend alors la parole, adressant au Seigneur une dernière prière. Quand il prononce les mots « pour les siècles et les siècles», les quatre hommes soulèvent le cercueil et le descendent dans la tombe à l'aide de cordes. Israël Pagé, qui avait pratiqué à la guerre l'héroïsme avec une espèce de mysticisme religieux, repose maintenant dans sa dernière tranchée. Les yeux ruisselant de larmes, ses filles jettent alors sur son cercueil des gerbes de fleurs.

«Comment a-t-il pu leur faire ça?» se demande Miron, plus confus que jamais.

~

Quelques heures plus tard, le poète de Sainte-Agathe-des-Monts se trouve dans l'une des situations les plus délicates de sa vie. Après les obsèques, Solange Du Breuil l'a invité à déjeuner au manoir de la Palue en compagnie d'Isabelle et des membres de la famille d'Israël. Autour de la table, chaque convive reste sur son quant-à-soi, sauf l'hôtesse, qui nourrit la conversation à coups de questions impersonnelles.

— Et qu'en est-il de la situation du français au Canada? demande-t-elle au milieu du repas.

— Elle est lamentable, répond Régine Ober du tac au tac. C'est d'ailleurs pour cette raison que Françoise et Jacinthe fréquentent le lycée français de Montréal.

— Votre gendre parlait pourtant un excellent français, dit Solange Du Breuil. Il en va de même pour M. Miron.

— Vous parlez d'une petite élite, réplique la belle-mère du défunt.

— Êtes-vous du même avis? demande la maîtresse de céans en se tournant vers Miron.

Un peu à contrecœur, le poète hoche la tête de haut en bas.

— Nous avons à apprendre de la France quant à la langue, dit-il. Nous parlons un français, par suite surtout de l'indigence de notre vocabulaire, d'un niveau inférieur. La langue française, toute sclérosée qu'elle est, demeure l'une des plus riches du monde.

— Et votre poésie, comment se porte-t-elle?

— Elle va de mieux en mieux, répond Miron en relevant la tête. Nos poètes ne vivent plus repliés sur eux-mêmes comme un Saint-Denys Garneau et ne parlent plus de solitude, d'exil et de mort; ils entendent vivre tournés vers l'extérieur. Ce sont les poètes de l'enracinement. Le premier d'entre eux a été Gilles Hénault.

— Et votre poésie à vous, comment se porte-t-elle? fait Solange Du Breuil, posant une première question personnelle.

— Mal, répond Miron, sourire en coin. Je suis d'ailleurs tenté par la prose, l'aventure de livrer ma vie dans un livre qui ne soit ni un roman, ni des mémoires, un livre à la Henry Miller du point de vue technique.

Miron sourit intérieurement en réalisant qu'il répète, presque mot pour mot, les réponses qu'il a données aux questions semblables d'Israël, lors de leur déjeuner aux Charpentiers. Mais la voix sèche de Régine Ober chasse aussitôt cet agréable souvenir.

— Puisqu'il est question de littérature, dit-elle, j'aimerais bien savoir ce qui est arrivé au roman de mon gendre. À l'entendre, il l'avait terminé. Or nous n'avons trouvé dans la maison du meunier qu'un manuscrit inachevé et surchargé de ratures. Savez-vous s'il a laissé un autre document quelque part?

— Oui, répond Solange Du Breuil sans aucune hésitation. À la veille de votre arrivée, il m'avait confié son manuscrit final. Il tenait à ce que je le remette à M. Miron s'il lui arrivait malheur.

— Mais… mais ce manuscrit appartient à sa famille! dit Régine Ober en haussant le ton.

— Je vous communique simplement les dernières volontés de votre gendre.

— N'empêche, ce roman ne sera pas publié sans notre assentiment!

— Israël souhaitait au contraire que cette responsabilité revienne à M. Miron, insiste Solange Du Breuil.

— Avez-vous une lettre pour le prouver? demande Régine Ober.

— Non, mais je vous jure que c'est la stricte vérité.

— Chère madame, je ne doute pas de votre parole. Je cherche seulement à protéger ma fille et mes petites-filles. De toute évidence, mon gendre n'était pas bien. Je ne voudrais pas que la réputation de ma famille soit compromise par la publication d'un roman inconvenant. Déjà que son premier livre contenait des passages d'un goût douteux.

Tout au long de ce dialogue entre Régine Ober et Solange Du Breuil, Mathilde et Isabelle restent silencieuses, la tête baissée au-dessus de leur assiette.

En se tournant vers Miron, la belle-mère d'Israël ajoute :

— J'exige une copie de son manuscrit final.

— Je vous en enverrai une à mon retour à Montréal, dit le poète.

— Je veux en outre que vous preniez, ici et maintenant, l'engagement de ne rien publier sans notre aval.

Je n'ai pas le même respect que vous pour les livres à la Henry Miller.

Miron ne bronche pas.

— J'ai déjà promis à Israël que je tenterais de lui trouver un éditeur parisien, dit-il.

— Monsieur Miron, ayez pitié de nous! s'exclame Régine Ober. N'avons-nous pas assez souffert? De grâce, ne nous forcez pas à recourir à un avocat.

Le poète baisse la tête. Puis, en s'adressant à la femme d'Israël, il demande :

— Si c'est vraiment ce que vous voulez, Mathilde, je m'engage à ne rien publier sans votre consentement.

— C'est ce que je veux, dit la femme d'Israël d'une voix à peine audible.

Solange Du Breuil ouvre la bouche mais la referme aussitôt.

~

Ils sont seuls dans le moulin, au lendemain de l'enterrement.

— Je ne comprends pas, dit Miron en admirant Isabelle de la tête au pied.

— Qu'est-ce que vous ne comprenez pas? demande la pianiste, qui se tient à côté de la table de travail, où elle vient de déposer le manuscrit d'Israël.

— Je ne comprends pas qu'un homme ait voulu quitter une femme comme vous.

— Vous comprendrez peut-être en lisant le roman d'Israël.

— Vous l'avez lu?

— Non, j'en suis incapable. Mais ma tante m'a expliqué qu'il s'agissait d'une fiction autobiographique. Selon ses dires, le héros nourrit des pensées suicidaires dès l'adolescence.

Miron s'assoit à la table de travail, s'empare du manuscrit et contemple son enveloppe.

— Israël a peut-être trouvé ici un amour qu'il savait impossible à reproduire ailleurs.

— Peut-être. En tout cas, sa femme et sa belle-mère me considèrent responsable de sa mort.

— Elles vous l'ont dit?

— Non, mais il m'a suffi, pour m'en convaincre, de croiser leur regard, au moment de leur départ, ce matin. Elles semblent croire qu'Israël serait encore vivant s'il ne m'avait pas rencontrée.

— Vous en doutez?

— S'il ne m'avait pas rencontrée, il serait peut-être mort à Naples!

— À Naples? Comment donc, à Naples?

— Allez me chercher une chaise dans la maison du meunier, je vous raconterai.

Miron quitte le moulin et y revient avec une chaise, sur laquelle Isabelle s'assoit. À la fin de son récit, la pianiste se lève et laisse le poète seul avec le manuscrit d'Israël. Remué, Miron tire vers lui l'enveloppe dans laquelle se trouve le document et, à l'aide d'une plume appartenant à Israël, il écrit dessus ses premiers vers depuis des siècles:

Je n'attends pas la fin du monde je t'attends
dégagé de la fausse auréole de ma vie

Miron remet la plume sur la table de travail. Il adresse mentalement des remerciements à l'écrivain. Il a une envie farouche de lire son manuscrit. Pour lui en parler. Rendez-vous à l'Étoile, à Paris, un de ces jours, Israël. Ce sera tout à fait comme dans cette vie.

Note de l'auteur

Je dois à la *signora* Jacqueline Petrassi, née Vaillancourt, d'avoir écrit ce roman. J'utilise *signora* plutôt que madame, car j'ai fait la connaissance de cette belle québécoise à Rome, où elle m'a loué une chambre, en 1992.

— As-tu déjà lu ce livre? me demande-t-elle un matin, en déposant sur la table de la cuisine *Les Canadiens errants*, un roman de guerre écrit par son frère aîné, Jean Vaillancourt.

Je prends le livre dans mes mains. Puis, tandis que je fais non de la tête – ni l'auteur ni le titre ne me sont familiers –, Jacqueline Vaillancourt ajoute, d'une voix fière:

— Victor-Lévy Beaulieu considère qu'il s'agit d'un des grands romans québécois.

Je demande à la *signora* si son frère en a publié d'autres. Elle me répond qu'il est mort à trente-sept ans, en finissant son deuxième roman dans un moulin de Bretagne.

Dès lors, la vie de Jean Vaillancourt m'a semblé romanesque. J'ignorais encore qu'il avait côtoyé, à Montréal, les figures culturelles les plus importantes du Québec de l'après-guerre.

J'aurais pu écrire la biographie de Jean Vaillancourt, l'un des rares écrivains québécois à avoir décrit les siens au front lors de la Deuxième Guerre mondiale, le disciple d'Albert Dumouchel, l'ami de Gaston Miron. J'ai préféré écrire le roman d'Israël Pagé, nom emprunté à un ancêtre de Jean Vaillancourt.

Il y a évidemment une forte parenté entre Israël Pagé et Jean Vaillancourt. Dans mon roman, quand le soldat Pagé écrit à sa sœur Jacqueline ou à sa mère, il emploie les mots du soldat Vaillancourt, dont j'ai pu lire la correspondance.

Quand le soldat Pagé décrit ses compagnons d'armes ou son baptême du feu, il emprunte les mots de Jean Vaillancourt dans *Les Canadiens errants*, un récit partial mais fidèle de son expérience de guerre.

Comme Israël Pagé, Jean Vaillancourt a fréquenté le collège Sainte-Croix, est tombé amoureux d'une Hollandaise et a été blessé trois fois au combat. Comme lui, il a connu Albert Dumouchel et Gaston Miron, a remporté le prix du Cercle du livre de France, a vénéré Beethoven et admiré Hemingway, a travaillé en forêt, puis pour le Canadien National et *La Presse*, est passé par Málaga et Naples avant d'aboutir dans un moulin breton, et y mourir.

Cette parenté est forte, mais elle se veut littéraire et non littérale. L'invention a donc une large place dans mon roman, notamment dans les épisodes de la vie familiale du héros.

Cela étant dit, j'ai voulu rester fidèle aux mentalités de l'époque. Dans le cas de Gaston Miron, la plupart de ses réflexions et de ses commentaires sont tirés d'*À bout portant*, sa correspondance avec Claude Haeffely. Quelle figure sympathique et influente, que ce Miron! Le titre de mon roman coiffait d'ailleurs un texte signé par le poète et publié dans *La Presse* quelques jours après la mort de Jean Vaillancourt, en juillet 1961. C'était l'hommage de Miron à l'écrivain. Ce roman est le mien.